小書痴的下剋上

為了成為圖書管理員不擇手段！

第四部 貴族院的自稱圖書委員Ⅱ

香月美夜——著
椎名優 繪　許金玉 譯

本好きの下剋上
司書になるためには
手段を選んでいられません
第四部 貴族院の自称図書委員Ⅱ

CONTENTS

第四部 貴族院的自稱圖書委員 II

登場人物

艾倫菲斯特的領主候補生

羅潔梅茵
本書主角。因為沉睡了兩年，外表仍是七歲幼童。內在也還是沒什麼改變。到了貴族院，依然是為了看書不擇手段。現為貴族院一年級生。

韋菲利特
齊爾維斯特的長男。羅潔梅茵的哥哥，現為貴族院一年級生。

夏綠蒂
齊爾維斯特的長女。羅潔梅茵的妹妹，年紀小一歲。明年才要就讀貴族院。

羅潔梅茵的監護人們

斐迪南
齊爾維斯特的異母弟弟，羅潔梅茵的監護人。

齊爾維斯特
收養羅潔梅茵的艾倫菲斯特領主，羅潔梅茵的養父。

芙蘿洛翠亞
齊爾維斯特的妻子，三個孩子的母親。羅潔梅茵的養母。

卡斯泰德
艾倫菲斯特的騎士團長，羅潔梅茵的貴族父親。

艾薇拉
卡斯泰德的第一夫人，羅潔梅茵的貴族母親。

波尼法狄斯
齊爾維斯特的伯父，卡斯泰德的父親，羅潔梅茵的祖父。

第三部 劇情摘要

成為貴族以後，羅潔梅茵因為領主養女與神殿長的身分忙得不可開交。好不容易印刷機完成了，還在城堡舉辦了販售會，歌牌、撲克牌與書正順利普及開來。然而，就在喬琪娜來訪以後，情勢變得非常緊張。不只韋菲利特遭到算計，羅潔梅茵為了拯救被擄走的夏綠蒂，被敵人灌下毒藥性命垂危。雖然浸入了尤列汾藥水，但再次睜眼醒來，時間竟然已是兩年後……

羅潔梅茵的近侍

黎希達

首席侍從。熟知三名監護人孩提時期的上級貴族。

莉瑟蕾塔

貴族院四年級生，中級見習侍從。安潔莉卡的妹妹。

布倫希爾德

貴族院三年級生，上級見習侍從。

哈特姆特

貴族院五年級生，上級見習文官。奧黛麗的么子。

菲里妮

貴族院一年級生，下級見習文官。

安潔莉卡

貴族院六年級生，中級見習護衛騎士。莉瑟蕾塔的姊姊。

柯尼留斯

貴族院五年級生，上級見習護衛騎士。卡斯泰德的三男。

萊歐諾蕾

貴族院四年級生，上級見習護衛騎士。

托勞戈特

貴族院三年級生，上級見習護衛騎士。黎希達的外孫。

優蒂特

貴族院二年級生，中級見習護衛騎士。

達穆爾

下級護衛騎士。未隨同至貴族院。

奧黛麗

上級侍從。哈特姆特的母親。未隨同至貴族院。

赫思爾

艾倫菲斯特的舍監。斐迪南的師父。

貴族院的教師

普琳蓓兒	庫拉森博克的舍監。
洛飛	戴肯弗爾格的舍監。
傅萊芮默	亞倫斯伯罕的舍監。
鮑琳	法雷培爾塔克的舍監。 音樂老師。
索蘭芝	貴族院的圖書館員。

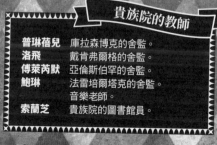

貴族院的學生

羅德里希　艾倫菲斯特的中級見習文官。隸屬舊薇羅妮卡派。
亞納索塔瓊斯　中央的第二王子。
艾格蘭緹娜　庫拉森博克的領主候補生。
藍斯特勞德　戴肯弗爾格的領主候補生。
蒂緹琳朵　亞倫斯伯罕的領主候補生。喬琪娜的女兒。

羅潔梅茵的專屬

艾拉　專屬廚師。
雨果　專屬廚師。
羅吉娜　專屬樂師。

貴族院　其他

休華茲　圖書館的魔導具。
懷斯　圖書館的魔導具
卡特琳　索蘭芝的侍從。
歐斯溫　亞納索塔瓊斯的首席侍從。

其他貴族

艾克哈特　斐迪南的護衛騎士。卡斯泰德的長男。
尤修塔斯　斐迪南的文官。黎希達的兒子。
蘭普雷特　韋菲利特的護衛騎士。卡斯泰德的次男。
布麗姬娣　羅潔梅茵的前護衛騎士。已返回故鄉伊庫那。
喬琪娜　齊爾維斯特的姊姊，亞倫斯伯罕的第一夫人。
薇羅妮卡　齊爾維斯特的母親。現正受到幽禁。

神殿的侍從

法藍　負責管理神殿長室。
薩姆　負責管理神殿長室。
莫妮卡　神殿長室與廚房的助手。
吉魯　負責管理工坊。
弗利茲　負責管理工坊。
葳瑪　負責管理孤兒院。
妮可拉　神殿長室與廚房的助手。

平民區的家人

昆特　梅茵的父親。
伊娃　梅茵的母親。
多莉　梅茵的姊姊。
加米爾　梅茵的弟弟。

平民區的商人

班諾　普朗坦商會的老闆。
馬克　班諾的得力助手。
路茲　都帕里學徒。
歐托　奇爾博塔商會的老闆。
珂琳娜　奇爾博塔商會的裁縫師。
谷斯塔夫　商業公會的公會長。

古騰堡夥伴

英格　木工工坊的師傅。
薩克　鍛造工匠。負責研究構思。
約翰　鍛造工匠。負責提供技術。
海蒂　墨水工匠。約瑟夫的妻子。
約瑟夫　墨水工匠。海蒂的丈夫。

其他

戴爾克　被迫與賓德瓦德伯爵簽下主從契約的孤兒。
戴莉雅　青衣見習巫女時期的前侍從。
莉莉　懷孕後被趕回孤兒院的灰衣巫女。

第四部
貴族院的自稱圖書委員 II

序章

「不好意思，我想歸還這本書。」

「我想借閱覽席的鑰匙……」

向晚的朦朧柔光穿透間隔相等的成排窗子，灑進了貴族院的圖書館，女學生們有些高亢又雀躍的話聲不時在館內響起。為了來看休華茲與懷斯，最近來圖書館的學生變多了。到了土之日，甚至有老師會撇下自己的研究專程跑來，但今天倒是沒有半名老師出現。畢竟圖書館的魔導具已經停止運作多年，會這麼引人注目也不意外。

看見休華茲與懷斯被學生包圍，索蘭芝不覺面帶微笑，但也提醒女學生們，要稍微降低音量。「真是抱歉。」女學生們這麼道完歉後，會安靜上一陣子吧。但根據索蘭芝以往的經驗，一段時間過後，她們肯定又會慢慢抬高音量。雖然索蘭芝也知道，對於想安靜讀書的學生來說，這會讓他們感到有些不快，但見到往年這時期總是冷冷清清的圖書館現在這麼熱鬧，她內心又有說不出的高興。

哎呀，今天又有艾倫菲斯特的學生來抄寫書籍了……

環顧圖書館閱覽室，披著艾倫菲斯特披風的幾名學生映入索蘭芝眼簾。今年剛入學的領主候補生羅潔梅茵非常熱愛書本與圖書館，還因此得到了梅斯緹歐若拉的認可，成為休華茲與懷斯的主人。想必是因為她的緣故，今年艾倫菲斯特的學生們在學習上也非常認真。索蘭芝在職員餐廳用餐時，還聽說有不少學生在這個時期就已經修完學科。與他領的學生不同，艾倫菲斯特的學生多數是在羅潔梅茵近侍的指示下抄寫參考書，由此也能看出，老師們說的那些話多半不是誇大。

……抄寫參考書應該是羅潔梅茵大人的指示吧。

索蘭芝不露聲色地巡視閱覽席的使用情況，這麼心想道。倘若沒有領主候補生或上級貴族的指示，中級與下級貴族不可能有辦法這麼大量使用紙張。而艾倫菲斯特中會要求學生抄寫書籍的人，也就只有羅潔梅茵了吧。

……好奇特的紙張，那也是艾倫菲斯特才有的嗎？

索蘭芝至今從未見過他們在用的那種紙張。第一次看見時，她還去職員餐廳問了其他老師，卻得到了很少在課堂上見過的回應。大概是只有在處理領主候補生委託的工作時才會使用吧。即便在艾倫菲斯特，似乎也不是所有貴族都有能力購買。

……不過，今年一下子出現了許多艾倫菲斯特獨有的事物呢。

聽音樂老師們說，艾倫菲斯特的學生一直等到了今年才表演多首全新的曲子，而且作曲者還是羅潔梅茵。老師們都認為，真正的作曲者恐怕是專屬樂師，只不過羅潔梅茵自身的琴藝也出色到了難以想像曾沉睡兩年。

……羅潔梅茵大人不只睿智女神梅斯緹歐若拉，說不定還擁有藝術女神袞朵季爾的眷顧呢。

索蘭芝不自覺想起了羅潔梅茵向神獻上祈禱後，祝福光芒籠罩整個房間的情景。正巧這個時候，七彩光芒也從天花板向著閱覽室灑落。閉館時間到了。學生們猛然抬起頭來，慌慌張張地開始準備離開。有人把資料放回書架上，有人辦理借書手續，有人歸還閱覽席的鑰匙……閱覽室頃刻間變得十分嘈雜。索蘭芝也開始準備閉館。

「閱覽席鑰匙的歸還請找休華茲，辦理借書手續請找懷斯。好了，大家動作快，第六鐘就要響了唷。」

索蘭芝出聲提醒還捨不得走，想在閱覽席上待到最後一刻的學生們，一邊巡視閱覽室。一樓巡視完後，接著走上二樓。雖然平常幾乎沒人會上二樓，但偶爾會有老師躲在角落，看書看得渾然忘我。

如今索蘭芝能像這樣在閱覽室裡巡視，全多虧了有休華茲與懷斯在。原本她都得一個人回收閱覽席的鑰匙、辦理借書手續，之後才能開始巡邏。現在的閉館準備工作可以比以前快上好幾倍結束。

巡完二樓的閱覽室，要關閉能防止書籍劣化的阻隔日光用魔導具，以及用來告知時間的光線魔導具。其實閱覽室內還有其他像是能夠調整溼度的魔導具，但光憑索蘭芝一人的魔力，無法讓所有的魔導具維持運作。因此，目前只有基本該維持的魔導具還在運作而已。最後，索蘭芝站在二樓閱覽室深處的睿智女神像面前，向女神報告，今天一天也平平安安地過去了。

確認休華茲與懷斯也結束了工作，索蘭芝鎖上閱覽室與書庫的門，走進辦公室。與此同時，第六鐘響了。不曉得最後一個離開閱覽室的學生，這會兒是否已經回到宿舍了呢？索蘭芝一邊這樣想著，一邊把保證金收進金庫，熄滅閱覽室裡的照明。

「工作結束了。」

「索蘭芝，要去吃飯。」

「今天會由卡特琳幫我送過來喔。我想她也快回來了。」

索蘭芝邊說邊拿起鑰匙，走出辦公室，在通往中央樓的迴廊上前進。卡特琳是她的侍從，等卡特琳從中央樓的餐廳端送晚餐回來，也要鎖上通往迴廊的大門。

「嘰」一聲打開大門，外頭是毫無人影的迴廊。索蘭芝往外走了幾步，左右張望一圈。文官樓仍有許多窗戶亮著燈，但侍從樓幾乎漆黑一片。這是因為指導侍從課程的老師們會體諒自己的侍從工作辛勞，從而嚴格遵守用餐時間，但指導文官課程的老師們，多數都以自己的研究為優先。

「卡特琳，妳回來啦。」

正前方出現了一道推著推車的人影。索蘭芝讓卡特琳進來後，鎖上了通往中央樓的大門。然後，與卡特琳一起沿著剛才走過的路折回。索蘭芝住在辦公室後方門扉連接著的圖書館員宿舍。

「索蘭芝大人，今天因為您說想在自己的房間用餐，我才為您端送過來，但您不需要去餐廳蒐集情報了嗎？」

索蘭芝只是普通的教師，原屬領地並未委託她擔任舍監。舍監會在宿舍用餐，其他教師則是去中央樓的職員餐廳。身體不適或者受到他人邀請時，也能請侍從把餐點送到房間來。

由於在圖書館工作的僅有索蘭芝一人，因此只有在用餐的時候，她才能夠獲取外界的資訊。而且除了卡特琳外，沒有人可以談天也令她感到寂寞，所以從前索蘭芝總是非常期待用餐時間。然而最近去餐廳用餐，時常有人問起休華茲與懷斯。起初她還會非常開心地說明，但連著這麼多日來不斷回答相同的問題，她開始有些疲乏。尤其是每當有人問及，究竟要怎麼做才能成為新主人時，索蘭芝總是不知如何回答。

……因為就算回答，只要有女神的祝福就可以，也沒有半個人會相信我吧。

「不好意思讓妳送了這麼遠一段路，不過，妳不覺得偶爾一個人在房裡安靜用餐也不錯嗎？反正才一天而已，貴族院內的情勢也不會突然出現重大變化……」

「只要您不是因為現在有了休華茲與懷斯，不再感到寂寞後就不想去餐廳，那麼一天不去當然是沒關係。」

聽出了卡特琳是在擔心她會像以前一樣，還有好幾名圖書館員在時，總是成天只待在圖書館裡頭，索蘭芝「呵呵」地笑了起來。

「現在有他們兩個在，工作確實輕鬆多了，也比較不那麼寂寞。不過，他們總不可能代替我蒐集情報嘛。妳不用擔心，明天我就會去餐廳用餐了。」

打開通往圖書館員宿舍的門扉，索蘭芝關閉了辦公室裡的照明等所有魔導具。為了防止遭竊，休華茲與懷斯也會一同進到宿舍。鎖上辦公室的門後，終於有種一天工作結束了的感覺。

……雖然還沒寫完日誌呢。

「索蘭芝大人，我先把推車推去升降機了。」

「好，我先回房間，與休華茲還有懷斯一起寫日誌。」

目送卡特琳推著推車朝升降機走去後，索蘭芝才邁開步伐，與休華茲還有懷斯一同慢步走在空蕩蕩的圖書館員宿舍裡，上樓回到自己房間。從前還有好幾名圖書館員，現在只剩下索蘭芝一個人了，會客室與共用的起居室也因此閒置不用。

「如果能再增加一個人手就好了……」

但如今休華茲與懷斯已重新開始運作，要想請中央增派圖書館員，恐怕比以前更困難了。

回到房間後，卡特琳開始準備餐點。其間，索蘭芝聽著休華茲與懷斯的報告，了解今天圖書館的使用情形，記錄在日誌上。不同以往，該記錄的內容相當多。

……現在這時候就要記錄這麼多事情了，最終測驗前的那一陣子，數量又會多到什麼程度呢？

索蘭芝對於今後產生了惶恐又期待的心情，寫完日誌以後，發現休華茲與懷斯目不轉睛地望著自己。

「休華茲、懷斯，怎麼了嗎？」

「公主殿下，不在。」

「公主殿下，為什麼不來？」

對於自己的主人羅潔梅茵不在這裡，兩人似乎感到不可思議。這也難怪吧。因為過去兩人的主人，都是在這棟宿舍裡生活。

「等羅潔梅茵大人修完所有課程，就會來圖書館了。我聽其他老師說，她很努力在以優秀的成績通過考試。想必很快就會過來了吧。」

羅潔梅茵是艾倫菲斯特的領主候補生，外表非常年幼，索蘭芝聽說這是因為她先前沉睡了長達兩年的時間。但是，羅潔梅茵在學業上的表現之優秀，讓人一點也感覺不出她曾有過兩年的空白，甚至成了老師們議論紛紛的對象。

……不過，也不只是優秀而已呢。

她也聽到了一些與優秀搆不著邊的傳聞，好比在最奧之間裡暈倒、變出了仿造魔獸的騎獸攻擊傅萊芮默等等。但是，對索蘭芝來說，無論有什麼樣的傳聞都無所謂。因為羅潔梅茵非常熱愛書籍，也熱愛圖書館，向神獻上祈禱後，甚至成了休華茲與懷斯的主人，得到了女神的認可。對索蘭芝來說，這樣就夠了。她覺得圖書館的存續與自己的工作，似乎也得到了女神的認可。

「很快會來嗎？」

「公主殿下，很快就來。」

「是啊，一定很快就會過來吧。我有好多事情想與羅潔梅茵大人聊聊呢。還想告訴她關於你們兩人的事……真是期待羅潔梅茵大人修完課程。」

說著，索蘭芝朝兩人衣服上的魔石伸長手。她的魔力雖然不足以讓兩人動起來，但也因為持續在供給魔力，至少守護用的魔法陣還能運作，兩人從來不曾被人奪走。索蘭芝在注入魔力的同時祈求著，希望能多少減輕羅潔梅茵的負擔。

全然不知此刻在職員餐廳裡，老師們正熱烈地談論著羅潔梅茵已經修完所有課程一事，索蘭芝吃完了這天的晚餐。

茶會的預先商議

就在我修完課程，值得大肆慶祝一番的夜晚，晚餐席間所有人都到齊時，韋菲利特環顧艾倫菲斯特的學生們，以沉重的語氣宣布：

「各位，結果羅潔梅茵今天還是修完所有課程了。」

「韋菲利特哥哥大人……您用『結果』是什麼意思呢？」

「意思就是妳其實可以再慢一點。」

至今一直拚命苦讀的女孩子們點頭如搗蒜，同意韋菲利特說的話。幾個還沒修完學科的女孩子更是咳聲嘆氣，說她們失去了視為樂趣的努力目標。

「只差一點……眼看我只差一點就要修完學科了，要為休華茲與懷斯測量尺寸的時候，我卻不能同行……」

「莉瑟蕾塔，只是測量尺寸而已唷？事情有這麼嚴重嗎？」

「羅潔梅茵大人，請您試著想像自己一直以圖書館為目標努力學習，結果就在只差通過明天那堂課時，圖書館竟關閉了。這樣一來，您能明白我們有多傷心了嗎？」

試著想像自己遇到這種情況後，我立刻明白這有多嚴重。

……明明就快要合格了，圖書館卻關閉，這也太殘忍了！

只是想像而已，我就覺得整個人快要崩潰，完全可以理解女孩子們絕望的心情。

「其實測量尺寸這件事，也要配合赫思爾老師的行程，所以在決定好日期前還有時間喔。我只是確定明天要前往圖書館，還沒有要測量尺寸，只要在決定好的日期之前修完學科，我還是允許各位同行。」

我這麼聲明以後，女孩子們的表情都有些鬆了口氣。但是，韋菲利特反而面色凝重地搖頭。

「現在測量尺寸這件事一點也不重要。羅潔梅茵，在妳去完圖書館以後、變得更沉不住氣之前，有事情要先和妳討論。」

……嗯？還有什麼事情需要討論嗎？

「既然妳已經修完課了，今後將會展開社交活動。為了引領流行，艾倫菲斯特的學生究竟可以釋放出多少消息？還有一些經常被人問起的問題，我也覺得應該有個共通答案。大家覺得如何？」

「這真是太好了！因為最近遇到很多問題，我們都不知該如何回答。」

韋菲利特提議後，見習文官們都臉龐發亮。見習文官間的情報交流似乎非常頻繁，聽說最近一直要回答他領提出的問題。

「我想問已經與他領接觸過的人，他們都問了什麼問題？你們又是怎麼回答的？然後根據這些情報進行討論。因為接下來，低年級生們也要參加社交活動了。」

韋菲利特問完，大家十分踴躍地回答。成績向上委員會成立以後，由於要求大家依照專業課程分組學習，這麼做似乎相當有效，只見大家不分派系，紛紛提出意見。

高年級生中，已經有人在上週的土之日參加了茶會，課堂上似乎也十分頻繁地交流資訊，但聽說最常聊到的，果不其然是艾倫菲斯特成績進步神速的秘密。不只一年級生的學科考試都在第一堂課就合格，甚至有傳聞在說，兩名領主候補生都是今年成績優秀者的候補人選。目標只是想最快合格的我「嗯、嗯」地點頭，聽得津津有味。見習文官們面面相覷，說著：「確實常常有人問起，成績是怎麼進步的呢……」

「答案不是已經說好了嗎？哈特姆特先前已經下過指示，要告訴他領學生，我們的成績能夠提升，全要歸功於艾倫菲斯特的聖女。明年還會讓他們更加吃驚喔。」

「羅潔梅茵，妳對哈特姆特下達了這種指示嗎？」

韋菲利特臉色凝重地盤起手臂看向我。這可是天大的冤枉。

「我根本沒有下達過指示。不過，事情好像已經變成這樣了呢。」

我瞪向罪魁禍首哈特姆特，他卻一派悠然自得地回道：

「這話並沒有錯吧？目前眾人議論紛紛的只有學科成績而已，今年這樣回答應該沒問題。明年在回到貴族院之前，學會了羅潔梅茵式魔力壓縮法的人，魔力量不知道會有多大的成長。我想到時候，艾倫菲斯特的評價也會出現劇烈變化。」

哈特姆特猜想，今年還只是開端，明年的情況會更加麻煩。雖然已經不想再動腦思考了，但去圖書館之前，如果不先想完該思考的事情，日後只會更痛苦吧。

「關於我們的成績是如何提升，要這麼回答是沒關係，但曾在兒童室受過教育這件事，以及繪本、歌牌與撲克牌的存在，這些情報還請保密。我希望艾倫菲斯特能繼續保有學科成績方面的優勢。」

「遵命。」

「那關於成績的提升就這麼回答吧。」韋菲利特也重重點頭。

「有他領學生問了我絲髮精的事情。對方很想知道我們究竟是怎麼讓頭髮產生光澤？有哪裡在販售絲髮精？又是怎麼做出來的……」

由於從沒聽其他人提起過，這我倒是不知道。看來升級儀式時，女學生們都洗了絲髮精讓頭髮充滿光澤這件事，也有效果顯現出來了。

「那妳是怎麼回答的呢？」

「我告訴對方，我只是借來用了一些，所以不太清楚。同時我也告訴對方，絲髮精正在艾倫菲斯特流行開來。」

「關於絲髮精，應該這麼回答就可以了吧。」

到了貴族院，大家基本上都是從自己的所屬領地轉移生活物資過來。因為貴族院這裡既沒有商家，也沒有人民。孩子們在貴族院只負責蒐集資訊、了解現在流行什麼，領主會議時才會正式論及買賣。如果希望商品能在全國大賣，就可以在貴族院進行宣傳；但如果只想獨享，也可以秘而不宣。

「絲髮精、花飾和磅蛋糕這些東西都可以帶去參加茶會，在談天時聊到也沒關係。只要告訴他領的人，這些東西都開始在艾倫菲斯特裡流行就好了。但是，至於有哪些商會在負責販售，這件事請務必保密。萬一在領主會議之前，就有商會被拉攏過去，或是被人偷走了製作方法，這些商品的價值將急遽降低。我們只能展示成品，不能提供過多的資訊，在正式展開交涉之前，盡可能提升商品的價值。」

……近來因為學生們也會動腦思索，該怎麼做才能靠著自己的力量賺錢，所以對於情報的價值與價值的多寡，似乎都比以前更有體會。眾人神色肅穆地點頭。

「今天有人問了我乘坐型的騎獸。好像是羅潔梅茵大人與赫思爾老師在貴族院上空飛行時，有不少見習騎士都目擊到了。」

「赫思爾老師在我們那堂騎獸製作課上，做出了蘇彌魯造型的騎獸喔。」

我說明了騎獸製作課上發生的事情，也說明了有好幾名老師都來到課堂上，想要查證我變出仿造魔獸的騎獸、攻擊了傅萊芮默的這則傳聞是否屬實。

「這樣一來，終於能證明傅萊芮默老師那則傳聞不是真的了呢。有這麼多老師作證，想必不好的傳聞很快會消失吧。」

「再來我記得……有好幾名一年級生都在試著製作乘坐型的騎獸。」

說了有不少學生都在嘗試製作蘇彌魯造型的騎獸後，莉瑟蕾塔笑逐顏開。

「如果是蘇彌魯的造型，說不定會引發流行唷，因為蘇彌魯非常可愛嘛。」

「而且羅潔梅茵大人的騎獸不需要換裝，這個優點真的非常吸引人。雖然我已經習慣現在的騎獸了，要換可能會很吃力，但是不是也該試著更換呢？」

布倫希爾德說她為了走在流行的最前端，也想更換自己的騎獸。

「雖然消耗的魔力量會變多，但騎獸變大後可以載運行李，還能遮風擋雨，非常方便喔。不過，我的護衛騎士也說過，這種騎獸不適合要拿武器戰鬥的見習騎士。」

我這麼說完，優蒂特深感可惜地垂下眉尾。她說她本來也想做成乘坐型的騎獸。

「還有，如果想做成乘坐型的騎獸，比起馬那種體型修長的動物，圓潤一點的動物比較可……啊，不是，是乘坐部分能夠變大的動物，在製作時也比較容易。」

總之我盡力宣傳了，希望能在眾人之間流行起來，不久後可愛的騎獸越變越多。

「和一年級生在學科首日就合格比起來，羅潔梅茵大人受邀參加音樂老師們的茶會這件事，好像並未引起多少討論呢。」

「雖說艾倫菲斯特至今很少接獲邀請，但會不會是因為老師們舉辦茶會這件事本身並不稀奇呢？」

聽見高年級生們的對話，我轉頭看向布倫希爾德。

「布倫希爾德，與老師們的茶會已經決定好日期了嗎？」

「我今天剛修完學科，等一下才要與黎希達商量。侍從們會負責準備茶會，羅潔梅茵大人請記下老師她們的資料吧。」

最好要事先了解清楚有誰會參加茶會，布倫希爾德說。

「我知道了。另外，我還想拜託各位一件事情，請去調查在貴族院裡頭，斐迪南大人究竟留下了多少影響與傳說吧。」

「……斐迪南大人嗎？」

「就我所知，斐迪南大人似乎在貴族院留下了不少傳說。如果想在茶會上當作閒聊話題，可能有人會很高興，也可能有人不喜歡，所以我想要調查清楚。」

正如本人也說過的，斐迪南的個性並不討喜。雖然有擅長照顧他人、甚至是過度保護的一面，但只對他認為有栽培價值的人才會表現出來，多數時候講話方式與態度都很冷淡且嚴厲。我想沒有對他留下好印象的人，應該是壓倒性占多數。

……但神官長好像也很擅長帶著貴族特有的客套笑容，損人不帶髒字，感覺同伴與敵人的數量一樣多呢。

「因為近年在艾倫菲斯特流行的新曲，作曲時斐迪南大人也幫了忙，如果能在與音樂老師們舉辦茶會之前得到一些調查結果，對我會很有幫助。」

「遵命。」

見習文官們都一臉興奮，等著大展身手，相較下見習騎士們卻一派意興闌珊。

「見習騎士們也要仔細調查斐迪南大人的傳說喔。聽說斐迪南大人在比奪寶迪塔時，從來沒有嘗過敗仗。今年又有領主候補生在，艾倫菲斯特在迪塔上的表現勢必受到矚目，請大家打起精神，好好練習。」

「……蘭普雷特哥哥大人跟我說過，那只是一段短暫的輝煌時光。而且現在比的都是競速迪塔，情況也和當時不同了。」

聽見柯尼留斯吐出這麼沒有志氣的發言，我不高興地皺眉。奪寶迪塔是非常耗費心力的比賽，在敵我雙方混戰的情形下，必須想出巧妙的戰術。但如果現在只比速度，不需要鬥智，我們應該也有勝算。

「既然如此，為了能盡快打倒魔獸，你們對敵人進行過分析了嗎？如果只是要打倒老師們做出的魔獸，種類應該不多吧？」

「其實種類還不少……」

「我猜洛飛老師大概會說，只管拿出氣勢往前衝，或者團結起來衝過去之類的話，但你們絕對不能當真，所有人一起衝上去攻擊喔。」

見習騎士們聽了，驚訝地互相對看。反而是我對他們的反應感到吃驚。該不會之前真的都是所有人一起衝上去吧？

「為了不管什麼樣的魔物都能應對，除了要掌握所有魔物的弱點、了解該如何攻擊，你們也應該要分配好守備位置，像是負責攻擊與防守的人員以及作戰方式。而且也要定期輪替，才能確認自己是否真的適合。這部分有確實在執行嗎？」

「呃，不……」

「而且不能所有人都衝上去，需要有人在高處俯瞰戰局，觀察敵人的動靜；也要有人保留體力，主力人員才有時間恢復，否則沒人能夠輪替會很困擾吧？」

我說完，托勞戈特露出厭煩的表情。

「羅潔梅茵大人是領主候補生，我不認為您了解見習騎士的情況。現在的戰鬥都很快就結束，根本不需要花時間恢復體力，所以不論出現何種魔物，只要使出全力擊倒即可。而且與其花時間調查魔物的弱點，不如多做訓練，提升攻擊力更實際。」

不擅長調查與記住資料內容的安潔莉卡也拚命點頭，同意托勞戈特的看法。

「騎士團為了打倒冬之主，都要花上好幾天的時間喔。就算使出了全力，也不可能將其打倒；也沒有人能夠都不恢復體力，戰鬥上好幾天。況且又沒人能預想到每年是哪種魔物會變成冬之主。可是，沒有騎士會因為這種理由，就說他不想研究魔物。」

見習騎士不能參加冬之主的討伐，但是，應該也聽說過有多麼不好應付。所有見習騎士都注視著我，像是在說妳怎麼知道？

「騎士團的高層，每年都在思考如何盡快打倒冬之主，不只是調查魔物的弱點，還會進行各種訓練，以備無論什麼樣的魔物都能打倒。就算是待在貴族院，若能一邊戰鬥，一邊思考以最快速度打倒強大敵人的方法，那就是有意義的。請各位要明確分工，訓練的同時持續思考。」

顯然是不想思考，安潔莉卡露出了厭世無力的表情。我看著她不禁苦笑，然後轉頭看向柯尼留斯。

「每年參加迪塔比賽時，分別遇過什麼樣的魔物、大家又是如何打倒、花了多少時間？只要有一年份的資料，記錄了所有領地的比賽情況，應該可以蒐集到二十種以上的魔物資料吧。要是有好幾年份，說不定還會發現有些領地一直是固定對付相同的魔物，就能更準確地掌握弱點，了解什麼樣的戰鬥方式更有利。見習騎士會保存資料嗎？」

「我們幾乎都是口頭流傳，不太會另行記錄。」

聽說見習騎士們都只在訓練時以口頭傳授，然後分享各自的經驗，並未留下任何資料。我簡直不敢相信。

「那麼請從今年開始留下紀錄吧。只要還記得以前出現過哪些魔物、有什麼弱點，每個人都要寫下來。書本的存在，就是為了讓知識能夠保存與延續。如果能寫下來留給後輩，隨著時間過去，對艾倫菲斯特就會越有利。」

我說完，見習侍從們比見習騎士更快抬起頭來。

「既然見習騎士要留下這些資料，那我們也寫下老師們喜歡的茶點種類，還有舉辦茶會時一定要知道的注意事項，提供給大家參考吧。這樣一來，馬上就能清楚知道還需要調查哪些資訊。」

「留下資料是我們的工作，見習文官也來整理這些年口頭流傳的情報吧。」

看來見習文官之間，也有很多口耳相傳的資訊。大家趁這機會達成了共識，各自整理口頭流傳的情報，之後再互相分享。

「那在多功能交誼廳裡放個書架吧。資料整理好以後，誰都可以翻閱。」

「……羅潔梅茵大人，您打算在宿舍裡頭也設置圖書室嗎？」

菲里妮問道，我笑著點頭：

「至少該擺個書架吧？有些資料雖然不能讓他領的學生看到，但艾倫菲斯特的學生可以一起分享呀。」

我在腦海裡構思著要如何設立圖書區時，韋菲利特聳聳肩。

「羅潔梅茵，妳也順便給我一點建議吧。」

「怎麼了嗎？」

「就是與蒂緹琳朵大人的茶會。既然妳不能參加，必須現在先想好對策。」

韋菲利特的表情僵硬，由此可知他一點也不覺得與表兄姊的茶會很輕鬆。

「亞倫斯伯罕與法雷培爾塔克都是排名下降了的領地吧？有沒有人取得了什麼有用的消息呢？我願意買下來喔。」

根據見習文官們目前蒐集來的情報，自從艾倫菲斯特不再提供魔力方面的援助以後，法雷培爾塔克魔力不足的情況變得比以前更嚴重了。

「這樣看來，他說不定會再次拜託哥哥大人提供援助喔。」

「提供魔力嗎？我們以前就幫助過法雷培爾塔克？」

「是啊。以前在神殿，我與斐迪南大人曾為小聖杯注滿魔力，再交給他們。」

曾前往直轄地供給魔力的韋菲利特聽了，嘀咕說道：「現在艾倫菲斯特根本沒有這種餘力吧。」這句話真希望他能說給自己的父母聽。

「法雷培爾塔克那邊要視情況而定。倘若對方委婉地請求了援助，還請您告訴他，現在艾倫菲斯特的魔力也相當不足，領主候補生甚至得親自前往直轄地提供魔力。」

「哦？」

「如果對方聽了，表示自己也會這麼試試看，那我倒不介意提供建言或者援助。但是，如果對方因此嘲笑我們，說領主候補生居然在做神官的工作，那我從今以後絕對不會協助他們。」

韋菲利特點一點頭。

「那麼關於亞倫斯伯罕，大家有沒有什麼消息呢？現在因為奧伯．艾倫菲斯特禁止兩邊的貴族往來，所以我這邊沒有多少情報。」

「由於不想觸怒奧伯．艾倫菲斯特，我們也沒有積極地在蒐集亞倫斯伯罕的情報，所以不太清楚。」

拜託了見習文官們今後開始蒐集後，我看向韋菲利特。

「總之，面對亞倫斯伯罕請一定要保有戒心。就算感到親切，也不可以鬆懈下來，被對方的話語迷惑。請同行的侍從們也要好好看著哥哥大人。」

韋菲利特的近侍們都知道兩年前狩獵大賽上發生的事情，也知道韋菲利特被排除在了下任領主的候補人選外。既然是在知道這些事的前提下侍奉他，應該對他相當忠心。

「我們一定會保護好韋菲利特大人。」聽到近侍這麼說，韋菲利特露出苦笑。

「……羅潔梅茵大人。」
羅德里希像是下定了什麼決心，開口喚道。
「請問，為什麼要對亞倫斯伯罕這麼警戒呢？」
羅德里希以顫抖的話聲問出這個問題後，大家都對他投以吃驚的眼光。韋菲利特與我的近侍們，眼神則像是在說：「怎麼到了現在還問這種問題？」然而，舊薇羅妮卡派的孩子們卻露出了深有同感的眼神。在眾人的注視下，羅德里希緊握住顫抖的手。
「亞倫斯伯罕是大領地，第一夫人喬琪娜大人還是奧伯．艾倫菲斯特的姊姊吧？我不明白為什麼要這麼提防戒備。就和韋菲利特大人、羅潔梅茵大人與夏綠蒂大人三位一樣，我們不也應該與亞倫斯伯罕建立起良好的關係嗎？我的父親大人說過，他很希望能與亞倫斯伯罕攜手合作，讓艾倫菲斯特變得更好。」
羅德里希說完，垂下頭去。我聽說之前在狩獵大賽上陷害韋菲利特這件事，羅德里希也是什麼都不知道，只是照著指示誘導韋菲利特前往白塔，後來韋菲利特便開始疏遠他。周遭的大人們一定是利用了他吧。然而，這對於必須依附強者、地位低下的中級與下級貴族來說，卻是無可挽回的失誤。羅德里希等於在剛受洗的第二年，就犯下了嚴重的過失。
……本來還希望至少在宿舍裡頭，能讓大家團結起來，看來還是不容易呢。
說不定有些孩子聽了父母的話，比較往亞倫斯伯罕靠攏，還把我們這邊的情報洩露出去。但如果始終是一無所知，心裡也會不服氣吧。我這麼心想後，開口說了。
「羅德里希，這是你受洗前的事情，所以你大概不知道吧。但是，以前我還躲在神殿裡生活時，曾經只因為我是魔力豐富的青衣巫女，就差點被亞倫斯伯罕的貴族擄走。兩年前的冬天遭遇敵襲，我還在中毒後陷入沉睡，當時攻擊我們的，也是原本在亞倫斯伯罕貴族手下的私兵。」

因為年紀還小，沒人告訴過他們這些事吧。低年級的孩子們都大吃一驚地看著我。

「……我聽說擄走夏綠蒂大人的犯人，是前任喬伊索塔克子爵，但從不知道羅潔梅茵大人發生過這些事情。」

「此外，擄走夏綠蒂、如今已遭到處刑的那個犯人，與灌我喝下毒藥的歹徒並不是同一個人。因為兩個人我都在近距離下接觸過，所以我非常肯定。但是，另一個歹徒至今依然逍遙法外。你們有人能夠保證，那個歹徒並未與亞倫斯伯罕勾結嗎？但凡有一點危險，曾經遭到攻擊的我們會這麼警戒也很正常吧？」

「您說得沒錯。」

孩子們的臉色都很難看，可以想見他們從沒有得到過足以自行下判斷的情報。

「亞倫斯伯罕與海洋相鄰，其實如果可以，我也很希望能與他們保有友好往來。但是，因為實在發生太多事情了，奧伯．艾倫菲斯特對亞倫斯伯罕十分警戒，如今這種情況下想要兩邊攜手合作，我只能說非常困難。」

舊薇羅妮卡派的孩子們似乎都接受了我的說法，猛然垂下腦袋點頭。

「這世上有很多事情若不知道，就無法去理解。所以羅德里希，你身為見習文官，應該要多磨練自己的實力，讓自己能夠透過各種途徑，得到各式各樣的情報。幸好現在是在貴族院，有很多可以仰賴的高年級生。」

羅德里希驚覺似的抬起頭，緩慢環顧四周。

「蒐集到了各個領地的情報以後，你可以好好斟酌思考，與亞倫斯伯罕保持友好的往來，究竟能有哪些好處？又是否有其他領地，能讓我們獲得更多好處？」

羅德里希的表情總算恢復了血色，語聲清晰地回道：「謹遵您的教誨。」與此同時，舊薇羅妮卡派的孩子們也不語地點了點頭。

讓大家解散後，我正想返回自己的房間，卻被韋菲利特叫住，要我跟著他走進可以私下談話的小房間。雖說是小房間，也寬敞得足以容納所有近侍。

「羅潔梅茵，妳太寬容了。妳應該對舊薇羅妮卡派的人再嚴厲一點。」

「別人常說我寬容，所以這點我自己也知道喔。可是，正如同我以前給過韋菲利特哥哥大人贖罪與成長的機會，我也希望能給他們機會。」

韋菲利特與他身邊的人「唔」地語塞。

「才剛受洗的年幼孩子們都會對父母親說的話深信不疑，這是人之常情吧？他們犯下的過錯，就和韋菲利特哥哥大人一樣。他們也只是在一無所知的情況下犯了錯，哥哥大人應該可以明白他們的心情吧？」

「我……」

「您能明白的吧？還是說，因為已經是兩年前的事情，您早就忘了？雖然對哥哥大人來說是兩年前的事了，但對我來說，感覺還沒有經過一個季節喔。我還清楚記得哥哥大人當時悔恨的表情，還有反省時說過的話。」

韋菲利特低下了頭，只差沒說「我投降」。

「要馬上就相信所有舊薇羅妮卡派的學生，是不可能的事情。可是在貴族院這裡，他們比較不容易受到父母的影響，也能聽到更全方面的意見，如果能因此擁有自己的想法、建構起自己的情報網，說不定與我們的關係也會產生些許改變吧？畢竟徹底捨棄舊薇羅妮卡派的人，對將來並沒有幫助……說句冷血的真心話，就算要捨棄父母，我也想把孩子們拉攏到我們這邊來，讓派系在未來可以更加壯大。」

父母那一代的人想籠絡過來，恐怕很難吧。上了年紀以後，要改變一個人的想法並不容易。但是，孩子們也許還有機會。

「妳的意思是要一面警戒，一面把能拉攏的人拉攏過來嗎？聽起來可不簡單。」

「是啊，我想相當困難。但是，栽培能夠輔佐自己與領地的臣子，是下任領主的職責。至少不會是我的職責，因為我不會成為下任領主。」

我對著韋菲利特與自己的近侍們，直截了當地宣告「我不會成為領主」。最近身邊的人似乎都不顧我的意願在鼓吹這件事，所以最好講清楚，讓大家停止妄想。

「那不會成為下任領主的妳，職責又是什麼？」

「目前我身為神殿長，最重要的工作就是確保各種儀式都能順利進行，還有掌管神殿。成年以後，會離開神殿準備結婚，所以到時候的職責，便是接受領地安排的政治聯姻吧。若能留在領地，那我的職責就是整理城堡的圖書室，好輔佐下任領主。」

「……我覺得輔佐領主與整理圖書館，好像是完全無關的工作喔。」

韋菲利特聳聳肩說完，四周響起了帶有贊同意味的輕笑聲。

往圖書館出發

終於修完所有課程，可以盡情去圖書館了！今天也是頭一次可以在圖書館裡自由活動。我因為太過興奮，早在黎希達進來之前就飛身下床。無比激動之下，情不自禁在黑漆漆的房間裡大喊：「今天要去圖書館了！祈禱獻予諸神！」結果灑出了祝福，急急忙忙鑽回床上假裝還在睡。

但是，我的侍從們似乎早在近侍室裡討論今天的行程。黎希達一走進來便苦笑，一臉哭笑不得地叫我起床說：「大小姐，您就算假裝還在睡覺，祝福的光芒也不會消失唷。」莉瑟蕾塔更用充滿溫暖笑意的眼神看著我。

「今天因為是您首次前往圖書館，所以可以稍微破例，但從明天開始，您必須先練習飛蘇平琴，第三鐘響後才能前往圖書館。」

每天吃完早餐，要先與近侍們討論這天的行程，高年級生們再去上課。接著，要與韋菲利特一起整理成績向上委員會的活動報告，像是前一天有誰說他學科合格了；然後開始練琴。她說就和在神殿時一樣，要練琴到第三鐘響為止，在那之前禁止外出。

……課都已經上完了，居然還不能盡情去圖書館，真是讓人灰心喪氣。

早餐席間，要挑選陪我去圖書館的人。與我同行的，基本上都是已經修完了課、也沒有其他事情要做的近侍。柯尼留斯一邊吃早餐，一邊詢問大家今天的行程。

剛修完學科的布倫希爾德表示，為了與音樂老師們舉辦茶會，她想開始進行準備；莉瑟蕾塔說她為了能在測量尺寸時同行，現在只剩最後一門科目了。哈特姆特今天有課，見習騎士也幾乎都要上課。

「這樣啊。那能陪羅潔梅茵大人去圖書館的，只有黎希達與菲里妮了吧。護衛騎士除了萊歐諾蕾，沒人有空了嗎？」

「柯尼留斯，我不放心羅潔梅茵大人只有一名護衛騎士跟著，比起上課，我願意優先執行護衛……」

「安潔莉卡，妳乖乖去上課吧。」

萊歐諾蕾打斷了安潔莉卡，再轉向柯尼留斯。

「羅潔梅茵大人因為能去圖書館，還高興得一大早獻上祈禱，撒出了祝福，實在不忍心要求她再等下去呢。只有我一個人就夠了。」

「的確，很難再要求她繼續等了吧。沒辦法，萊歐諾蕾，那就拜託妳了。」

「柯尼留斯，現在修完課的學生還不多，你不用太擔心。」

萊歐諾蕾微笑說完，柯尼留斯點一點頭後，轉身面向我。他的表情和語氣都像在對著一個不懂事的小孩子，提醒我說：

「羅潔梅茵大人，為了您的安全，能向我保證，您會在上午的課程開始後才前往圖書館嗎？若連這點小事也無法遵守，往後您必須等到護衛人手足夠後才能行動。」

「我保證！」

……要等到安潔莉卡也能來護衛我，我才等不了那麼久呢！

看著大家出門去上課後，我一直等著開始上課的二鐘半響起。然而二鐘半響後，黎希達也沒有馬上答應，我心神不寧地緊盯著玄關大門瞧。

「應該可以了吧？」

我總算得到許可，踏出宿舍。由於學生們已經開始上課，雪白的走廊上空無一人。教室裡應該都在上課，卻沒有半點聲音透出來。靜悄悄的走廊上，只有我們一行人的腳步聲與我興奮的歌聲在迴盪。

「圖書館、圖書館、幸福的所在，嚕嚕嚕、啦啦啦～」

「……羅潔梅茵大人，這首曲子樂師已經填上其他歌詞了吧？」

「樂師寫樂師的，我唱我的沒關係。」

我這麼敷衍地回答菲里妮。貴族院的圖書館遠比艾倫菲斯特城堡的圖書室要大，藏書量也多，非常值得閱覽。在這樣的圖書館裡，我終於可以看第一本書了。如果要為這樣的喜悅歌唱，我當然只能想到這首歌。順便說明，我在創作曲子時，歌詞本來是「向神獻上祈禱，獻上感謝吧」，但我擔心有可能一不小心就形成祝福，所以自發性地刪掉，用「嚕嚕嚕、啦啦啦」來含糊帶過。

「對了，萊歐諾蕾。就我的觀察，見習騎士好像普遍都不擅長學習，萊歐諾蕾也不喜歡學習嗎？」

我仰頭看向自己的護衛騎士當中，唯一因為聰明而獲得推薦的萊歐諾蕾。她有著看來像是見習文官的容貌，充滿知性的藍色雙眼水靈生動。就我觀察到的，好像沒有半個騎士喜歡學習。是因為他們的運動能力比較好，才都選擇了騎士課程嗎？

「若以羅潔梅茵大人為標準，我實在不敢說自己喜歡學習呢。但相較於其他騎士，我確實比較不感到棘手。」

「那到了圖書館以後，我會找找看政變以前的參考書有沒有戰略與戰術的內容，也會看看有沒有研究魔物的書籍。等妳看完後，能把內容教給大家嗎？我覺得比起斐迪南大人與艾克哈特提供的資料，現在的課程好像很少教到戰略與戰術。圖書館裡說不定有記錄了迪塔與魔物弱點的書。我會找找有沒有哪些書籍，可以幫助到見習騎士們。」

「羅潔梅茵大人，怎敢勞煩您呢。我再空出其他時間，自己來找就可以了。」

雖然萊歐諾蕾說「萬萬不可」，但我就是想自己找。就算只有一下子也好，我想體驗當圖書館員的感覺。

「萊歐諾蕾，妳不用介意喔。因為在圖書館找書，就是圖書館員……啊，不對，是圖書委員的工作呀。」

我挺起胸膛說完，不只萊歐諾蕾，其他人也露出了納悶表情。

「……羅潔梅茵大人，圖書委員是什麼呢？」

「就是在學校的圖書館，協助圖書館員處理工作的學生喔。」

果不其然，大家臉上納悶的表情還是沒有消失。菲里妮手托著腮，歪過頭問：「類似於在城堡工作的見習文官嗎？」

「差不多呢。為了成為圖書館員，我打算升上三年級以後也要修習文官課程，所以我不只是領主候補生，也會是見習文官喔。」

我挺胸如此表示後，大家一度輕輕閉上眼睛。

「雖然很想勸您，這麼困難的事情不可能辦得到……」

黎希達說完，菲里妮也露出了難以形容的複雜笑容。

「如今知道了羅潔梅茵大人對圖書館投注的熱情有多麼驚人後，實在不敢這麼斷言了呢。」

「就和一年級生都合格了一樣，羅潔梅茵大人很有可能真的辦到，讓人不知道該如何接話呢。」

萊歐諾蕾面帶苦笑，朝必須陪著我的菲里妮投去充滿同情的眼光。

「為了可以修習兩邊的課程，斐迪南大人也說了會提供建議，所以放心吧。我要同時修習兩種專業課程！」

「公主殿下，來了。」

「公主殿下，歡迎。」

我一踏進圖書館的閱覽室，休華茲與懷斯的耳朵立即顫動兩下，從辦公區域走了出來。似乎是聽見兩人的聲音，索蘭芝張大眼睛，從辦公室裡探出頭來。

「天呀，羅潔梅茵大人?!」

「索蘭芝老師、休華茲、懷斯，早安。」

休華茲與懷斯走過來後，輕輕閉上眼睛接連說道：「工作了。」「公主殿下，獎勵。」我摸著他們額頭上的魔石，稍微注入魔力。索蘭芝也從辦公區域往我們走來。

「羅潔梅茵大人，早安。記得您曾說過，要等到修完課程才會來圖書館吧？」

「我昨天全部合格了唷。為了來圖書館看書，我卯足了全力呢。」

我挺起胸膛報告後，索蘭芝一臉不敢置信，朝黎希達與菲里妮投去確認的目光。隨後，她感嘆地吐口長氣。

「竟然能在這麼短時間內也修完術科……您的優秀真是超出我的預期，太教人驚訝了。果然資質過人，難怪能成為休華茲與懷斯的主人呢。」

由於現在是上課時間，圖書館裡沒有其他人。這下子可以悠悠哉哉地沉浸在閱讀世界裡了。我的嘴角高高揚起，環顧閱覽室，目光停駐在左手邊的寬敞階梯。

「上次我沒能走上二樓，很期待去二樓看看呢。」

「我帶路。」

「公主殿下，二樓。」

大概是很高興有工作可以做，休華茲與懷斯左右搖晃著腦袋，邁步開始移動。階梯與建築物一樣由白色建材砌成，寬度足以讓五個大人並行。

「貴族院的圖書館大約有多少藏書呢？」

「如果連移進保存書庫的老舊資料也包含在內，大約有三、四萬本吧。」

索蘭芝說完，休華茲與懷斯也點頭似的晃了下腦袋。

「一樓最多，大約兩萬。」

「上課用。大家，都會看。」

「正如兩人所言，一樓保管的書籍多是參考書。由於不管是哪一門科目，從前的舊資料也都會留下來，所以就同休華茲說的約有兩萬本書。」

兩萬本書中，有的材質是羊皮紙，有的是木板。索蘭芝說使用了羊皮紙的書籍，都是學生的個人筆記，後來送給圖書館，所以有時一本書裡頭，會有好幾種科目的資料互相夾雜。

「像這種內容涉及好幾門科目的書，都是怎麼處理的呢？」

「怎麼處理嗎？我們會標明書籍的編寫者是哪位學生，再放在圖書館裡頭。雖然很少有優秀的學生願意把書留給圖書館呢。」

「但如果一本書裡有好幾門科目的內容，應該很難分類，而且一旦被人借走，同時會有好幾個人很傷腦筋吧？」

我這麼詢問後，索蘭芝沉著地笑了笑說，畢竟先借走的人有優先使用權。

「快到最終測驗的時候，來圖書館的學生也會增加，閱覽席與參考書都是供不應求。可以的話，我也想把資料分開來保管，但實在沒有餘力做這件事呢。」

「我打算把所有書籍都看過一遍，不如由我來依照科目分類吧？」

「哎呀，羅潔梅茵大人打算看完這裡所有的書嗎？真是了不起的目標呢。」

索蘭芝笑了起來，完全沒有當真，臉上的表情就像是個聽了小孩子的夢想後，說著「希望可以成真呢」的慈祥老奶奶。但是，我可是認真至極。

伴隨著「噔、噔」的腳步聲，我走上二樓。看著呈現在眼前的光景，我忍不住發出感動嘆息。二樓也和一樓一樣，牆邊是等距排開的柱子與窗戶。一樓的柱子之間，是在面向窗戶的空間裡擺放了桌椅，設置成個人閱覽席；但二樓是在柱子旁邊設置了背面相對的書架，書架還連接著可以寫字的桌子。窗外透進來的亮光正好灑在桌面上。

書架分成了三層，假如是大人坐在桌前，第一層要站起來才能拿到書，第二層則是只要坐著、伸手就能拿到，第三層在桌面底下；每層書架都塞滿了書。所有書都繫著鎖鏈，鏈條垂掛在書本外側。

「好棒喔！是『鎖鏈圖書館』耶！」

「……羅潔梅茵大人，您說了什麼嗎？我沒聽清楚呢。」

「我只是太感動了，隨口胡說而已。請您不必介意。」

神殿的圖書室裡也有鏈起來的書籍。只不過數量不多，所以是擺在檯面傾斜的閱覽桌上，把書固定在桌面上，供人直接翻閱。但是，貴族院圖書館的二樓閱覽室，是先用鎖鏈固定住後，再把書擺到架上。看見書本多到可以堆起來，我好感動。

……好棒喔，太棒了！我覺得自己好像穿越到了其他時空！

書本之所以堆疊起來，是因為皮革封面有金屬邊框與書釘。如果豎立直放，從架上取出書籍時，書釘會摩擦到一旁書籍的封面，導致封面滿是磨痕。聽說只要先拿起疊在上方的書擺在旁邊，再取出自己要看的那本，就能保護書籍，避免造成損傷。此外，由於羊皮紙吸收了水氣後會膨脹，我也聽說書籍大多會繫上皮帶，然後利用堆疊的方式抑止膨脹。

……雖然看過這樣的小知識，但我還是生平頭一次親眼見到！興奮得好想要跳舞！怎麼辦？

如果能在這裡擔任圖書委員，我就能與只在書本中看過的舊時圖書館員，一起煩惱、一起思考該怎麼做才能讓圖書館變得更好了。

……畢竟書要是變多了，鎖鏈就會在書架上纏成一團；學生們也會因為日照的關係，為了書與閱覽桌展開爭奪戰；要是剛好有人都想看同一本書，到時候會吵起來吧！

現在這時間，似乎是東邊到南邊的位置比較適合看書，但因為書本繫著鎖鏈，不可能帶著書本移動。如果想在明亮又舒適的情況下閱讀，就只能自己算好時間過來。又因為這裡沒有印刷技術，同一本書圖書館裡不可能有好幾本。

「如果碰巧有好幾個人都想看同一本書，因而發生爭執，這種情況該怎麼辦呢？」

我興沖沖地發問後，索蘭芝回答得非常乾脆。

「不會發生爭執喔。因為都是依照身分，倘若階級相同，就是上位的領地優先。」

……什麼?!

這下糟了。截至目前為止，我都不怎麼在乎領地的順位。之前也只是因為領主下了指示，又因為聽了太多冷嘲熱諷覺得很不甘心，才會想要努力提升。但是，如果領地的順位，關係到了誰能優先看書與使用閱覽桌的話，那情況就不一樣了

「這下子無論如何，都要想盡辦法提升艾倫菲斯特的順位才行呢。」

我燃起了熊熊鬥志，開始盤算要怎麼把艾倫菲斯特的所有學生都拖下水時，黎希達輕拍了拍我的肩膀。

「大小姐，請您冷靜一點。您是領主候補生，幾乎沒有人能比妳更優先使用，況且上級貴族與領主候補生也多是把書借回去，在自己的房間裡閱讀。您不大可能遇到其他領地的領主候補生。」

「是喔……」

幹勁與鬥志瞬間委靡消失。不過，為了以防萬一，我想最好還是先提升艾倫菲斯特的順位吧。

儘管鎖鏈圖書牢牢地吸引了我的目光，但我還是先環顧二樓一圈。我發現裝訂成冊的藏書頂多只有一千本左右，而且都是堆放在沿著牆壁設置、附有寫字桌的書架上。二樓的中心區域還有一些書架，分別放置卷軸和木板，另外也有木桶，用來放置體積較大、無法收納在書架上的卷軸。此外還有好幾張供人閱覽卷軸的書桌，也有放筆和墨水用的櫃子。

看過了一樓等距排列的書架以後，二樓給人的感覺有些雜沓。我走在其中，索蘭芝在旁邊為我說明。

「這裡收藏了一些歷任老師留下來的研究成果，大多是久遠以前並未製成書籍的卷軸和木板。」

老師們基本上都喜歡保密，很少有人願意公開。聽說通常是老師過世之後，助手在整理時若有用不到的資料，便會捐獻給圖書館。而且因為仍有老師懶得將資料製成書籍，所以時至今日，卷軸的數量還在慢慢增加。畢竟裝訂成冊不只需要錢，也需要心力與時間。也因此，很少有資料是在裝訂成書後才送進圖書館。我總覺得赫思爾也是卷軸派，在卷軸上寫完了自己想寫的東西以後，就直接捲一捲保存起來。

……雖然製作卷軸比製書簡單，想重看的時候卻很麻煩呢。

因為在尋找頁數，以及看完後要重新收起來時會很花時間。但是，書只要隨手翻開就能閱讀，闔上後也只要繫緊皮帶即可。

「至少得到了王族認可的研究成果，我們會盡量製成書籍……」

「但預算想必也十分有限吧……索蘭芝老師，那尊神像是什麼？我在神殿裡頭從未見過呢。」

我看向擺在書架之間的石像問道，索蘭芝隨即綻開笑容。和建築物一樣雪白的女神像，慎重地懷抱著綴有黃金與寶石的書籍。

「這尊石像是抱著古得里斯海得的睿智女神梅斯緹歐若拉。有了睿智女神的庇佑，學生們抄寫的書籍才會不斷地匯集來到圖書館。」

她說王宮圖書館也和貴族院的圖書館一樣，設有梅斯緹歐若拉女神像。但是，我沒在艾倫菲斯特城堡的圖書室裡看到過。這樣看來，城堡的圖書室裡也應該盡快設置梅斯緹歐若拉女神像才對，並且要每天獻上祈禱，希望書本可以增加。

「羅潔梅茵大人，您想從哪一本書開始看起呢？」

「我想想……我先看一樓的書吧。內容相同的書籍應該不少，分類與整理起來也會比較容易。」

「分類與整理嗎？」

索蘭芝眨眨眼睛。我用力點頭。

「沒錯。為了方便大家查找，我想依照科目、年級、年代順序來整理書籍。有些科目在政變前與政變後，課程內容有相當大幅的改變，這部分就分成不同的書架擺放……請問可以讓我進行分類嗎？」

「可以是可以……」

我想邊看書邊整理書目，然後思考要怎麼分類。

……啊，可是，分類時好想要有貼紙喔。

分類完後，我想貼上分類號碼。現在雖能取得明膠，但因為是用豬肉皮骨製成的，有可能會發霉或腐爛，所以我還是想要有更適合用在書本上的材料。

……回去以後，再問問神官長吧。

要趕在明年之前做好貼紙，然後用羅潔梅茵十進分類法進行分類。

「羅潔梅茵大人，不好意思，您似乎相當熱心於要整理圖書館的資料，但我不能讓領主候補生做這種事情。您只要告訴我，您希望如何分類，我會斟酌參考。」

我完全是基於自己的私心想要分類，怎麼能把這種工作丟給索蘭芝呢。只要得到了她的許可，我就會為了我自己進行分類。

「沒關係的，因為我想成為圖書委員，請讓我負責分類吧。」

「圖書委員？是什麼？」

「公主殿下，不懂。說明。」

休華茲與懷斯輕拉了拉我的衣袖。

「在貴族院協助圖書館員處理工作的學生，就稱作圖書委員唷。我要幫索蘭芝老師的忙。」

「公主殿下，圖書委員。」

「要工作。」

休華茲與懷斯說完，索蘭芝的臉色霎時變得慘白。她瞪大了眼睛，忙不迭搖頭。

「不，怎麼能讓羅潔梅茵大人做這種事情呢。我是中級貴族，羅潔梅茵大人是領主候補生吧？絕不能讓您來協助我。」

「我為了成為圖書館員，今後也會修習見習文官課程，所以也算是見習文官喔。」

「……即便如此，我還是不能讓領主候補生做這種事。」

索蘭芝不停搖頭。黎希達嘆著氣走到她面前，然後轉向我說：

「大小姐，您不能因為自己的私欲，為難索蘭芝老師。」

「……是。索蘭芝老師，真是對不起。」

沒想到要當圖書委員協助索蘭芝，會遭到她這麼強烈的反對。因為索蘭芝是一個人要管理圖書館，我還以為多了個人可以幫她，她會很高興，看來並非如此。

「羅潔梅茵大人如此好心願意幫忙，您的好意我就心領了。」

……其實不只好心，還包含了想改造圖書館的個人私心啦。

遭到反對後，我沒有再糾纏不休，決定安分看書。拜託休華茲與懷斯幫我和菲里妮準備個人閱覽席後，再麻煩黎希達準備紙筆與墨水，我開始沉浸在書裡的世界。由於館藏豐富，讓人非常滿足。

貴族院圖書室一樓的藏書，幾乎都是上課時會用到的資料。很多書都抄寫著一樣的內容，但抄寫的人不同，詳細程度與字的美醜，還有圖案的正確性也都有很大的落差。內容詳盡、經常被人借閱的書籍裡，有的還添加了新的註釋與筆記，資訊量非常豐富。

邊看書邊編製目錄後，不久彷彿透過彩繪玻璃灑下的光芒照在書頁上，我恍然回神。原來時間快要中午了。

「大小姐，回去用午餐吧。」

我請休華茲與懷斯把書放回架上，歸還閱覽席的鑰匙。然後輕摸休華茲與懷斯額頭上的魔石，補充了少許魔力後，返回宿舍。

「下午我再過來。」

也向索蘭芝打了聲招呼後，我朝著宿舍邁開腳步。

……要怎麼做才能成為圖書委員呢？

雖然遭到了索蘭芝的反對，但我還沒有放棄。我「嗯……」地兀自陷入苦惱時，黎希達長嘆一聲。

「大小姐，您在社交上真的還需要多加學習。」

「……這是什麼意思呢？」

「您剛才在圖書館拜託索蘭芝老師的方式，不是領主候補生該有的樣子。」

……領主候補生該有的拜託方式嗎？

在這種地方上，就能看出沉睡了兩年的不良影響呢……黎希達說道。但我在她旁邊只是拚命思索，什麼是貴族該有的拜託方式。究竟該怎麼拜託才是正確的？

左思右想了一會兒後，我忽然想起了某件事，拍向掌心。

「黎希達，那邀請索蘭芝老師參加茶會吧。」

「……怎麼這麼突然呢？」

黎希達瞠大雙眼，我「唔呵呵」地笑了起來。因為我想起了成立義大利餐廳時的情況。當時我明明不是刻意為之，但身邊的人都以為，我是透過款待齊爾維斯特與斐迪南，讓局面變得對自己有利，進而讓他們答應自己的請求。斐迪南還感到佩服地說過，我的行事作風越來越像貴族了，那麼這次也活用這項經驗吧。

……我要舉辦茶會，用美味的點心款待索蘭芝老師，絕對要成為圖書委員！

我想成爲圖書委員

回到宿舍以後，我馬上向侍從們表示：「我想舉辦茶會款待索蘭芝老師，告訴她我想成為圖書委員。」因為舉辦茶會時，需要請侍從們幫忙準備。

「所以，希望大家可以協助我。」

「羅潔梅茵大人若要舉辦茶會，我們自然是任您差遣……」

莉瑟蕾塔與布倫希爾德一臉困惑地互相對望，最後看向黎希達。平常兩人總是立即回答：「遵命。」然後開始討論要怎麼安排，今天的反應卻相當裹足不前。不明白兩人為何是這樣的反應，我覷向黎希達的表情。眼神與她對上後，黎希達忽然板起了臉，呼喚我說：「羅潔梅茵大小姐。」感覺到了類似於班諾和斐迪南準備要罵我的氣氛，也就是即將挨罵的前兆，我忍不住端正坐好。

「您究竟是基於何種打算，才想款待索蘭芝老師？我認識大小姐至今，您行事向來溫和穩重，也盡可能息事寧人。這次卻想藉由權力，強迫對方服從，這真的是您的本意嗎？在僅僅只見過幾次面、還不太了解對方的情形下，您卻提出如此強硬的要求，索蘭芝老師會作何感想呢？」

只是要準備點心款待對方，為什麼會變成藉由權力，強迫對方服從自己呢？我不明所以地側過臉龐。

「……貴族的做法，不就是在款待對方之後，提出自己的請求嗎？我以前曾招待過養父大人與斐迪南大人用餐，當時曾聽聞我這樣的做法很符合貴族的作風，難道是我誤會了嗎？」

黎希達用力閉上眼睛，慢慢吐了口氣。

「並不全然是您的誤會，但您這次的做法完全錯了。」

「對不起，我不太明白。」

我緩緩搖頭說。黎希達不只看著我，還轉頭看向莉瑟蕾塔與布倫希爾德。

「大小姐人不可貌相，不僅知識淵博，在貴族院也接連取得優秀的成績，所以容易讓人忘記她其實有過兩年的空白，十分缺乏社交方面的常識。斐迪南小少爺在教育她的時候，也是以灌輸知識為主。我想，現在妳們兩人都深刻明白到這一點了吧？」

莉瑟蕾塔與布倫希爾德都點一點頭。

「羅潔梅茵大小姐，您說您曾在款待斐迪南小少爺與齊爾維斯特大人以後，讓他們答應了您的請求吧？」

「雖然我完全不是刻意為之，但曾經造成這樣的結果。」

……但也因為貴族與自己的常識截然迥異，當時大家都嚇壞了呢。

「在那種情形下，藉由招待引起兩位的興趣，並且提出自己的請求，這麼做確實沒有錯。但是，那是因為提出請求的大小姐地位比兩位要低，無論大小姐是否設宴款待，決定權還是在上位者身上。然而，如今地位更高的大小姐卻要招待索蘭芝老師，提出自己的要求，這等同是不可違抗的命令。」

黎希達說下位者的熱情款待，只有「還望多多幫忙」這方面的涵義；但上位者若舉辦茶會招待，並且提出要求，根本是種再明白不過的威脅，暗示對方：「地位較高的我都這麼費心招待你了，你應該明白要怎麼做了吧？」而且也有著「你非接受不可，現在馬上明明白白地答應我吧」的意思在，讓對方無路可退，不得不作出承諾。

「我並沒有這個意思……」

我只是想用好吃的點心拉攏索蘭芝，希望她心情變好後，就能答應我的請求，順便再努力宣傳自己，告訴她我可以幫上哪些忙，但從來沒想過要用權力威脅她。

「大小姐只是打從心底喜愛書本，想為圖書館盡份心力，並無意威脅索蘭芝老師吧……這點我很清楚，但索蘭芝老師與其他人，不可能知道大小姐真正的想法。莉瑟蕾塔與布倫希爾德因為了解大小姐平常的樣子，現在才如此困惑，但假使兩人是忠實執行主人命令的侍從，恐怕就會盡力安排好茶會，讓索蘭芝老師絕對無法拒絕吧。」

聽了黎希達說的這些，我嚥了嚥喉嚨。真是幸好沒有演變成那種情況——我安下心來的同時，也在心裡訝叫一聲，感到有些奇怪。

「……黎希達，但我聽說在貴族院，老師的地位比學生要高，難道索蘭芝老師是例外嗎？」

老師的地位應該比學生要高才對。既然如此，我若在茶會上提出請求，應該沒問題啊？我提出疑惑後，不只黎希達，莉瑟蕾塔與布倫希爾德也搖頭。

「原則上確實如羅潔梅茵大人所言。」

布倫希爾德說完，莉瑟蕾塔再補充說了：

「是啊。如果是負責講課的老師，學生們因為會接受他們的指導……尤其是他領的老師，一般學生並不知道他們原先在領地裡的身分與地位，所以才能以老師與學生這樣的身分，形成明確的上對下關係吧。」

「但是，大小姐，請您仔細回想。索蘭芝老師剛才說過，她就連要求學生歸還書籍，對方也會充耳不聞喔？身為領主候補生的大小姐若還舉辦茶會，邀請索蘭芝老師，您想她能以自己是老師為理由，就斷然拒絕您的要求嗎？」

這麼說來，剛才在圖書館，索蘭芝也是一臉非常為難地拒絕了我的協助。還是黎希達看不下去，在旁邊制止了我。

「原來我剛才真的讓索蘭芝老師非常為難，連黎希達都不得不阻止我呢。」

「原本在那種公開場合下，侍從不該多嘴干涉。但是，當時我甚至忍不住心想，萬一大小姐再繼續為難索蘭芝老師，我必須在那之前將您抱回來。」

黎希達說她直到返回私下場合的宿舍房間為止，一路上始終是七上八下。

「還有，您說想協助索蘭芝老師，這種發言也十分不妥。」

「咦？為什麼？」

「因為地位比自己高的人硬是插手幫忙，屆時工作起來只會非常不自在。請您試著想像一下吧。假使齊爾維斯特大人也說要協助您工作，成天在您身邊走來走去，還要求您採取與過往截然不同的另一套工作方式，您會作何感想呢？」

我試著想像了齊爾維斯特在神殿與工坊裡走來走去的樣子，而且他還不斷干涉印刷業與孤兒院的經營，要求我們這麼做、那樣改。我忍不住從心底深處發出吶喊。

……拜託你，別再來了！

「嗚嗚，我非常明白了。原來我對索蘭芝老師而言，只是天大的麻煩呢。」

「我並無意形容到這種地步，但看來在大小姐心目中，齊爾維斯特大人是這樣的存在哪。」

經黎希達這麼一說，我才驚覺自己不小心說出了我覺得奧伯・艾倫菲斯特，也就是齊爾維斯特是天大的麻煩，急急忙忙改口：

「不不，絕對沒有這回事喔。我非常感謝養父大人。我一點也不覺得他來幫忙是種麻煩，也完全沒想過他做好自己的工作就好了喔。呵呵呵呵……」

我忙不迭地搖頭解釋，黎希達咯咯笑道：「我想索蘭芝老師的心情也與您差不多喔。」終於意識到自己造成了多大的麻煩後，我不禁意志消沉。

「所以大小姐要好好想想，齊爾維斯特大人究竟該採用什麼方式，您才能輕鬆自在地把工作交給他？這點才是最重要的。」

有齊爾維斯特在我身邊打轉，怎麼可能輕鬆愉快地工作。不可能。

「……我會放棄成為圖書委員。」

「大小姐，您不必這麼沮喪。不一定要是齊爾維斯特大人，您可以成為斐迪南小少爺呀。小少爺會幫忙處理神殿長的公務吧？不僅如此，他也提供給了您許多建言，為了讓自己在處理神殿長的公務時能減輕點負擔，說不定還做了許多變動。對此，大小姐又有什麼感想呢？」

我再試著想像了斐迪南在工坊裡走來走去，對灰衣神官們下達指示的情景。對喔，記得斐迪南這兩年還派了尤修塔斯去工坊幫忙，也派遣了古騰堡們前往哈爾登查爾，有變動的事情還不少。但是，我一點也不覺得這是麻煩。

「如果沒有斐迪南大人幫忙，我反而會很傷腦筋呢。」

「沒錯。地位高的人提供協助時，未必只會令人感到困擾。但是，為了真正幫助到對方，就必須為對方設想。目前為止，大小姐都只想到了自己。倘若您提出的協助方式，能夠真正幫助到索蘭芝老師，也許她就會願意把工作託付給您吧。」

聽了黎希達這番教誨，我輕輕點頭。

「好的，我知道了。那我還是放棄與索蘭芝老師舉辦茶會吧。」

「不，羅潔梅茵大人，茶會非常重要喔。我認為還是該與索蘭芝老師舉辦茶會。」

我眨了眨眼睛後，布倫希爾德微微一笑。

「拜託別人事情時，比起完全不認識的對象，通常是彼此熟悉的人更容易得到正面回覆。茶會就是為了了解彼此而存在。首先應該要從增進交流開始。」

「布倫希爾德，等一下。妳再仔細想想。」

莉瑟蕾塔輕抬起手，看著我與布倫希爾德。

「我也贊成舉辦茶會促進情誼，但會不會造成索蘭芝老師的負擔呢？現在負責管理圖書館的，只有索蘭芝老師一個人吧？茶會期間，圖書館該怎麼辦？」

莉瑟蕾塔提出這一點後，原本我還因為圖書館而亢奮不已的腦袋即刻冷卻下來。明明已經掌握到了許多有關索蘭芝的情報，我卻完全沒有考慮到這個層面。我真是太自以為是了。索蘭芝現在是獨自一人在管理圖書館。就算我邀請她參加茶會，她也不可能放心地把圖書館完全交給休華茲與懷斯吧。到時候很可能因為我的任性，結果必須關閉圖書館，她才能參加我舉辦的茶會。

「對不起，我的思慮真是太不周詳了。」

「大小姐，既然您已經明白了這一點，接下來請好好思考下一步該怎麼做。還有最重要的是，請一定要與我們商量。大小姐是為什麼想要那麼做？又是渴望得到什麼才想採取那種行動？請您務必向我們清楚說明。」

黎希達邊說邊在我面前跪下，從比我要矮一些的高度與我對視。然後她握住我的手，面帶難色地垂下雙眼。

「原本身為侍從，應該要在主人說完指示之前，就察覺到主人的心思，率先採取行動。但是，我們在大小姐身邊服侍的時間還太短了。」

我成為領主的養女後，依然經常待在神殿，再加上後來沉睡了兩年的時間。就連在城堡最一開始介紹給我的首席侍從黎希達，事實上與我接觸的時間也很短。

「關於該如何管理您的身體健康，斐迪南小少爺告訴了我許多注意事項，也把藥水交給我保管。但是，侍奉您時應該注重哪些事情，我卻還是不了解。」

「但我覺得黎希達已經服侍得很完美了喔。」

黎希達做事總是萬全周到，讓我在生活上完全不用擔心。然而我這麼表示後，黎希達卻緩緩搖頭。

「身為大小姐的侍從，我的工作表現還只有三流而已。」

我不明白地眨眨眼睛。如果黎希達算三流，還有誰稱得上一流呢？黎希達的黑色雙眸分外認真地注視著我。

「打理好生活環境，讓主人能夠過得愜意自在，是侍從應該做到的最基本工作。無法察覺主人的意圖，只會照著命令行動的侍從，只能算是三流；接到命令後，便能察覺主人意圖的侍從則算二流；但能在接到命令之前，就察覺到主人心思並且展開行動的侍從，才稱得上是一流。」

「……所以黎希達是以此為基準，認為自己還只有三流嗎？」

黎希達對於侍從這項工作竟有著這樣的自我要求，讓我感到十分吃驚。但是，莉瑟蕾塔與布倫希爾德聽著黎希達說的這番話，表情都非常認真。

「至今我已侍奉過好幾位大人。第一位服侍的人是葛蕾琴大人，接著是嘉柏耶麗大人。後來我也侍奉過薇羅妮卡大人，也曾在波尼法狄斯大人的請託下侍奉過卡斯泰德大人。既侍奉過喬琪娜大人，也服侍過齊爾維斯特大人。」

黎希達列舉出的名字中，有幾個人我都不認識。代表這麼長時間來，黎希達真的見過許許多多的貴族吧。

「成年以後，我一直很自豪自己在工作上有一流的表現。然而，現在的我卻一點也沒有這樣的信心。大小姐因為是在神殿長大，您在採取行動時的思考方式，都與我從前服侍、接觸過的貴族千金截然不同。」

黎希達說她就算想依據自己的常識與過往經驗，來推斷我的意圖，我卻總是做出她預料之外的舉動；偶爾還會有即便問了我，她仍然不太明白的情況。

「不論是比起身體更重視書本的熱情、如何提升成績的思考方式，還是為了舉辦茶會所採取的行動……我都不明白大小姐在想什麼。儘管長年來我服侍過了這麼多貴族，仍然覺得服侍大小姐非常困難。」

在黎希達眼中，我是非常難以理解又難以定義的對象。她說明明是連大人都會煩惱的事情，我卻兩三下就解決了；有時可以完美地應對如流，有時又不知道一些連已受洗孩童都曉得的常識，因而不知所措。

「大小姐究竟知道哪些事情、不知道哪些事情；缺乏哪一方面的常識，又該如何補足，這些事情連我也還在摸索當中。」

我完全沒想到自己給黎希達造成了這麼大的負擔。回顧了自己來到貴族院以後的種種舉動，我稍微自我反省。先前在我身邊，都有人知道我會為了書本，不顧一切往前衝。路茲與斐迪南也知道我經歷過梅茵以外的另一段人生，所以每當我做出不合常理的舉動，馬上就會制止我。但是在這裡，就算我的行為異於常人，也沒人會開口糾正。這麼理所當然的事情，我竟然直到此刻才發覺。同時，我也感覺到自己臉色發白。因為根據以往的經驗，我很清楚權力越大，因常識不同而引發的糾紛與齟齬也會越嚴重。

「我最害怕的，是我們照著大小姐的指示行動後，出現的結果卻不如您的預期。侍從必須輔佐主人，讓主人在行動時順暢無礙，倘若理解不了主人的意圖，我們也無法做好自己的工作。所以大小姐，請您一定要與我們商量。」

這麼說來，在這裡，不再有人三天兩頭提醒我要「報告」，所以最近幾乎都沒有做到所謂的「報告、聯絡、商量」。

「黎希達，那我想成為圖書委員，妳想我該怎麼做才能擔任呢？請教我該如何提出請求，才符合領主候補生的身分。」

我說完，黎希達面露難色。

「首先，我想請大小姐說明清楚，您究竟想向索蘭芝老師要求什麼呢？圖書委員是什麼？要負責哪些事情？大小姐在成為圖書委員以後，又打算做什麼？如果是想協助圖書館的業務，其實有休華茲與懷斯就足夠了。」

貴族院圖書館的主要業務，就是在冬季期間為新生辦理登記、辦理借書手續，還有管理閱覽席。除此之外的工作都是在其他季節進行，所以並不需要領主候補生幫忙。

「大小姐，剛才我也聽見了您與索蘭芝老師的對話。您真的只是想幫忙嗎？但您針對書本該如何擺放，似乎提出了不少意見……」

聽見黎希達問我想做什麼，我思索了一會兒。不管是搪塞還是拐彎抹角，都無法傳達出我的想法吧。只能誠實地說出自己的希望了。

「我不喜歡圖書館裡的書都沒有固定位置，而是隨意擺放。所以，我希望今後可以採取羅潔梅茵十進分類法，編製目錄方便大家找書，再根據目錄整理書架；另外，我還想追回那些流落在外的書籍。」

「……大小姐，這已經徹底超出了協助的範圍，是在管理圖書館吧。」

黎希達一臉錯愕地說。莉瑟蕾塔與布倫希爾德似乎也同意黎希達的看法，看著我的臉上交雜著困惑與驚愕。

「羅潔梅茵大人，您若聲稱這些事情只是幫忙，我想索蘭芝老師會非常為難喔。」

看來我想執行的這些事情，非常魯莽又亂來。

「要對貴族院的圖書館進行改革，是件這麼困難的事情嗎？我還以為只要能與索蘭芝老師相處融洽，就有辦法做到呢……」

麗乃那時候，只要當上圖書委員，一邊幫忙一邊與老師打好關係，交情還好到可以一起自在喝茶後，圖書館的老師們都會通融我不少事情。例如採購時優先購買我推薦的書籍，或是說好某一本書在歸還以後，我就能接著借閱，簡直是一段快樂如天堂的時光。但是，在貴族院這裡似乎行不通。

「倘若大小姐想深入參與圖書館的事務，現在您是管理圖書館的休華茲與懷斯的主人，其實大可以利用這個身分，表示自己也想要管理圖書館，索蘭芝老師聽了，也會比較沒有壓力吧。請您與索蘭芝老師好好溝通，懇請她協助您取得中央的許可。這樣一來，大小姐就算要干涉圖書館的業務，也完全沒有問題。」

黎希達很乾脆地得出了這個結論，但如果要取得索蘭芝上司的許可來管理圖書館，好像和我想像中的圖書委員不太一樣。

「大小姐並不想要命令，而是在抱有好意與興趣的前提下，想請索蘭芝老師幫您這個忙吧？」

「是的。我想與索蘭芝老師一起討論、一起思考，貴族院圖書館的藏書應該要怎麼分類比較好？書籍又應該怎麼管理？我並不想命令她。」

我回答後，黎希達表示理解地點點頭。

「既然如此，大小姐應該要告訴索蘭芝老師您的想法，得到她的理解與認同後，讓她覺得可以向中央提出申請。為此，請您多與索蘭芝老師往來交流。」

首先要找機會詢問索蘭芝，了解圖書館現在的營運狀況。我用力握拳。

「為了讓索蘭芝老師能愉快地參加茶會，就從每天去圖書館開始吧！」

「……大小姐，光看書可舉辦不了茶會。請把目光也放在書本以外的事情上吧。」

看來我若想正式成為圖書委員，還有很長一段路要走。

……不過，暫時應該可以自稱是圖書委員吧？

為了與索蘭芝舉辦茶會

被黎希達訓斥過後，吃完了午餐，下午我再度前往圖書館。一路上，我不斷回想各種注意事項：要控制自己的情緒，別一下子就表現得與索蘭芝太過親密，只能提起黎希達判斷過沒有問題的話題。此外，我們也說好回來以後，黎希達會告訴我她覺得應該改進的地方，讓我藉此學習貴族間該有的對話與社交方式。

黎希達說了，今天下午，我可以先詢問索蘭芝是否有時間參加茶會，以及她平常是否會參加他人舉辦的茶會。之後就該保持距離，別再刻意親近。

「公主殿下，來了。」

「公主殿下，歡迎。」

「我過來繼續看剛才的書了，能借我閱覽席的鑰匙嗎？」

休華茲與懷斯都走過來迎接我，我也向在辦公區域的索蘭芝打招呼。

「索蘭芝老師，午安。方才因為我只想到自己，造成了您的困擾，實在非常抱歉。因為終於能來圖書館，我好像興奮過頭了。」

「請您不必放在心上。由此可知羅潔梅茵大人有多麼喜愛圖書館，我很高興呢。」

不知在寫著什麼的索蘭芝抬起頭來，露出微笑，用注視著孫女般的溫暖眼神看我。感覺得出她是真心接受了我的道歉，我如釋重負。

「索蘭芝老師，現在您是一個人在管理圖書館吧？平常不會參加或舉辦茶會嗎？」

「是呀。雖然現在來圖書館的人還不多，我也比較有空閒時間，但提早修完課程的學生們一旦開始社交活動，要不了多久，就會有越來越多的學生為了最終測驗前來看書，到時便會十分忙碌。所以我既無法參加茶會，更不可能召集舉辦。以前還有好幾名圖書館員時，倒是曾輪流參加……」

索蘭芝說話的同時，看著休華茲與懷斯，表情非常溫柔。

「現在有休華茲與懷斯幫忙，工作起來不僅輕鬆多了，也不再感到那麼寂寞。所以，我很感謝羅潔梅茵大人喔。」

……太好了。我不是只有造成困擾而已。

休華茲與懷斯能夠重新運作，只是因為我在激動下釋放出了祝福，其實我個人並沒有幫上忙。不過，我還是很擔心自己只在索蘭芝心中留下了不好的印象，所以聽到自己多少為索蘭芝帶來一點幫助，不由得鬆了口氣。

「索蘭芝老師，我很想找機會與您好好談天，不知道您是否有時間呢？關於休華茲與懷斯，還有我正在製作的書籍，我都想與您一起討論。」

「您在製作書籍嗎？……羅潔梅茵大人真的很愛書呢。」

索蘭芝老師瞪大了藍色眼睛，我笑著對她點頭。

「我正在整理吟遊詩人傳唱的騎士故事，還有艾倫菲斯特的母親傳給子女的故事，準備要製成書籍。」

其實騎士故事集早已經做好了，還印成了紙本書在販售。不過，現在也確實還在蒐集故事當中，所以不算是說謊吧。總之，為了讓索蘭芝產生興趣，願意與我舉辦茶會，我試著丟出了身為圖書館員的她有可能感興趣的話題。

「哎呀，果然不只是參考書，羅潔梅茵大人也喜歡故事吧？圖書館裡收藏的故事類書籍雖然不多，也有零星幾本……要為您帶路嗎？」

「麻煩索蘭芝老師了，我非常想看看呢。」

在一樓擺滿了參考書的書架中，有個區塊放著少有人閱覽的陳舊資料，索蘭芝踩著從容不迫的步伐朝那裡走去。她一邊為我帶路，一邊告訴我，多數來圖書館的學生，都是為了準備最終測驗來看參考書，也有的是為了抄寫書籍，再賣給上級貴族賺錢，所以很少有學生會翻閱故事類的書籍。貴族院又只在冬天開放，幾乎所有學生都忙著上課與社交，沒有多餘時間能悠閒享受閱讀的樂趣。

「故事類書籍都放在這裡，另外也有聖典的手抄本。」

「謝謝索蘭芝老師。休華茲，請安排閱覽席的位置給我和菲里妮吧。」

我對休華茲說道，再請黎希達拿來故事類書籍，走進閱覽席。接著開始看書，整理書目資料與大綱。

由於是騎士故事，劇情大致上都是要打倒魔物，但有些描寫到了騎士之間的友情，有些是小領地的騎士團誓死對抗大領地的壯闊戰記，每本書的內容不盡相同。只不過用語都很古老，所以不好閱讀。再加上字跡潦草，有些歪七扭八，某些段落很難辨識。

「羅潔梅茵大人，這些書對我來說太難了。我的程度還不夠呢。」

菲里妮也在努力整理資料，但好像一直看不太懂內容。我因為看過比起騎士故事、使用了更多更艱澀語彙的聖典，所以並不覺得很難解讀。但是，菲里妮一開始學習文字時，就是以改寫成了易讀文章的聖典繪本為教科書，想必還沒看過這種用古文寫成的書籍，一定覺得很難吧。

「為了讓菲里妮也能看懂古文，看來要再準備教科書了呢。畢竟文官若看不懂從前的資料，將來在工作上也會遇到困難。」

「您說得是，我會加油。」

看了不少騎士故事以後，這天也結束了。我決定借其中一本書回去，然後當作參考寫出新故事。

「懷斯，我想借這本書。」

「知道了……公主殿下，保證金，三枚大金幣。」

雖然一開始就聽說要支付與書本等價的保證金，但真的好貴。想起麗乃那時候的圖書館可以免費借閱，我不禁為那美好的規定感到感動。真想向包含圖書館不應該收費在內，提出了圖書館五律的偉人阮甘納桑獻上感謝與祈禱。

……可是，如果想要免費借閱書籍，首先得推廣印刷才行呢。道路好漫長！

隔天，多了柯尼留斯與哈特姆特陪我一同前往圖書館。兩人在聽說圖書館裡有寫著騎士故事的書籍時，都顯得十分驚訝。似乎是沒想到圖書館裡頭，有參考書與教師研究成果以外的書籍吧。

「艾倫菲斯特的城堡圖書室裡都有公務所需的資料，那麼貴族院的圖書館，應該也網羅了與貴族院有關的資料吧？我想只是學生經常取閱的參考書，都擺在一樓方便拿取的地方，讓大家能迅速找到而已。可是像故事類書籍，其實也一直擺在一樓的角落。」

我這麼說完後，哈特姆特便表示，他想去找找看有沒有領地對抗戰的資料。說不定有資料記錄了比賽時的成績與魔物——聽到哈特姆特這麼說，柯尼留斯與萊歐諾蕾的雙眼也亮起光彩。練習完飛蘇平琴，第三鐘響後，我帶著對圖書館產生了興趣的學生們一同出發。

「公主殿下，早安。」

「休華茲、懷斯，早安。」

「公主殿下，喜歡書？」

「我最喜歡書了，所以，我會盡可能每天都來圖書館。我要歸還這本書，請幫我辦理歸還手續吧。休華茲與懷斯也要努力工作喔。」

我摸了摸他們額頭上的魔石，第一次見到兩人的學生們發出驚訝叫聲。

「到處都在謠傳圖書館裡有大型的蘇彌魯，原來是真的嗎？」

「真的好可愛喔，一定要努力為他們製作新衣才行呢。」

我沒有去聽大家悄聲在聊著什麼，拜託休華茲與黎希達辦理歸還手續後，轉向索蘭芝。

「索蘭芝老師，早安。」

「早安，羅潔梅茵大人。今天有好多學生與您一同前來呢。」

「因為我們想找一些資料，想請教索蘭芝老師是否知道放在哪裡。」

「是什麼資料呢？」索蘭芝歪過頭問，哈特姆特往前一站。

「請問圖書館裡有資料記錄了領地對抗戰的迪塔比賽嗎？例如哪個領地打敗了哪一種魔物，我們想要這方面的資料。」

「圖書館內並沒有資料記載了每場迪塔比賽的結果。不過，我想過往的參考書裡頭，應該都稍微提及了奪寶迪塔的戰術。另外，在統整了每年成績優秀者的資料中，也會註明領地對抗戰中是哪些領地名列前茅。」

哈特姆特與柯尼留斯互相對看，雙眼發亮。過往的參考書並沒有借閱的必要，因為有艾克哈特與斐迪南的資料就很足夠了。現在我們想知道的，是以前有哪些領地在領地對抗戰中名列前茅。

「那我們想看看領地對抗戰的資料，請問放在哪邊的書架上呢？」

「羅潔梅茵大人想查看的資料，總是和別人不太一樣呢。一般學生都是為了賺錢，努力抄寫書籍，不然就是閱覽課程所需的參考書……」

索蘭芝帶著笑容這麼說完，轉身背對我們。

「閱覽室裡，主要都是放置學生們經常取閱的參考書，所以記錄與保存用的資料都放在其他書庫。還請稍候。」

索蘭芝不是從閱覽室，而是從放置資料的倉庫裡頭，拿出了精心裝訂過的資料給我們。看到收藏方式明顯不同的資料，我抬頭看向索蘭芝。

「……索蘭芝老師，這份資料是否禁止帶出圖書館呢？」

「是啊，這份資料禁止外借，因為學生若不歸還就糟了。不過，待在閱覽室裡翻閱的話就沒問題。」

看著厚厚一疊資料，我說著「謝謝老師」，正想要接過時，哈特姆特倏地從旁邊走出來，伸手接過。

「羅潔梅茵大人，這些資料由我來抄寫吧。除了迪塔以外，我還想查找其他資料。您介意讓菲里妮一同來協助我嗎？」

「嗯，當然沒關係。那就麻煩哈特姆特了。」

要一個人抄寫完所有內容很花時間。哈特姆特似乎是想找菲里妮一起幫忙，分頭抄寫。哈特姆特環視了圖書館內一圈後，對索蘭芝露出傷腦筋的表情。

「索蘭芝老師，我希望能有大一點的桌子，才方便好幾個人一起抄寫資料，請問圖書館內有閱覽席以外的桌子嗎？」

「二樓是有桌子能讓好幾個人坐在一起抄寫，但因為這份資料禁止外借，我還是希望能待在我看得見的地方呢。正巧現在所有領地的新生都辦理完了登記手續，不如我辦公室裡，那張用來辦理登記的桌子就借給你們使用吧。」

「那真是太好了，我們會盡快抄寫完畢。」

索蘭芝帶著哈特姆特、菲里妮與另外兩名見習文官，一同走進了辦公室。哈特姆特很快地看過資料，決定誰要負責哪個部分；與此同時，菲里妮他們迅速地準備著我提供的紙張和墨水。

索蘭芝帶著溫暖微笑注視四人，走出辦公室後，發現我們還站在櫃檯前面，露出了愉快的笑容環顧大家。

「其他還需要什麼資料嗎？」
萊歐諾蕾先是與柯尼留斯對視，然後往前站了一步。
「請問有關於魔物的資料嗎？我們想知道有沒有資料記載了這一帶的魔獸該如何狩獵，還有牠們的能力與弱點……」
「除了參考書外，二樓也有卷軸雖然老舊，但寫有詳盡的資料喔。好像是專門製作魔導具的老師，在蒐集材料時做的紀錄。」
索蘭芝一邊說明，一邊慢條斯理地走上二樓。想查看二樓資料的學生似乎真的不多，索蘭芝笑道：「除了老師以外，我很少帶學生上樓找資料，感覺真奇妙呢。」
索蘭芝還說，日後有可能留在貴族院擔任助手的學生，在學期間便會被老師使來喚去，不只要幫忙搬資料，還要閱讀老師指定範圍的書籍。據說她能透過學生們在圖書館內的表現，猜出誰畢業以後還會留在貴族院。
「多數學生除了參考書，都不會想了解圖書館內是否還有其他書籍。因為在貴族院這裡，比起學習，學生們更重視社交活動。」
她說因為在自己的領地裡頭就能學習，但如果想與他領的人交流，只有在貴族院才辦得到，所以大家勢必都以社交活動為優先。聽說從前是畢業時才能取得思達普，所以願意花心力在學習上的學生比現在要多。
「不過，貴族院開放至今都還沒經過一個月，艾倫菲斯特就有這麼多學生來到圖書館，優秀的人才真是不少呢。」
索蘭芝毫不遲疑地走向目標書架。大量卷軸堆放在書架上，很像是手工藝材料行裡的一綑綑布匹。而且所有卷軸都掛著小小的木牌，和布匹的標價牌一樣，所以看起來又更像了。木牌上寫著書目資料，可以辨識裡頭的內容。

索蘭芝在某個書架前站定，接連看了幾個木牌後，抽出其中一捲卷軸，幫我們設置在閱覽卷軸用的書桌上。閱覽卷軸用的書桌上附有紙鎮，便於抄寫時不讓卷軸捲起來。

「上面還有圖畫，非常清楚明瞭呢。」

從前老師留下來的卷軸上，不光魔獸，還記載了魔樹，另外附有稱不上精美的插圖。之後我也想借來看。

攤開卷軸以後，上頭有兩則關於魔物的記述，因此大家決定坐在書桌的左右兩邊，分頭抄寫。由於是見習騎士需要魔物方面的資訊，一名見習騎士開始準備紙和墨水。

「萊歐諾蕾，能麻煩妳抄寫嗎？畢竟妳畫的圖比我漂亮。」

柯尼留斯說著，把抄寫工作交給萊歐諾蕾。

「這是沒問題……但柯尼留斯不擅長畫畫嗎？」

「老實說，我不太擅長。」

看見萊歐諾蕾仰頭注視自己，柯尼留斯難為情地略略別開視線。萊歐諾蕾對此輕笑起來，表情非常柔和。

咦？難不成……萊歐諾蕾喜歡柯尼留斯哥哥大人？

這時，我忽然想起了之前與萊歐諾蕾的對話，當時她很在意安潔莉卡有可能嫁給某位哥哥大人的傳聞。我拍了下掌心。

……原來萊歐諾蕾不是想成為母親大人那樣的高貴婦人，而是想成為柯尼留斯哥哥大人的第一夫人啊！

我在心裡頭偷偷為萊歐諾蕾加油。雖然我好像沒什麼資格說，但波尼法狄斯一族的人都深受男方血緣影響，比起思考，更傾向於鍛鍊身體，所以我非常希望萊歐諾蕾可以嫁進來，多多進行一些有助於增加知性氣質的活動。

眼看大家都找到了想要的書籍，我也回到一樓，繼續閱讀上次沒看完的故事書。

到了下午，菲里妮要上術科課，萊歐諾蕾也把護衛騎士的工作交接給托勞戈特。在討論誰要抄寫魔物資料的時候，柯尼留斯與托勞戈特起了一點爭執，最後是由柯尼留斯負責。事後，我偷偷瞄了一眼柯尼留斯的畫，個人覺得畫得還不錯。如果柯尼留斯並不是謙虛，那就代表我的繪畫程度可能真的很糟。

「羅潔梅茵大人，我也想找機會與您好好談天呢。」

這天要離開圖書館時，索蘭芝叫住了我。看完了好幾本書，正感到心滿意足的我，一時間不明白她在說什麼，差點就要歪過腦袋，幸好即時反應過來。對喔，是我自己主動說過「希望能好好談天」。

「索蘭芝老師，倘若您不方便離開圖書館，要不要在辦公室舉辦茶會呢？假如您不嫌棄，我可以準備好茶水與點心再帶過來，減輕您的負擔……」

「……這當然是幫了我的大忙，但羅潔梅茵大人不介意嗎？」

索蘭芝充滿驚訝的目光不是投向我，而是屆時要忙著準備茶會的侍從黎希達。黎希達對索蘭芝輕輕點頭。

「對此我們完全沒有問題，大小姐已經向我們說明過了。為了減輕索蘭芝老師的負擔，這是大小姐想出來的解決辦法。若要在圖書館的辦公室舉行，一切將以索蘭芝老師的考量為優先。」

「因為老師是一個人管理圖書館，平常十分忙碌吧？所以我在想，不如就像準備野餐一樣，可以預先備好茶水與點心，再帶過來這邊。」

黎希達起先聽到時非常驚訝。她說一般而言，貴族根本不會帶著茶水與點心移動，然後只借用場地。但是，為了減輕索蘭芝的負擔，我仔細地向黎希達說明了自己想到的解決方法，最終她也可以理解。

「但這都是以索蘭芝老師很忙為前提，我……」

「沒關係的，我非常感謝喔。羅潔梅茵大人，那我就恭敬不如從命了。土之日因為休息，來圖書館的人比較多，所以我希望能訂在前一天的實之日……」

「當然可以，我很高興能與索蘭芝老師舉辦茶會呢。」

配合索蘭芝的時間以後，我們敲定了後天下午，在她的辦公室舉辦茶會。

我很快返回宿舍，告訴侍從們茶會的舉辦時間。布倫希爾德聽了，張大眼睛說：

「想不到在與音樂老師們舉辦茶會之前，會先與索蘭芝老師舉辦茶會呢。」

「因為要配合索蘭芝老師的時間嘛。」她說大概是因為對休華茲與懷斯感到好奇，今年來圖書館的學生比往年要多，所以想盡早舉辦茶會。」

黎希達提醒我，我不能在茶會上一味主張自己想成為圖書委員，目標要放在與對方變得熟稔上。另外，也要決定為休華茲與懷斯測量尺寸的時間。除此之外，我還預計把編纂到一半的手寫原稿帶過去，也想了解索蘭芝出生的故鄉、她又聽說過哪些故事。

「說不定先與索蘭芝老師舉辦茶會，其實是件值得慶幸的事情呢。」

布倫希爾德突然十分支持在圖書館舉辦的茶會，我納悶歪頭。

「索蘭芝老師因為冬季期間都要待在圖書館，與其他老師似乎也沒有交流。對於一直想趁著茶會引領流行的布倫希爾德來說，不會覺得沒什麼挑戰性嗎？」

「雖說冬季期間要一直待在圖書館，但其他季節應該也會與老師們往來吧？事實上，索蘭芝老師也知道艾倫菲斯特一年級新生的成績，想必多少還是有些交流。接下來的茶會要面對那麼多老師，想到就令人緊張，但趁著先在圖書館舉辦茶會，正好可以觀察中央貴族會有什麼反應。關於服裝、髮飾與點心，說不定也能得到索蘭芝老師的意見。」

布倫希爾德說了，索蘭芝是中央貴族，應該會對艾倫菲斯特的新流行有所反應。然後可以根據她的反應，擬定一些對策來準備與音樂老師的茶會。

「可是，我只預計要跟索蘭芝老師討論休華茲和懷斯的服裝，還有關於書的事情……」

我說完，布倫希爾德瞇起眼睛，眼神有些不能苟同。她先是看向黎希達，接著稍微彎腰與我對視，似乎是準備說教。自從先前坦白說了我沒有社交方面的知識與經驗後，現在侍從們都會提醒我。

「羅潔梅茵大人，談天時能選用的話題是越多越好喔。而且，若不事先準備好話題，很可能在您單方面聊完書籍以後，這場茶會就結束了。請您別忘了，也要談及書本以外的事情。索蘭芝老師因為是中級貴族，一定會面帶笑容，專心傾聽您說話吧。但也正因如此，您一定要仔細觀察對方的反應才行。」

布倫希爾德提醒完後，莉瑟蕾塔也露出擔心的眼神點頭。

「韋菲利特大人也告訴過我們，只要關係到書，羅潔梅茵大人很容易把其他事情都拋到腦後。請您記得一定要保有領主候補生的風範，行事也要冷靜自持……放心吧。羅潔梅茵大人甚至幫助了姊姊大人，讓她可以畢業，沒有您做不到的事情。我相信羅潔梅茵大人。」

莉瑟蕾塔充滿期待與信賴的眼光好刺眼。看來參加茶會之前，我最好擬定萬全的對策，以免失敗。

在貴族院的第一場茶會

到了茶會當天。我用絲髮精把頭髮洗得光滑柔順，再由布倫希爾德為我編髮。服裝與髮型雖然都採用了貴族院現在的流行，但我們刻意把花飾別在顯眼的地方。這天頭髮上與胸前都放有花飾，就連喝茶的時候也很難不注意到。

至於要帶去參加茶會的點心，自然就決定是磅蛋糕了，但因為還不了解索蘭芝的喜好，所以我們先準備了原味。本來布倫希爾德與莉瑟蕾塔身為侍從，都會努力蒐集受邀者的情報，然而不光在艾倫菲斯特領內，聽說就連其他領地的見習侍從，也沒有半個人擁有索蘭芝的消息。

「我們完全打聽不到有關索蘭芝老師的情報。看這樣子，近年來她真的沒有參加過任何茶會呢。其實直到羅潔梅茵大人提議之前，我也從未想過可以邀請索蘭芝老師。倘若還有時間，我就能前往圖書館，直接詢問本人了……」

「布倫希爾德說得沒錯。我想多半沒有學生會想到能與索蘭芝老師交流，她一直以來都孤單一人，想必非常寂寞吧。希望與羅潔梅茵大人的茶會，能令老師稍微感到安慰。今天的茶會，我們準備了奶油、蜂蜜、樂得樂沛果醬、酒漬水果，可以隨意搭配自己喜歡的口味享用磅蛋糕。從今天開始，我們慢慢蒐集有關索蘭芝老師的情報吧。」

只要掌握了喜好，下次茶會就可以製作符合對方口味的磅蛋糕。今天準備的茶水，也是先與原味磅蛋糕作搭配。

「茶會期間必須趁著交談的時候，不露聲色地問出索蘭芝老師的喜好。這是一項非常重要的任務喔。」

黎希達看著我扳起手指，確認茶會期間我該做哪些事情。

「大小姐，茶會上該提起的話題，您都記下來了嗎？今天可不能使用寫字板。因為負責記錄對話的見習文官也會一同前往。」

站在旁邊，神色遠比我還要緊張的人正是菲里妮。這一天，菲里妮首次接下了書記的工作。雖然今天會有哈特姆特負責指導與協助，但是今後我將前往的地方，有些是男性止步。一般舉辦茶會時，很少有文官會在旁邊摘記內容，但這次因為要決定測量尺寸的日期，還要提供我整理好的騎士故事原稿給索蘭芝，詢問她的感想，所以需要有文官在場。但其實這些都是表面說詞。真正的目的，是要讓菲里妮累積見習文官方面的經驗，另外她基於布倫希爾德的要求，也要把索蘭芝的反應記錄下來。

「菲里妮，我想會很辛苦，但就麻煩妳了喔。」

「我還是第一次拿著這麼多價格高昂的紙張，雙手忍不住一直發抖呢。」

我給了菲里妮工坊做失敗的紙張，讓她當作便條紙使用。因為這些紙已經不能販售了，也算是有效回收再利用，然而菲里妮似乎一點也不這麼認為。

「也只能慢慢適應了呢。做記錄的時候，紙張與墨水都是必需品嘛。雖然也可以把我的寫字板借妳，但如果不習慣使用寫字板，會不曉得字該寫多大，記錄時又該優先寫下哪個單字。」

因為寫字板要單手拿著才能做筆記，本來就記錄不了多少內容，最好還是習慣在紙上寫字吧。

「菲里妮，妳的責任非常重大喔。因為大家會根據今天的茶會紀錄，討論艾倫菲斯特的學生們今後該如何推廣流行，我們又該怎麼做才能吸引他領學生的注意力。」

「布倫希爾德，請妳別再嚇我了。」

菲里妮緊緊抱著紙張，雙眼泛起淚光。看見她這副模樣，大家都輕笑出聲。今天因為是第一次在貴族院舉辦茶會，大家其實都相當緊張，這時總算稍微放鬆了表情。

這一天，所有近侍都將陪同我參加茶會，此外還有負責演奏的羅吉娜。由於是在緊鄰著閱覽室的辦公室內舉辦茶會，到時能否彈奏樂器，還要問過索蘭芝的意見，但若不帶樂師一同前往，也是一種失禮的舉動。

「……所有東西都帶了吧？」

來到玄關前面，我再次確認。黎希達推著的推車上，放有點心與茶水等各種茶會必備物品。布倫希爾德注視著我，檢查髮簪的位置與服裝有無不妥；菲里妮也重新檢查自己是否帶齊了所有書寫工具。知道我們已經檢查過無數遍的護衛騎士與哈特姆特在旁邊互相對望，聳了聳肩。看見我指著東西一一進行確認，韋菲利特緩緩搖頭。

「有黎希達負責確認，應該不用擔心吧。比起東西沒有帶齊，我更擔心妳的社交表現。」

韋菲利特一臉忐忑不安地說。一牽扯到書就會忘了其他事情、兩年來的沉睡又導致我社交經驗非常缺乏，這些都是我現在的弱點。韋菲利特因為曾聽到黎希達這麼提醒我，對於今天以及與音樂老師們的茶會，似乎都比我還要緊張。

「韋菲利特哥哥大人，話題我們都已經決定好了，您不用擔心喔。」

「我想妳應該還是能表現得很好吧。但小心為上，千萬別大意。」

「我知道。而且黎希達也在，請您放心吧。」

點心與茶水都準備好了，只等第三鐘響就出發。

「羅潔梅茵大人，歡迎。」

「索蘭芝老師，感謝您的邀請。我非常期待今天的茶會呢。」

索蘭芝邀請我們進入她的辦公室。原先用來讓學生們辦理登記的桌椅，為了這天的茶會改變了配置方式。在場除了索蘭芝之外，還有一名應該是侍從的女性。

我與索蘭芝互道寒暄時，侍從們很快地開始準備茶會。菲里妮在哈特姆特的指示下放置墨水，討論著該怎麼做記錄。護衛騎士們分成了兩組，一組負責在門口守衛，一組站在身後保護我。

「公主殿下，來了。」

「今天，不看書？」

休華茲與懷斯從連接著櫃檯的那扇門走進辦公室，金色雙眼望著我，歪過小腦袋。

「是啊，今天我要與索蘭芝老師舉辦茶會，還要討論休華茲與懷斯的新衣，這段時間你們要努力工作唷。」

「努力工作。」

「新衣。」
我為走過來打招呼的休華茲與懷斯注入魔力後，兩人便搖晃著小腦袋瓜走回閱覽室。索蘭芝始終笑容可掬地注視兩人。
「索蘭芝老師，如果您會擔心閱覽室的情況，其實可以開著門……」
「不了，羅潔梅茵大人。今天來圖書館的學生只有寥寥幾人，我反而擔心茶水與點心的香氣會飄進閱覽室呢。」
索蘭芝咯咯笑著，目送休華茲與懷斯離開後，關上房門。
「那能演奏音樂嗎？聲音會不會傳到閱覽室呢？」
白色建築物本身都具有優秀的隔音效果，但因為門板是使用尋常木頭，所以聲音還是會傳出去。索蘭芝看著羅吉娜與飛蘇平琴，稍作思考以後，愉快地瞇起藍色眼眸。
「樂師會彈奏羅潔梅茵大人創作的稀奇歌曲吧？我很想聽一首看看呢。因為無法參加他人舉辦的茶會，我好久沒這麼高興了。」
索蘭芝優雅又含蓄地柔聲說道，我朝羅吉娜瞥去一眼。
「既然如此，正好有首曲子預計要在與音樂老師們的茶會上演奏，今天就先向索蘭芝老師獻醜吧。因為是獻給睿智女神梅斯緹歐若拉的曲子，第一次演奏的地點選在圖書館，應該再適合不過了吧。」
「哎呀，真的可以嗎？」索蘭芝張大了眼睛，察看近侍們的反應，我笑著對她點頭。因為我並沒有和音樂老師們說好，要為她們表演新曲。
……而且我本來寫的歌詞，幾乎都能說是圖書館頌歌了。

近侍們都知道我有多麼高興能來圖書館，也知道原先的歌詞是什麼，所以全露出了拚命忍笑的表情。

「那麼喝過茶後，再來好好欣賞吧。」

索蘭芝的侍從為羅吉娜準備了椅子。羅吉娜開始調整飛蘇平琴，以備接到指示後能立即彈奏。

黎希達負責泡茶，布倫希爾德把磅蛋糕，以及搭配用的奶油等配料一一擺在盤子上。索蘭芝看了看自己面前的磅蛋糕，再看向不斷增加的配料碟，訝異地眨眨眼睛。

「羅潔梅茵大人，這是什麼呢？我從未見過這款點心。」

果然磅蛋糕在中央非常罕見。布倫希爾德的蜜糖色眼睛亮起銳利光芒。眼角餘光中可以看出她正細心觀察著索蘭芝的反應，我開口說明。

「這款點心叫作磅蛋糕，最近正在艾倫菲斯特流行起來喔。希望會合索蘭芝老師的口味。因為比起中央的點心，這款點心的風格稍有不同……」

習慣了中央甜死人不償命的點心以後，有可能會覺得磅蛋糕淡而無味。

「您可以依據自己的喜好，像這樣搭配奶油與果醬。另外我們還準備了鮮奶油、樂得樂沛果醬、蜂蜜與酒漬水果。」

「酒漬水果？這也是艾倫菲斯特才有的食物嗎？」

「這是用酒醃漬水果，延長保存的期限，所以其他地區可能也有類似的食物吧。只是在艾倫菲斯特，我們都稱作酒漬水果。」

看著切成細丁的酒漬水果，索蘭芝點了好幾下頭。她說在她的故鄉，過冬的準備工作中，有一項也是把檸檬這類偏酸的水果浸在蜂蜜裡保存。

「請您第一口先試吃原味，之後再添加自己喜歡的配料。」

我示範性地喝了口茶、吃了口點心，請索蘭芝也開始享用。索蘭芝喝了一口茶後，品嘗起磅蛋糕。究竟中央的貴族會有什麼反應呢？我好奇不已地觀察索蘭芝的表情，只見她微微一笑。

「口感十分清爽，入口即化呢。」

磅蛋糕使用了大量奶油，其實並不算是口感清爽的點心。但是，因為中央的點心根本是糖塊，甜到了連磅蛋糕也覺得清爽吧。但也因為這樣，中央提供的茶都比較苦一點。今天為了配合磅蛋糕，我們準備的茶也比較清淡。

「如果您覺得不夠甜，可以添加果醬或蜂蜜。」

準備好的所有配料我都吃了一口以示安全，最後再請侍從拿了鮮奶油與酒漬水果。

「每種口味都讓人想試試看呢，真期待會有什麼不一樣的滋味。」

索蘭芝的侍從為她舀了一些奶油與果醬。索蘭芝各吃了一口後，開心地展露笑容。她說中央的點心雖然做得美麗又精緻，但都只要取一、兩口吃就夠了。

「感覺不管吃多少都不會膩呢。」

索蘭芝十分中意搭配蜂蜜與果醬的吃法。看來對中央的貴族來說，果然還是不夠甜。說不定索蘭芝會喜歡加了蜂蜜的磅蛋糕。

「羅潔梅茵大人，您總是戴著十分獨特的髮飾呢。這也是近來開始在艾倫菲斯特流行的飾品嗎？」

索蘭芝說，她以前從未看過艾倫菲斯特的學生佩戴這種髮飾。我用指尖輕輕撫過頭上的髮飾。

「這是我的專屬裁縫師製作的。在我洗禮儀式時，才首次向艾倫菲斯特的貴族公開。到了最近，貴族們不只會用來當髮飾，還會別在衣服上當作飾品呢。因為製作髮飾非常費工，所以數量好像沒有增加多少。」

目前髮飾是由奇爾博塔商會獨家販售，所以雖說幾年前起就開始流行，但其實並沒有變得隨處可見。

「這些髮飾真是可愛。在貴族院，似乎也吸引了不少女學生的注意力呢。」

今年為了宣傳髮飾，我有多少就帶了多少來，而且幾乎每天都會換上不同的髮飾，看來是順利達到了移動式招牌的效果。

「養父大人告訴過我，有越多人對髮飾感興趣，就越有可能在領主會議上被提及。」

因為事關商品的買賣，不能讓孩子們自行決定，所以還是學生的我們能做的，就只是盡力宣傳新產品。最多只能在舉辦茶會時展示成品、免費提供一些樣品。真有人想購買，也必須等到領主們在領主會議上達成協議。

「下次的領主會議肯定會提到髮飾吧。因為這般立體的花飾，我還是生平首次見到。我想不論是誰，必定都會注意到羅潔梅茵大人頭髮的光澤，還有上頭的花飾。您的頭髮會這麼充滿光澤，想必也有什麼秘密吧？」

「沐浴洗髮的時候，我會使用絲髮精。因為女性都對美容極感興趣，所以聽說絲髮精很快就流行開來了，如今艾倫菲斯特又沒有什麼值得一提的產物……我很希望這能成為我們領地的特產呢。奧伯．艾倫菲斯特也非常用心，想要推出與過往感覺截然不同的商品。身為領主候補生，我也會竭盡所能幫忙推廣。」

邊吃著點心邊談天，眼看對話也告一段落，我便指示羅吉娜彈奏飛蘇平琴。清澄悠揚的琴聲響起後，羅吉娜演奏起了獻給睿智女神梅斯緹歐若拉的曲子，天籟般的嗓音接著唱出歌詞。

……從原本的圖書館頌歌，變成了普通的諸神頌歌呢。

交由羅吉娜作詞以後，圖書館這三個字徹底消失。但是，因為這首曲子是獻給與圖書館淵源甚深的梅斯緹歐若拉，索蘭芝聽得非常高興，藍色雙眼還感動得閃爍淚光，她看著我說：

「羅潔梅茵大人，好動聽的曲子呢。因為沒有多少曲子是獻給睿智女神梅斯緹歐若拉，我真是太感動了。」

「索蘭芝老師這麼開心，我也很高興。」

聽說有不少曲子都是獻給最高神祇與五柱大神，還有藝術女神，另外也有在戰鬥時用來鼓舞士氣、類似軍歌的歌曲，但獻給睿智女神的曲子真的不多。索蘭芝笑逐顏開。

演奏完音樂後，接著要討論測量尺寸的時間。這部分我想快點搞定。

「索蘭芝老師，在為休華茲與懷斯製作新衣之前，需要先測量尺寸，請問您什麼時候方便呢？果然也是越快越好嗎？」

「……如果您願意顧慮到我的情況，那當然是越快越好呢。最近有不少女學生都跑來圖書館，就是為了看看休華茲與懷斯。」

以前也是這樣——索蘭芝露出了懷念從前的溫暖笑容。看來打從以前開始，休華茲與懷斯就是圖書館的人氣王。

「請問該在哪裡測量尺寸呢？如果最好不要移動休華茲與懷斯，我打算就在辦公室這裡進行……」

「休華茲與懷斯身上都有許多昂貴的魔石，也佩戴了許多護身符，讓人無法帶走他們。與其在這裡，我認為還是在主人羅潔梅茵大人能夠確實掌控的環境下進行，應該比較妥當。」

雖然我很害怕要帶著休華茲與懷斯走來走去，但索蘭芝認為應該要在主人能完全掌控的環境下進行，我也覺得很有道理。

「那麼，我可以帶他們回艾倫菲斯特舍嗎？」

「是的，那當然，因為羅潔梅茵大人是他們的主人呀。請做出適合兩人的新衣吧。」

「其實我們已經想出好幾種款式了，不曉得索蘭芝老師覺得哪一種適合他們呢？我們打算把休華茲打扮成男孩子，懷斯打扮成女孩子。另外，也決定好了會別上和我一樣的花飾還有臂章………」

我轉頭看向莉瑟蕾塔，她立即遞出畫有設計圖的紙張。索蘭芝接下後看起設計圖，嘴角漾開笑容。

「每款設計都非常可愛呢。不過，請小心別有過多的飾品，以免影響到兩人工作。」

索蘭芝說在她剛來這裡不久，第一次經歷主人交替、為休華茲與懷斯更換新衣時，新主人為他們加了帽子與胸針，將服裝設計得繁複華麗。而且因為覺得可愛，連袖子也和主人一樣，都做成了輕飄飄的長袖。

「可是，每當休華茲與懷斯開始工作，帽子就會掉下來；辦理借書手續時，衣袖還會把學生繳作保證金的大金幣掃到地上，結果就弄丟了，真的讓人傷透腦筋。」

「哎呀！」

「再加上直到新衣做好之前，休華茲與懷斯也不肯脫下主人賞賜的衣服。所以雖然急急忙忙重新縫製衣服，但在做好之前，甚至得有圖書館員待在兩人身邊負責監督。自從發生過這樣的狀況以後，我們都規定兩人衣服的袖子只能到手肘。」

索蘭芝提醒，要小心別妨礙到兩人工作，我趕緊重新檢視設計圖。由於設計時偏重在可不可愛上，有些地方可能需要修改。

「對了，我聽赫思爾老師說過，主人以外的人不能觸碰休華茲與懷斯，那到時候有辦法為兩人測量尺寸嗎？」

「主人在場時，得到主人許可的人便能觸碰他們。但是，請您一定要仔細挑選可以觸碰兩人的人。因為可以觸碰兩人，也意味著可以偷走或破壞他們。」

「您說得是，我一定非常小心。」

……尤其要小心赫思爾老師！

於是，談定了三天後為休華茲與懷斯測量尺寸，接著我拿出寫到一半的騎士故事，想要改變話題。

「我正在整理由吟遊詩人傳唱，還有母親對子女講述的故事。因為索蘭芝老師看過很多書，我一直想聽聽您的意見呢。」

我遞出一整疊多達數十張的紙張後，索蘭芝驚訝叫道：「竟然能蒐集到這麼多！」同個時間，她的雙眼也無比認真地看起故事。

「要蒐集到這麼多故事，想必耗時又耗力吧？您是怎麼辦到的呢？」

「我請了大家幫忙。因為孩子們從小都是聽故事長大，我請大家把自己聽過的故事都告訴我，就蒐集到了這麼多故事。」

其實是以教材為誘餌，才蒐集到了這麼多，但這種話我說不出口，只能面帶微笑避重就輕帶過。

「請問像這些故事，會有人願意購買嗎？」

「我也不知道呢……年幼的孩子大概會喜歡這些故事吧。但如果是貴族院的高年級生和大人，多半喜歡其他的類型。」

「的確，接下來是該考慮製作給大人看的書籍了呢。我也會向奧伯．艾倫菲斯特提出建議。」

至今我都是配合加米爾的成長速度製作繪本，但如果想讓貴族院的學生開口說出「我的興趣是閱讀」，今後就必須準備專為大人而寫、這年紀的孩子讀起來也會有些吃力的書籍。同樣是騎士故事，可以參考之前蒐集到的魔物資料，更加詳盡地描寫戰鬥場面，或者加入一些現實中在比迪塔時能當作參考的策劃謀略；寫給女孩子看的故事，也可以更細膩地刻劃情感發展。這些嘗試應該都能列入考慮。

我陷入思考時，索蘭芝把看完的騎士故事原稿還給我。我趕緊回過神，接下原稿，交給一旁待命的莉瑟蕾塔。

「羅潔梅茵大人，今年艾倫菲斯特有不少相當新奇的事物呢。」

「今年是我第一次離開艾倫菲斯特，所以我也不太清楚，但身為中央貴族的索蘭芝老師都這麼說了，有些東西想必真的很少見吧。哪些東西讓您覺得新奇呢？」

為了日後向他人宣傳艾倫菲斯特，我想聽聽他領的意見──我這麼央求後，索蘭芝從頭到腳慢慢地將我打量一遍。

「譬如頭髮的光澤、花朵造型的髮飾、點心……數量還不少呢。但是我最好奇的，還是艾倫菲斯特的見習文官們手上的紙。那些不是一般的紙吧？」

「是的，和使用動物皮製成的羊皮紙不同，是用其他方式做出來的紙張。現在我們正在發展這項新事業，希望能讓艾倫菲斯特越來越繁榮興盛。這種紙的特色在於比起羊皮紙，更能大量生產，今年我想先讓大家知道有這種新紙張。」

現階段我的工作，就只是宣傳有羊皮紙以外的紙張存在。如果要簽訂買賣契約，就得交由領主在領主會議上與其他領地交涉。齊爾維斯特說過，他想知道大家會有多大的反應。還有，雖然可以宣揚植物紙與墨水的存在，但印刷品本身仍要保密。

「新紙張雖然比羊皮紙便宜，又能大量生產，但也因為必須使用另一種墨水，整體的花費還是不算低廉。」

「哎呀，連墨水也不一樣嗎？」

「是的，雖然還是能使用寫羊皮紙用的墨水，但如果想要長期保存，最好還是改用新的墨水。但如果只是要做筆記，用哪種墨水都沒問題。」

索蘭芝顯然對植物紙很感興趣，我沒有提及做法與製作材料，只說明了使用植物紙的優點與缺點，她震驚地瞠大眼睛。

「真不敢置信，用紙來做筆記嗎?!」

「……奧伯．艾倫菲斯特經營的工坊若有做失敗的紙張，便會提供給我，我只是加以活用。」

不只法藍，起初黎希達他們也非常吃驚地大喊：「太浪費了！」但是，因為我不以為意地繼續使用，久而久之大家好像也習慣了。好久沒人這麼驚訝，我反而嚇了一跳。

「簽訂正式契約的時候，仍和以前一樣是使用羊皮紙，這種新的紙張則用來代替木板。若能取代木板，在這種紙上書寫，書架應該能騰出不少空間吧。」

「這個優點太出色了。如何管理書架的空間，可是圖書館的一大問題呢。」

「既然索蘭芝老師這麼好奇，我送給您幾張吧。只要不以保存幾十年為前提，用一般的墨水也能如常書寫。」

我把幾張紙送給索蘭芝，她興味盎然地摸起紙張。比起點心與髮飾，索蘭芝老師好像對植物紙更有興趣呢——我這麼心想著注視她時，第四鐘響了。

索蘭芝揚起頭來，看向自己的侍從。

「是的，索蘭芝大人，茶會也該結束了。」

若不快點收拾完返回宿舍，近侍們會趕不及下午的課。近侍們動作優雅，但也非常

迅速地清理起桌面，這時我與索蘭芝互相道別。

「第四鐘竟然這麼快就響了，今日時之女神德蕾梵庫亞的命運絲線似乎十分圓滿地交錯了呢。儘管內心遺憾萬分，但請容我就此告辭。」

「我好久沒度過這麼愉快的時光了，真是感謝羅潔梅茵大人。」

「關於休華茲與懷斯，我也得到了您寶貴的意見，今天真是獲益匪淺呢。今後恐怕不好再占用您的時間，但由衷希望能有機會再舉辦茶會。」

「……那就期待明年，羅潔梅茵大人又能快速修完課程吧。」

睽違多年的茶會真是太開心了——看到索蘭芝這麼高興，我也心滿意足。

而索蘭芝對於艾倫菲斯特的新流行究竟有什麼反應，近侍們似乎也都有話想說。但是，現在沒有時間悠哉討論。決定好了之後再找時間報告，大家屆時再詳細討論後，一行人急急忙忙地返回宿舍。

與音樂老師們的茶會

原本我預計下午再前往圖書館看書，大家卻都不肯點頭答應。因為大家說必須先召開檢討會，也要順便為後天的茶會擬定對策。大家還說了，只要今天下午一切準備就緒，明天我要一整天都待在圖書館也不成問題，所以我決定盡快搞定。

「中央的貴族似乎還是比較習慣加了大量砂糖的點心，與音樂老師們舉辦茶會時，是不是該準備甜度較高的蜂蜜磅蛋糕呢？」

「既然如此，也參考老師們的個人情報，調整一下茶水口味吧。」

我們在宿舍的多功能交誼廳召開了檢討會，韋菲利特與他的近侍們，還有想蒐集情報的人也一起參加。

「索蘭芝老師對絲髮精與花飾雖然有些反應，但她最感興趣的好像是植物紙。」

「植物紙嗎……我實在沒辦法像羅潔梅茵用得那麼隨意。」

雖然我也知道要宣傳這是艾倫菲斯特的新事業，但我根本不知道該怎麼宣傳才好啊……韋菲利特嘟嘟囔囔說道。

「只要在圖書館抄寫書籍時，艾倫菲斯特的學生們都使用植物紙，我想這樣就足夠了吧。與索蘭芝老師聊過以後，可以知道她還是有方法能與其他老師交流，植物紙的事情應該也會慢慢傳開吧。」

菲里妮看著自己摘錄的筆記，開始說明我與索蘭芝聊到了哪些事情。當中的重點，在於我今天都沒有提到「植物紙」，而是改稱為「新紙張」，以避免被推敲出材料與做法。然後順便告訴大家，領內開始發展印刷一事要暫時保密。哈特姆特再補充了他注意到的幾件事情。

「平日進行研究的老師，聽說都有義務要把部分研究成果提交給圖書館。有些老師似乎嫌製成書籍太麻煩，所以都使用卷軸，要是知道了有便宜的紙，應該會願意購買。」

……這麼說來，索蘭芝老師提起過這件事情呢。既然如此，是不是也該製作資料夾和檔案夾那類的紙封面，讓人可以把研究成果裝訂起來呢？想收納書本的時候，一定是高度一致更方便吧？

想到了可以製作什麼新商品，我立刻拿出寫字板記下來。

「羅潔梅茵大人，您在寫什麼呢？對話我已經記錄下……」

「哈特姆特，我在把想到的新商品寫下來，所以你不用介意。」

「……明明在開檢討會，為什麼在寫想到的新商品？」

韋菲利特咕噥說道，但如果不在靈光閃過時寫下來，一下子就會忘記。

「因為不知道自己什麼時候會靈光乍現，所以我都隨身帶著寫字板喔。」

「羅潔梅茵大人的寫字板看來十分方便呢。」

「不如回去以後，我幫忙介紹普朗坦商會吧？因為是把蠟倒在木板上，只要不特別講究雕刻，能用非常便宜的價格買到喔。」

多半是有興趣，幾名見習文官立刻表示：「那就拜託您了！」似乎是因為雖然比羊皮紙便宜，但植物紙目前還是十分昂貴，無法買來做筆記吧。

「那麼今天茶會上注意到的事情，在下次的茶會上要格外小心。這次也決定好測量尺寸的日期了，必須通知赫思爾老師一聲呢。黎希達，麻煩妳了。」

黎希達走出交誼廳，用奧多南茲向赫思爾捎去通知。這時，布倫希爾德開始討論下次茶會的聊天話題。

「我想話題還是會在音樂上打轉吧，可能會針對作曲提出不少問題。」

「……我應付得來嗎？我只知道要求我練習的那些曲子而已。而且，我也因為很少出席社交活動，不太清楚大家經常彈奏哪些曲子。」

「樂師應該都知道，音樂方面的問題不用擔心。只不過，我聽說不只音樂老師，艾格蘭緹娜大人也會參加。」

布倫希爾德說完，我納悶地側過臉龐。好像在哪裡聽過這個名字，但我無法明確地回想起來是誰。

「……請問這是哪一位呢？我猜是強大領地的某位領主候補生，但我還沒辦法把名字與長相連起來。」

「艾格蘭緹娜大人是大領地庫拉森博克的領主候補生，也是最高年級的成績優秀者，今年在奉獻舞上，負責為光之女神獻上祈禱。大概是因為這樣，還有學生將她比喻為光之女神。」

聽完這些說明，我想起了奉獻舞練習時，舞藝特別出眾的那名女學生。

「就是舞技格外出色的那位領主候補生吧？我一起上過奉獻舞課，見到她的舞姿後深受感動呢。」

聽到她也會參加，我有些期待起來。就在我的心情開始迅速變好時，赫思爾冷不防衝進多功能交誼廳來，紫色雙眼閃耀著期待光輝。

「羅潔梅茵大人，已經敲定測量尺寸的日期了嗎?!」

「為了配合索蘭芝老師的時間，決定三天後進行。」

「三天後嗎……那就在上午進行吧。下午我要上課。」

赫思爾閃著炯炯精光的雙眼有點恐怖，我決定先聲明只有我的侍從能碰他們。

「休華茲與懷斯已經引來了側目，有可能被人搶走。所以為了避免遭竊與受損，只有我的侍從能碰他們喔。」

「好吧，這也沒辦法。我會只用雙眼觀察。」

「護衛騎士們也一定要同心協力，別讓他領的人靠近休華茲與懷斯。」

我一邊說，一邊把目光投向籍貫已遷入中央的赫思爾。柯尼留斯似乎聽懂了我的意思，輕抬起手應道：「遵命。」

有過一次茶會的經驗以後，心情好像也輕鬆了一些。這天一樣是由布倫希爾德為我打理頭髮與服裝。雖說一般而言，今天的茶會不需要文官在場，但菲里妮還是與我們同行，要讓她慢慢習慣這種場面。她負責拿著樂譜，屆時遞給音樂老師們。樂譜上的曲子是獻給睿智女神梅斯緹歐若拉的新曲，由羅吉娜謄寫，沒有採取印製的方式。

「菲里妮，除了樂譜以外，還要準備紙和墨水喔。身為我的近侍，無論何時都要攜帶書寫工具。萬一只帶了寫字板卻發現不夠用，那就糟了吧？」

我提醒後，菲里妮輕笑起來，開始準備書寫工具。

這天的點心是加了蜂蜜的磅蛋糕。與原味比起來，口感甘醇濃厚。另外也準備了和上次一樣的各種配料。

「我們該出發了吧？羅吉娜，妳不用這麼緊張。」

羅吉娜的表情非常緊張。雖然本人自認為沒有表現出來，但與她相處了這麼多年，我看得出來她的表情比平常還要僵硬。

「羅潔梅茵大人，就連上課時會見到面的我們，要與老師們舉辦茶會都這麼緊張了，樂師一定更緊張吧。」

尤其今天是與音樂老師們舉辦茶會。對我創作的曲子有興趣，就表示我的專屬樂師羅吉娜屆時會受到最多矚目。羅吉娜原是灰衣巫女，如今竟要在貴族院的老師們面前彈奏飛蘇平琴，壓力一定非同小可吧。

作好準備後，我們在第三鐘響的同時出發，往音樂老師們房間所在的侍從專業樓移動。聽說專業樓的三樓都是老師們的房間。

「那赫思爾老師的房間在哪裡呢？」

「在文官樓三樓。赫思爾老師是舍監，其實本來應該要住在艾倫菲斯特舍。但我聽艾克哈特哥哥大人說，她因為太沉迷於研究，調合時又會飄出異臭、製作噪音，所以從學生時期開始，好像都是住在助手的房間。」

而艾克哈特又是從斐迪南那裡聽說。與其在宿舍裡進行調合，給旁人造成困擾，看來赫思爾還是住在專業棟的房間比較讓人放心。

布倫希爾德帶領著我們走進舉辦茶會的房間。房內有三位音樂老師，還有跳奉獻舞時負責向光之女神獻上祈禱的艾格蘭緹娜，不知為什麼，竟然還有亞納索塔瓊斯。

……我完全沒聽說王子也會出席喔！

我忍不住扭頭看向布倫希爾德，只見她蜜糖色的雙眼也吃驚瞪大，顯然也不知情。一位老師留意到了我們吃驚的神色，傷腦筋地垂下眉尾，來回看著我與亞納索塔瓊斯。

「亞納索塔瓊斯王子似乎是經由艾格蘭緹娜大人得知本日的茶會，表示他也想要參加。事出突然，我們也是不知所措。羅潔梅茵大人，您不介意吧？」

「是的，那當然。能與亞納索塔瓊斯王子一起舉辦茶會，是我無上的光榮。」

雖然我的笑容僵硬了一秒鐘，真心話其實是「別來參加沒被邀請的茶會啦！」但只看回答的話，我的表現應該有合格吧。但當然是沒有王族在比較好，才不用怕做錯事。

「羅潔梅茵大人，來這邊坐吧。」

我的音樂老師鮑琳指著自己身旁的位置說。由於老師與學生的座位圍著圓桌交錯，所以我的左右兩邊都是老師。有其他人能坐在自己與王子之間，老實說我真是謝天謝地。我邊向王子與老師們問安，邊走向自己的座位。艾格蘭緹娜將一頭波浪金髮半綁，編髮也非常複雜別緻，完全可以理解為什麼大家將她比喻為光之女神。她柔柔地瞇起亮橙色眼眸說道：

「羅潔梅茵大人，先前雖然在交流會上打過招呼，但這還是第一次與妳交談吧。我非常期待妳創作的歌曲唷。今天很高興可以一起參加。」

聽說艾格蘭緹娜的藝術造詣深厚，得知我受邀參加音樂老師們舉辦的茶會以後，便主動表示也想出席。

「自從欣賞過艾格蘭緹娜大人奉獻舞的舞姿後，我也一直想與您舉辦茶會呢。」

「妳認識三年前畢業的克莉絲汀妮大人吧？她的飛蘇平琴也彈得非常出色，我曾有幾次與她一同舉辦茶會呢。」

為了讓我加入對話，艾格蘭緹娜特意提起了與艾倫菲斯特有關的話題，我自然不能回答自己不認識克莉絲汀妮。

「如各位所知，我因為沉睡了兩年，其實並未與克絲莉汀妮見過面。不過，從前克莉絲汀妮非常賞識我的專屬樂師。我還曾聽說，如果不是因為成了我的專屬，她本來想招攬羅吉娜為自己的專屬呢。」

「哎呀，克莉絲汀妮大人竟然想招納為專屬樂師，琴藝想必非常過人吧。艾倫菲斯特領內，擁有音樂才能的人才似乎還不少呢。現在能為我們演奏一曲嗎？」

在艾格蘭緹娜的催促下，羅吉娜走向準備好的椅子，目光朝我望來。我坐在為自己準備好的位置上，對羅吉娜微微一笑。

在眾人的注視之下，羅吉娜緩緩做了個深呼吸，拿好飛蘇平琴。

「接下來彈奏的歌曲都是由我作曲，但改編得更加適合演奏的，則是斐迪南大人與我的專屬樂師羅吉娜。羅吉娜，第一首先彈獻給火神萊登薛夫特的曲子吧。」

「遵命，羅潔梅茵大人。」

羅吉娜彈奏起飛蘇平琴後，不光艾格蘭緹娜，亞納索塔瓊斯似乎也聽得十分入迷。老師們也以充滿興味的眼神注視著羅吉娜。

……我的羅吉娜真是太厲害了。

趁著眾人的目光都放在羅吉娜身上，侍從們迅速地備妥茶水與點心。

「真是太美妙了。琴藝之高超，也難怪能得到克絲莉汀妮大人的青睞呢。」

大家都對羅吉娜的琴藝讚譽有加。聽見自己與從前的主人受到稱讚，羅吉娜露出了羞赧的笑容。

「今天的演奏能交給羅吉娜嗎？我還想聽聽其他曲子。」

艾格蘭緹娜提議後，亞納索塔瓊斯與老師們也點頭同意。布倫希爾德與黎希達事前告訴過我，老師們多半會請羅吉娜負責彈奏，讓自己的樂師用聽的把新曲記下來，回去以後再寫成樂譜。雖然也能暫不公開，提升樂曲的價值，但艾倫菲斯特的學生早已經在音樂課上都彈過了。此刻又有王子在場，她們要我不必吝嗇，順便藉機建立交情。

「羅吉娜，大家看來都很期待，妳也彈彈其他曲子吧。接下來就彈奏獻給睿智女神的歌曲吧。」

我說完，彈過一首後似乎變得比較放鬆的羅吉娜，便露出自然的笑容，重新拿好飛蘇平琴。然後，「鐙」的澄澈樂音在空氣中悠盪。

「哎呀，真是的。都忘記要喝茶了呢。」

老師們難為情地笑了笑，各碰了點茶水與點心後，招呼我們享用。我也吃了一口自己帶來的磅蛋糕以示安全，請大家品嘗。
「這是加了蜂蜜的磅蛋糕。請再依照自己的喜好，添加這邊的配料。」
「……這款點心看來還真寒酸。」
亞納索塔瓊斯打量了磅蛋糕以後，說出這樣的評語。磅蛋糕的外表確實不譁眾取寵，但我覺得比中央那種只是糖塊的點心要好吃。
「哎呀，外觀雖然樸素，但非常美味呢。甜度恰到好處，怎麼吃也不會膩……我個人相當喜歡。」
「艾格蘭緹娜，難得妳會說這種話。」
亞納索塔瓊斯也試著吃了一口，「嗯……」地發出沉吟。不過，隨後他操縱起刀叉的速度就變快了，應該是符合王子的口味吧。
「我更喜歡這樣搭配。」
亞納索塔瓊斯似乎比較喜歡配著酒漬水果一起吃。我在想可能是濃郁的酒香蓋過了甜味這一點，讓他十分中意吧。
……即便是中央的貴族，男性好像也一樣比較能接受加了酒漬水果的磅蛋糕。
只要說明酒漬水果會用到大量砂糖，也添加了昂貴的酒，應該可以不太費力地推廣開來吧。加了蜂蜜的磅蛋糕也受到老師們的好評，紛紛表示甜度非常適中。在艾倫菲斯特，喜歡甜食的小孩子一看見蜂蜜磅蛋糕就會雙眼發亮，但大人都比較偏愛加了芬里吉尼丁與茶葉的口味。看來地區不同，喜歡的口味也有相當大的差異。
「話說回來，羅潔梅茵大人的一頭長髮真是漂亮。夜空色的髮絲彷彿得到了黑暗之神的祝福呢。」

「艾格蘭緹娜大人的秀髮才彷彿得到了光之女神的祝福喔。在光線照射下會閃閃發亮，非常耀眼奪目。」

「哎呀，妳真是會說話。可是，我的頭髮沒有羅潔梅茵大人這樣的光澤呢。妳究竟用了什麼東西呢？」

艾格蘭緹娜開啟了這個話題後，老師們的反應也非常熱烈。

「先前艾倫菲斯特的女學生們在參加升級儀式時，頭髮也都閃耀著光輝呢。」

「艾倫菲斯特想必隱藏了什麼秘密吧？」

今天茶會的氣氛與索蘭芝那時不同，比較像是在與艾薇拉她們舉辦茶會。與母親大人她們年紀相仿的老師們定睛注視著我，等著答案，這幕情景也讓我感到似曾相識。我和對索蘭芝那時一樣，說明自己使用了絲髮精，而且今後會將絲髮精當作是領地的特產開始販售。

「這樣呀，以後才會開始販售嗎……」

艾格蘭緹娜並未滿懷期待地說：「真教人拭目以待。」反而是感到遺憾地嘆氣。下個瞬間，亞納索塔瓊斯立即瞪向我說：「先拿出一些來賣。」

……等一下，這種時候該怎麼回答才好啊？就算要回答「是」，我也不知道一些到底是指多少，而且如果要用金錢交易，我也會非常困擾！

金錢方面的交易，斐迪南管控得非常嚴格；但就算要無償偷偷提供，現在是與老師們舉辦茶會的公開場合，一旦作出承諾，就等同要向王族呈獻。那樣一來，自然需要準備一定的品質與數量。總不能說「如果您不嫌棄的話」，把我用到一半的絲髮精交出去。要是真的那麼做了，天知道對方會說什麼——光想像我就不寒而慄。

「我、我無法憑一己之見回答您。因為這會產生金錢上的交易，我希望至少要先得到奧伯．艾倫菲斯特的許可。」

「亞納索塔瓊斯大人，您別這樣為難新生。一般都規定要等領主會議交涉過後，才能開始買賣吧？」

看來似乎有規定上位者不能強行購買與奪取。

「艾格蘭緹娜，但妳想在畢業儀式時使用吧？等到領主會議過後就來不及了。」

亞納索塔瓊斯說完，艾格蘭緹娜顯得有些難為情，似乎是被他說中了。亞納索塔瓊斯應該是為了她才想購買。

「……倘若不嫌棄是我用到一半的絲髮精，我可以分一些給艾格蘭緹娜大人唷。呃，但因為我帶來的量不多，能分的量真的很少。」

我思考了一會兒這麼表示後，艾格蘭緹娜的臉龐綻放出喜悅的光彩。相較之下，亞納索塔瓊斯臉上卻是顯而易見的不快。

「艾倫菲斯特的小不點，妳對我和對艾格蘭緹娜的回答也差太多了吧。」

「因為一邊是從現有的絲髮精中分出一次的分量給領主候補生，一邊是在王族的要求下販售，兩者截然不同吧。如果要進獻或是賣給王族，都必須要有一定的數量與品質，我不能擅作主張。」

「妳外表雖然矮小……內在倒很符合自己的身分嘛。」

亞納索塔瓊斯原本對我的評價到底是什麼啊？

「好吧，準備不了絲髮精也沒辦法。羅潔梅茵，那妳在畢業儀式之前，創作一首獻給光之女神的歌曲吧。到時我再買下來。」

……這種肆意妄為的態度是怎麼回事？簡直莫名其妙。

準備不了絲髮精與作曲究竟有什麼關係？見我偏頭納悶，老師們都不知所措，面色為難地看著我，再看向亞納索塔瓊斯。

「亞納索塔瓊斯王子，要在畢業儀式之前作出新曲，這恐怕太強人所難了。」

「聽說艾倫菲斯特的聖女擅長為神獻上歌曲，這點小事應該不難吧。」

快說妳辦得到——亞納索塔瓊斯的灰色雙眸眨也不眨地凝視我。

獻給光之女神的曲子嗎……

我轉頭看向一臉擔憂地望著這邊的艾格蘭緹娜。現在一說到光之女神，我馬上就會聯想到艾格蘭緹娜。那麼適合獻給她的頌歌，應該也適合獻給光之女神吧。

「……老師，我可以借用那邊的桌子嗎？」

「嗯，這當然沒問題……」

「菲里妮，幫我準備紙和墨水。羅吉娜，妳負責寫下來。」

侍從們曾看過我是如何作曲，似乎一下子就明白了我要做什麼。她們幫忙搬動羅吉娜的椅子、協助菲里妮準備紙墨，很快整頓好了場地。

「現在還不用編曲，先把主旋律寫下來就可以了。」

「遵命。」

「啦啦啦啦啦啦～」

我哼唱出了主旋律後，羅吉娜彈著飛蘇平琴確認音階，每隔幾小節就記錄下來。因為整首曲子不長，也不進行改編，沒多久就結束了。

「主旋律像剛才那樣可以嗎？之後會再編曲，在彈奏飛蘇平琴時加入更多華麗的技巧，作出適合光之女神的曲子。不過，這個步驟需要再花一點時間。」

「羅潔梅茵，妳……」

不同於一臉錯愕的亞納索塔瓊斯，艾格蘭緹娜雙眼燦亮，毫不保留地大力稱讚：

「太棒了，好悠美的曲子。彷彿洗滌了人的心靈，能夠感受到諸神的存在呢。」

「這首曲子是我想著艾格蘭緹娜大人作出來的。自從目睹了您在練習奉獻舞時的舞姿，我心目中的光之女神便是艾格蘭緹娜大人了。」

因為太過受到稱讚，我有點不好意思，說了自己是以艾格蘭緹娜做為挑選曲子的基準。這下子，換作艾格蘭緹娜害羞得有些紅了臉頰。

「真幸好羅潔梅茵大人不是男士呢。若有男士能即席作出這般美妙的曲子並獻給我，我的心肯定會被奪走吧。」

艾格蘭緹娜咯咯笑著說完，亞納索塔瓊斯不發一語地站起來。

「羅潔梅茵，這首曲子妳就獻給艾格蘭緹娜吧。我不要了，實在掃興。」

只丟下這幾句話，亞納索塔瓊斯便踏出房間。我覺得全身的血液在瞬間凍結了。明明創作了他命令我做的曲子，得到的回應卻是「實在掃興」。

……怎麼辦？我的社交表現超級失敗！

「怎麼辦？我惹得亞納索塔瓊斯王子生氣了。」

我茫然地望著亞納索塔瓊斯走出去的房門，低聲喃喃說道。艾格蘭緹娜露出了傷腦筋的笑容。

「我想應該不是呢。我會幫忙勸勸他，羅潔梅茵大人請放心吧。各位老師，真是萬分抱歉，我也先失陪了。」

「好的，艾格蘭緹娜大人。之後就麻煩妳了。」

艾格蘭緹娜與她的近侍們追著亞納索塔瓊斯的腳步，離開了房間。「王子殿下還真教人頭疼呢。」老師們喝著茶說道，我臉色鐵青地向她們道歉。

「各位老師，害得茶會的氣氛變得這麼糟糕，實在非常對不起。」

「羅潔梅茵大人，妳不用介意喔。王子剛才的反應，只是因為看到妳與艾格蘭緹娜大人感情這麼好，在鬧彆扭罷了。」

「是啊，鮑琳說得沒錯。不說這些了，請繼續彈奏音樂吧。」

「可是……」

我看了看門，再看向老師們，鮑琳老師聳一聳肩。

「艾格蘭緹娜大人都追上去了，想必不用擔心吧。因為王子殿下總是千方百計，想要得到艾格蘭緹娜大人的關注呀。接下來可以單獨兩人交談，說不定他心裡頭正感謝著羅潔梅茵大人呢。」

「雖然對羅潔梅茵大人來說還太早了，但這就是男女之間的欲擒故縱。」

先聲明不能對外洩露後，老師們告訴我，艾格蘭緹娜其實是在政變中亡故的前第三王子的么女，從前原是公主，後來由當時為大領地庫拉森博克領主的外祖父收養，才會成

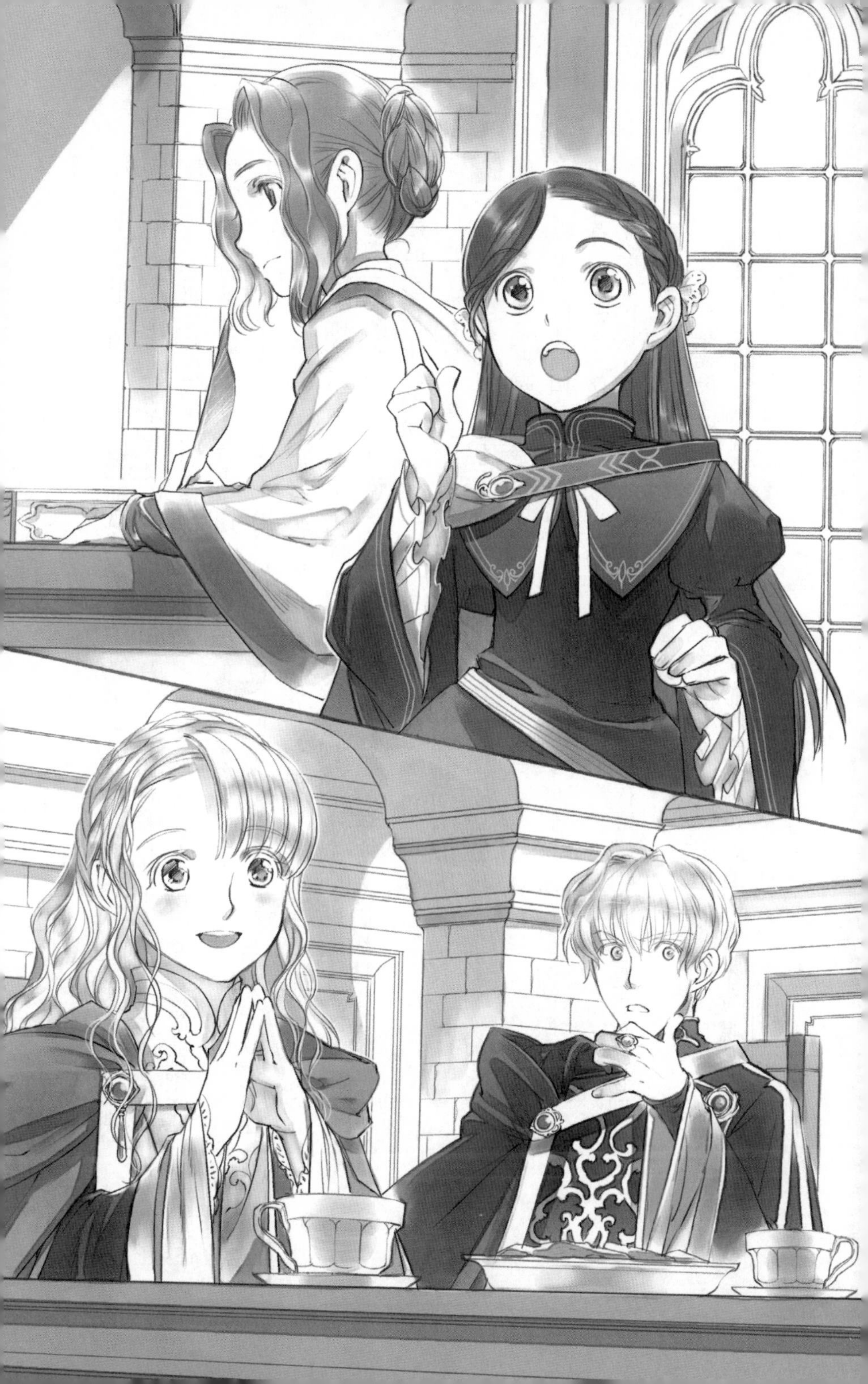

為領主候補生。因為是在受洗前就成為外祖父的養女，所以聽說許多人都不知道她以前原是公主。而現任國王能在政變中獲勝，就是因為得到了庫拉森博克的支持。只要能贏得既是養女，從前又曾是公主的艾格蘭緹娜的芳心，便能更加接近王座。因此，據說亞納索塔瓊斯與他的哥哥第一王子為了引起艾格蘭緹娜的注意，都無所不用其極。

「……但在我看來，亞納索塔瓊斯王子會這麼拚命，似乎不只是因為想登上王座呢。每當看著王子殿下，我便會想起奧伯．艾倫菲斯特就讀貴族院的那段日子。」

「齊爾維斯特大人也非常努力呢。最終也獲得了回報，真是為他高興。」

我第一次聽到別人說齊爾維斯特很努力。我瞪圓眼睛後，老師們都瞇起眼睛，回想起了從前，笑得十分開懷。

「為了能在畢業儀式上護送現在的第一夫人，當年那可真是奮不顧身。」

「在旁邊看著的人都忍不住微笑呢。畢竟貴族院時期，兩歲的差距非常巨大呀。」

……什麼?!再說得清楚一點！

我不由得往前傾身，近侍們似乎也在同一時間朝老師們投去興致勃勃的眼光。老師們對看了一眼後，露出壞心眼的笑容。

「萬一不小心透露太多，奧伯從今往後恐怕很難保住威嚴，我們還是就此打住吧。說到與艾倫菲斯特有關的話題，也可以聊聊斐迪南大人呢。」

「是呀。變聲後令我那般惋惜的學生，多半也只有他了呢。」

提到了一些關於齊爾維斯特的過去後，老師們接著聊起斐迪南的諸多傳說，茶會也就此宣告結束。

為休華茲與懷斯測量尺寸

這天是為休華茲與懷斯測量服裝尺寸的日子。我們預計在第三鐘前往圖書館，帶兩人回到宿舍。拚了命趕在今天之前修完學科的女孩子們，似乎都設法過關了。順利修完了學科的解脫與對測量尺寸的期待，讓她們臉上的笑容都耀眼燦爛。

「一想到休華茲與懷斯會來艾倫菲斯特舍，就讓人好期待呢。」

聽說貴族女性都將刺繡視為愛好，當作是新娘修行的一環，平常不只會做些小飾品，也會為寵物和親戚的小寶寶縫製衣裳。今天負責測量尺寸的正是這些女孩子。我因為幾乎沒在磨練當新娘的技藝，裁縫方面的手藝也一點都稱不上出色。

……並、並不是我偷懶不練刺繡喔。畢竟我之前睡了兩年，這也沒辦法嘛。雖然我的確也覺得與其把時間花在新娘修行上，還不如多看點書。

「羅潔梅茵大人，我知道您很好奇，但請再稍微集中精神。」

我在多功能交誼廳裡練習飛蘇平琴時，莉瑟蕾塔她們正在旁邊為測量服裝尺寸作準備，臉上的笑容洋溢著喜悅。坦白說，我根本不知道到時候要量哪裡，又該怎麼測量。人類也就算了，但這次的對象可是大型蘇彌魯。

交誼廳裡頭，還有準備著紙筆用具的赫思爾與見習文官們。聽說休華茲與懷斯的肚子上畫有魔法陣，等一下要盡可能都描繪下來。從前王族所創造的，做法甚至沒有流傳於世的魔導具，不只神秘，更充滿了傳奇的色彩。對於專精製作魔導具的見習文官們來說，這相當於是讓人熱血沸騰的盛事。感興趣的人們不分派系，臉上都有著顯而易見的期待。

「但話說回來，既然有這種紙，應該早點跟我說才對啊。」

這天我提供了植物紙，讓大家在研究過休華茲與懷斯以後，把發現到的事情寫下來。赫思爾邊摸著紙張邊翻來覆去端詳，然後不滿地板起臉孔。不過她也表示，她確實曾聽其他老師還有學生們提起過，艾倫菲斯特的學生都在使用某種前所未見的新紙張。

「赫思爾老師若以舍監的身分住在宿舍生活，肯定早就發現了吧。因為羅潔梅茵大人平常就在使用這些紙張。」

見習文官們紛紛表示，我先前就曾用這種紙張製作了弱點補強資料，讓一年級生們能一舉合格，每次討論事情時我也都拿著紙張做記錄。

「看來羅潔梅茵大人在貴族院就讀的這段期間，我也許該考慮住在宿舍呢。感覺今後還會發生不少事情。」

「對啊。我覺得不只一週一次，應該要更頻繁地向父親大人提交報告書才對。才一週而已，羅潔梅茵就不知道惹出了多少麻煩。根本應該要每天都報告一次。」

韋菲利特表情再正經不過地對赫思爾這麼說。我個人並沒打算要惹那麼多麻煩，真希望他們能節制一下，減少報告的次數。

見習騎士們都穿上了簡易鎧甲，表情十分嚴肅，在一段距離外討論工作分配。身為我的護衛，由於都在近距離下見過休華茲與懷斯，他們說不定比我還清楚兩人有多麼價值連城。

「休華茲與懷斯光是腰帶上的魔石就極具價值，他們還是王族的遺物。我們離開圖書館時，有沒有可能成為好幾隊人馬的目標？」

「我想今天的行程應該沒人洩露出去，但我也查證過了，聽說有領主候補生一直在向索蘭芝老師提出要求，要她讓出休華茲與懷斯。」

「羅潔梅茵大人已經下令，要我們保護好休華茲與懷斯。就算對方是上位的貴族，也絕對不能退讓。明白了嗎？」

一開始我還覺得大家太大驚小怪。但是，隨著見習文官們苦口婆心地不停告訴我休華茲與懷斯有多麼珍貴，又聽到見習騎士說有他領貴族想搶走兩人，就連常被人說缺乏危機意識、做事不經大腦的我，也改變了自己的想法，覺得要為保護休華茲與懷斯作好萬全準備。

……我也好想和大家一起思考，該怎麼做才能保護休華茲他們喔。

現場氣氛熱鬧又充滿歡樂，就好像在籌備慶典一樣，我也好想要加入。我邊練習飛蘇平琴，邊靜不下心地東張西望，羅吉娜假咳一聲。

「羅潔梅茵大人，好不容易在茶會上得到了音樂老師們的讚賞，請您努力練習，不然怎麼有辦法彈奏自己創作的曲子呢。」

「……我會努力。」

與音樂老師們舉辦的茶會上，羅吉娜的琴藝大受讚揚，還拜託了她繼續精進我的作曲能力，所以她幹勁十足。雖然她還說了希望能增加練琴時間，但被我拒絕了。比起練習飛蘇平琴，我更想優先確保讀書時間。

在羅吉娜不時的提醒下接著練琴後，第三鐘響了。我立刻放下手中的飛蘇平琴。眼角餘光中可以看見羅吉娜在無奈嘆氣，但同時我在大家充滿期待的注視下站起來。

「第三鐘響了！前往圖書館吧！」

「與羅潔梅茵一起前往圖書館的人，在這裡待命和準備迎接的人，一切都要按照計畫行動。休華茲與懷斯可是非常貴重的魔導具，大家務必提高警覺。」

韋菲利特一聲令下，大家照著指示排成隊伍，朝圖書館出發。走在最前頭的是舍監赫思爾，我被一大群人圍在中心。首先在我四周的，是侍從與其他女孩子，接著是見習文官，見習騎士負責守在最外圍。

「索蘭芝老師，早安。」

「羅潔梅茵大人，早安。哎呀，今天又是一大群人呢。」

「他們都是休華茲與懷斯的護衛。因為要確保萬無一失才行。」

我們來到圖書館的閱覽室後，索蘭芝瞠大了雙眼，迎接艾倫菲斯特一行人。

「公主殿下，來了。」

「公主殿下，早。」

休華茲與懷斯小步小步地走來。見到兩人，莉瑟蕾塔不由得綻開笑容說：「真是太可愛了。」因為見不到自己飼養的蘇彌魯，她似乎是藉由可愛的兩人在填補內心寂寞。這種需要替代品來填補寂寞的心情，我非常能明白。

「休華茲、懷斯，今天要為你們測量尺寸，之後才能製作新衣。」

「知道。測量尺寸。」

「要量很多東西。」

經歷過好幾任主人的交替，每次都會獲得新衣的休華茲與懷斯，似乎明白測量尺寸是什麼意思。兩人蹦蹦跳跳，走到我旁邊來。

「羅潔梅茵大人，休華茲與懷斯必須要有主人的陪同才能離開圖書館。請您與兩人手牽著手，一起行動吧。」

我依著索蘭芝的指示，右手牽著休華茲，左手牽著懷斯。

「您看。那位大人與休華茲還有懷斯手牽著手呢。」

「圖書館的魔導具不是不能觸摸嗎？」

顯然真的有女學生來圖書館是為了看休華茲與懷斯，只見她們都驚訝得瞪圓雙眼，注視著這邊。赫思爾說過，若沒有主人許可就觸碰他們，會被魔力彈開。一開始的程度只會覺得麻麻的，但要是繼續糾纏不休，彈開的力道就會越來越大。此外這是我個人的想像，但我猜赫思爾八成一直測試到了連自己也吃不消的地步。

「索蘭芝老師，那麼等測量結束，我再帶他們回來。」

「好的，麻煩羅潔梅茵大人了。」

我們排成與來時一樣的隊伍返回宿舍。由於我與休華茲兩人走在正中間，在身邊人們的包圍下，我想外面的人應該看不見我們。但是，據說除了上課外幾乎不踏出自己房間一步的赫思爾正走在最前頭，甚至一臉興高采烈，穿著簡易鎧甲的見習騎士又密實地圍在外側，這麼浩大的陣仗勢必非常引人側目。交頭接耳聲不停從四周傳來。

「那不是圖書館的蘇彌魯嗎？艾倫菲斯特的人為何帶著他們？」

「那兩個魔導具可以離開圖書館嗎？」

「我聽說只要碰到他們，就會被魔力彈開……」

我一直心驚膽跳，很擔心會不會發生什麼狀況，最後總算回到艾倫菲斯特舍。看見大家都回來了，將一半護衛騎士借給我的韋菲利特也安心吐氣。

「看來這一路平安無事。那開始測量尺寸吧。大家都準備好了嗎？」

多功能交誼廳裡，上午沒課的學生全聚集在這裡了。大家似乎都對休華茲與懷斯感到好奇。我已經聲明，雖然可以在一段距離外觀看，但只有我的侍從可以觸碰他們。

「那先脫下他們的衣服吧。休華茲、懷斯，能夠觸碰你們的，只有我下達許可的這三個人喔，分別是莉瑟蕾塔、黎希達與布倫希爾德。」

「知道了。只有三個人。」

「可以碰。」

莉瑟蕾塔與布倫希爾德脫下兩人的衣服，然後拿著捲尺依序測量。負責做記錄的，則是希望能近一點觀看休華茲與懷斯、因此自願幫忙的女孩子們。黎希達負責在旁邊監督，以免大家不小心碰到他們。

「羅潔梅茵大人，我根本看不到魔導具。」

赫思爾左右擺動著頭，只為了瞧見休華茲與懷斯的肚子，一邊向我抱怨。因為被想近距離觀看兩人的女孩子們團團包圍，赫思爾在稍遠的桌子那邊好像完全看不見。我注視著脫下了背心與連身裙的休華茲與懷斯。確實如同赫思爾的預料，肚子上畫有複雜的魔法陣。

「……請您耐心稍候。等量完尺寸，我會讓休華茲與懷斯過去那邊。在那之前，這個想先請赫思爾老師過目。」

我拿起莉瑟蕾塔與布倫希爾德脫下的衣服，走向赫思爾。有黎希達負責監督，女孩子們又會互相牽制、保持距離，視線稍微離開一下子應該沒關係吧。

「能夠觸碰衣服的，只有赫思爾老師、哈特姆特與菲里妮。其他人只能看喔。」

我攤開兩人的衣服放在桌上。圍在桌邊的見習文官們立即把臉湊向衣服，赫思爾則是馬上伸手拿起來，目不轉睛地開始端詳。

「我覺得裙襬這邊與背心上面的圖案很像是魔法陣。但因為我看過的魔法陣不多，也不知道各自有什麼效果……」

背心上頭以五顏六色的絲線繡有圖案，只要沿著相同顏色的線察看，會發現有幾個地方很像是魔法陣。雖然我辨識不出來，但赫思爾應該可以。

「嗯，這個確實是魔法陣。這邊雖然用了一樣顏色的絲線，但只是故意要讓人混淆；這裡則是到中間就斷了，所以是沒有意義的魔法陣。至於確實連接在一起，發揮了效力的魔法陣有……」

赫思爾用手扶著單片眼鏡，指尖輕輕在魔石上摩挲，雙眼則是不放過任何細節地搜尋起魔法陣。與此同時，她的另一隻手也開始在紙面上描繪文字與圖案。背心上的複雜刺繡裡頭似乎隱藏了好幾道魔法陣。

「赫思爾老師，您知道這些是什麼魔法陣嗎？」

「嗯，是用來保護休華茲與懷斯的魔法陣。這邊的鈕扣用了魔石吧？只要往魔石注入主人的魔力，就能保護兩人。居然能把這麼複雜的魔法陣繡在衣服上，並且在必要時發動……這可是非常精密又高級的魔法呢。太美妙了！」

赫思爾注視著背心，語帶興奮地說道。但我聽完以後，內心卻是冷汗直流，看向休華茲與懷斯的衣服。

「……赫思爾老師，製作新衣的時候，難道也一樣要繡上魔法陣，準備魔石當作鈕扣嗎？」

「那當然。如果想萬無一失地保護休華茲與懷斯，最好也準備一樣的東西。」

赫思爾說得一派輕鬆，還輕挑起眉，彷彿在說「這不是廢話嗎？」。

「我本來還想請我的專屬裁縫師製作新衣。可是，我不認為平民區的裁縫師們有辦法繡出這些魔法陣。請問該怎麼繡才好呢？我完全看不懂……」

「魔法陣的刺繡不能交給平民，要由貴族來做。我會再加以改良，寫出更優秀的魔法陣。真教人摩拳擦掌呢，我才不會輸給以前的老前輩。」

周遭的見習文官們都用充滿期待的眼神看著赫思爾。在大家的注視之下，赫思爾的紫色眼眸亮起光芒，她還發出「呵呵呵……」的笑聲。

「哈特姆特，你把裙襬上的圖案描下來。連一條線也不能畫錯。」

赫思爾向哈特姆特下達指示，自己也開始畫起背心上的圖案。哈特姆特用手指描著休華茲連身裙裙襬上的刺繡，把圖案畫下來；菲里妮也拿著懷斯的連身裙，表情凝重地描起圖案。但是，這對還未學到魔法陣的菲里妮來說太難了。

「不對，不是那樣。那裡很容易搞錯。」

「要是能由我來畫……」見習文官們在旁邊都發出了急不可耐的聲音。眼看煩躁的情緒開始在四周蔓延，我讓菲里妮停下手上的工作。

「菲里妮，妳負責攤開衣服，讓其他見習文官能看清楚吧。有沒有見習文官對於描繪很有自信，願意代替菲里妮呢？」

「請交給我吧！」

工作被搶走的菲里妮有些消沉，但還是小心翼翼地攤開衣服，讓見習文官們能夠仔細觀察。我輕拍了拍菲里妮垮下的肩膀，安慰她說：

「菲里妮，我也還沒學到魔法陣，再怎麼看也看不懂。趁著這次為兩人製作新衣，我們一起學習吧。」

「是，羅潔梅茵大人。」

見習文官們一邊描畫，一邊不斷發出驚呼說：「這樣的組合真的能讓魔法陣發動嗎？」赫思爾不時覷向學生們，偶爾把衣服翻面，或是用手指審慎地滑過有刺繡的地方，也開始確認使用材料。

「如果要讓這些魔法陣發揮作用，就得準備染上了魔力的線，也需要調合幾樣東西才能製作新衣。羅潔梅茵大人對魔法陣還不了解，無法自己一個人繡出這些魔法陣吧。再加上沉睡了兩年，日後嫁人所需的技藝應該也還不充足。」

聽到赫思爾這麼說，我大吃一驚。原來是因為要把魔法陣繡在披風或衣服上，貴族女性才需要學習刺繡，當作是新娘修行的一環。

……至今被我看輕的新娘修行居然有這層涵義！我的手又這麼笨拙，怎麼辦?!

「看來這次為休華茲與懷斯製作新衣，會變成艾倫菲斯特必須齊心協力完成的課題。這也是學習魔法陣與魔導具的好機會吧。」

休華茲與懷斯是王族創造的魔導具。為了保護兩人，歷任主人準備的衣服似乎不只用到了高度的技術，也毫不吝嗇地使用了大量昂貴且稀有的材料。

「首先要從蒐集材料開始……我本來想這麼說，但這部分只要拜託斐迪南大人就好了吧。他手邊應該有許多高品質的材料。真幸好他是羅潔梅茵大人的監護人。如果要從頭開始蒐集材料，不知道得花多少工夫。」

赫思爾說得輕鬆，什麼只要由我去拜託監護人就好了。斐迪南那個人若不提供給他好處，根本不會願意幫忙。

「……可是，我不覺得斐迪南大人會爽快答應，把材料讓給我呢。」

「哎呀，只要告訴他妳在製作休華茲與懷斯的新衣，再以私下提供魔法陣為交換條件，不管妳說什麼他都會答應喔。為了自己沒見過的魔導具，不管要他拿出多少材料與金錢，他眉頭都不會皺一下。身為師父的我都這麼說了，絕對錯不了。」

……嗚哇，超級有說服力。尤其是拿東西作交換、請對方通融這一點。

「羅潔梅茵大人，休華茲與懷斯量好尺寸了。」

莉瑟蕾塔喚道，我回過神來，轉頭看向圍繞著休華茲與懷斯的女孩子們。

「赫思爾老師，尺寸已經量好了喔。」

「能叫他們過來這裡嗎？我在這裡才畫得了魔法陣。」

我呼喚休華茲與懷斯過來。兩人左右晃動著腦袋瓜，小步小步走來。穿著衣服的時候，看來就像是活生生的蘇彌魯，但脫下衣服以後，他們確實和娃娃一樣，全身是由頭部、手腳與身體的零件組成。身體部分繡滿了金線。

「哇，肚子這邊真的繡滿了魔法陣呢。」

「讓休華茲與懷斯坐在桌上吧，現在這樣子沒辦法描繪。」

黎希達負責抱起休華茲，莉瑟蕾塔與布倫希爾德負責抱起懷斯，讓兩人坐在桌上。下個瞬間，赫思爾驀地把臉湊向他們，整個人幾乎快撲上去了，閃動著炯然精光的雙眼有點恐怖。不只肚子，他們的背部與屁股上也有魔法陣，而且看起來非常複雜。中途偶爾會讓兩人站起來，或是舉起雙手，赫思爾與見習文官們都專心地描著刺繡。時間很快飛逝，第四鐘的鐘聲響起。

「第四鐘響了呢，先休息用午餐吧。」

黎希達輕輕拍手，要大家放下手頭的工作。由於索蘭芝叮囑過，絕不能讓休華茲與懷斯離開我的視線，所以兩人穿好衣服後，我便牽著他們的手移動至餐廳。今天赫思爾也與我們一起用餐，她的位置安排在我旁邊。

「原本兩人的衣服都是由中央的上級貴族製作。只不過，現在成了艾倫菲斯特必須合力完成的課題呢。我想最好也向奧伯．艾倫菲斯特請求協助，畢竟若只交給學生，你們恐怕應付不來。」

「真沒想到製作魔導具的衣服會這麼大費周章。」

聽了赫思爾的提議後，韋菲利特也面色凝重地頷首說：「知道了，我會向父親大人報告。」對話中斷後，赫思爾拿起餐具。

「……羅潔梅茵大人，這道餐點是怎麼回事？」

「這道餐點是奶油燉菜喔。在寒冷的冬天吃，心情特別愉快吧？」

我看向雨果、艾拉與其他廚師為我們烹煮的餐點。光是看著裊裊升起的熱氣，就讓人覺得全身都暖洋洋的。加了大量蔬菜的奶油燉菜是道色香味俱全的料理，濃縮了無數美味與營養。

「我指的不是菜色，而是口味。艾倫菲斯特的餐點究竟是什麼時候變成這種味道的？這和我吃過的燉菜截然不同。」

「大概是從兩、三年前開始吧。應該是因為赫思爾老師好幾年都沒在宿舍用餐，才會完全不知道。但艾倫菲斯特的學生們都知道，每天也都很期待宿舍的餐點喔。」

赫思爾好一會兒默不作聲地吃著燉菜，冷不防抬起頭來。

「不然，我今後也盡量住在艾倫菲斯特舍生活吧？」

赫思爾聲稱舍監都應該住在宿舍生活——雖然這在他領根本是理所當然——讓在場眾人都大吃一驚後，這天的午餐也結束了。

下午一樣接著描繪魔法陣。我們再度脫下休華茲與懷斯的衣服，繼續摹繪圖案，只不過，身體部分的魔法陣似乎相當難以解讀。高年級的見習文官們儘管能夠看懂服裝上的魔法陣，身體部分的卻是束手無策。只有赫思爾雙眼還發著光，繼續消耗大量的紙張與墨水畫著魔法陣。

「我一直覺得赫思爾老師性情古怪，但能力之優秀的確不容置疑呢。我的成績也算相當優秀了，卻半點也看不懂。」

哈特姆特輕輕聳肩說。聽說身體上的魔法陣太古老了，他看不懂符號。

「我勉強只能看出，圖書館的魔導具是藉著與光暗屬性有關的魔法陣在運作。只有兩種屬性都擁有的人，才能操控他們吧。」

哈特姆特說他就算看得懂魔法陣，也因為屬性不足的關係，無法製作休華茲與懷斯，或者成為兩人的主人。

「羅潔梅茵大人應該是兩種屬性皆有吧。」

「能夠成為休華茲與懷斯的主人，想必錯不了吧。」

畫完了身體上所有魔法陣的赫思爾緊皺起眉，來回檢查魔法陣。

「……光這些還不夠呢，到處都有遺漏。」

「有沒有可能並未全部畫在身體表面上呢？畢竟也不曉得會被誰看到。」

「嗯，應該是這樣吧。像我也會把研究成果藏起來。」

我請黎希達她們重新為休華茲與懷斯穿上衣服。這時，赫思爾與見習文官們湊在一起盯著紙瞧，熱烈討論著有沒有辦法修補魔法陣。

「看這樣子，果然不把他們拆開來，有很多秘密都無法釐清呢……」

「赫思爾老師，請您別再接近休華茲與懷斯半步。」

聽到拆開這麼危險的詞彙，女孩子們的眼神變得無比鋒利。眼見眾人一致目露兇光，朝著自己瞪來，赫思爾僅一瞬間露出了厭煩表情，隨即聳聳肩站起身。

「我再幫忙想想，有沒有辦法能將守護用的魔法陣改得更好吧。就麻煩大家送休華茲與懷斯回圖書館了。」

赫思爾丟下這句話後，飛也似的衝回自己在文官樓的房間。

……總覺得赫思爾老師若想留在宿舍生活，恐怕不太可能呢。

「休華茲、懷斯，辛苦了。那我們回圖書館吧。」

「不辛苦。」

「沒事，公主殿下。」

我摸了摸額頭的魔石注入魔力後，牽起兩人的手。就在這時，玄關大門忽然被人用力打開。多半是上完了課的安潔莉卡衝進來，手還按在魔劍斯汀略克上，以備隨時可以拔劍。安潔莉卡的表情肅穆，環顧在玄關大廳聚集的所有人。

「羅潔梅茵大人，請採取最高警戒！赫思爾老師衝出去以後，其他人都知道測量尺寸已經結束了。我看見有其他領地的人正在外頭等候。對方極有可能動用武力。請作好隨時能夠應戰的心理準備！」

安潔莉卡報告完，現場氣氛瞬時變得緊張。韋菲利特轉頭看向自己的護衛騎士。

「羅潔梅茵，把我的護衛騎士也帶去吧！你們要保護好羅潔梅茵他們！我留在這裡待命，以免礙手礙腳！」

在主人的指示下，韋菲利特的護衛騎士只有一人留下，其他人加入我們。

「沒有戰鬥能力的文官與女學生全部留在宿舍，不然只會妨礙到護衛工作。但是，高年級的見習騎士們都要加入護衛隊伍。」

「低年級的見習騎士負責在宿舍保護大家。儘管其他領地的人進不來，還是不能鬆懈警戒！」

「至於能夠觸碰休華茲與懷斯，又多少有些戰鬥能力的侍從有……」

大家把護衛對象盡可能減到最少，十萬火急地重新安排要前往圖書館的人員。穿著平常衣服的見習騎士們都套上了簡易鎧甲。侍從中，只有同時扛得動我、休華茲與懷斯的黎希達可以同行，其他人都要留在宿舍。

「出發吧！」

「請等一下！」我急忙叫住正要踏出宿舍的柯尼留斯。怎麼了嗎？迎上朝我投來的狐疑視線，我環顧眾人。

「請大家跪下來吧，我給你們英勇之神安格利夫的庇佑。」

我曾在騎士團給予騎士們好幾次庇佑，但是，見習騎士們似乎聽不懂我在說什麼，全部一臉納悶，皺著眉歪過頭。這時，站在最前方的安潔莉卡立即奔進我所在的隊伍中心，跪下來後，靜靜低下頭去。

「羅潔梅茵大人，拜託您了。」

見狀，柯尼留斯、我與韋菲利特的護衛騎士們，還有高年級的見習騎士也相繼跪下。由於是以我為中心排成隊伍，所以跪下的見習騎士們將我團團包圍。我往右手注入魔力，變出能夠最有效活用自己魔力的思達普後，高舉起右手，如同往常注入魔力。

「願火神萊登薛夫特的眷屬，英勇之神安格利夫給予大家庇佑。」

思達普飛出藍光，灑落在大家身上。彷彿是首次看見祝福，見習騎士們都仰頭望著我，眨了好幾下眼睛。

休華茲與懷斯的爭奪戰

「給予了祝福以後，大家戰鬥起來應該會比平常輕鬆。但請千萬記得，我們絕對不能主動挑釁，要以防守為主。我們的目的，就只是保護圖書館的索蘭芝老師託付給我們的休華茲與懷斯。艾倫菲斯特的學生只是在保護受人託付的東西，絕非想要挑起紛爭才應戰。從頭到尾請一定要保持這樣的態度，明白了嗎？」

事後辯白的時候，我們並未主動出手這項事實至關重要。我提醒完後，大家都點頭回應，只有巴不得馬上衝出去的安潔莉卡與托勞戈特垮下肩膀。

「羅潔梅茵大人，那如果對方蓄意挑釁，我們能夠反擊嗎？」

「禁止大家擅自衝上前去。保護好休華茲與懷斯，平安送他們回圖書館，是我們的首要之務。如果做不到這一點，就是失職的護衛騎士，更是沒能力保護好護衛對象的無能之人。行動的時候，請想像波尼法狄斯大人會這樣訓斥你們吧。」

「嗚……遵命。」

聽說在我沉睡的這兩年，波尼法狄斯對於沒能保護好護衛對象的護衛騎士們，進行了非常嚴苛的訓練。多半平常老在挨罵吧。我才搬出波尼法狄斯的名字，安潔莉卡與托勞戈特就板起正經的臉孔。

「公主殿下，魔力不夠。補充。」

「……咦？我剛剛才補充過吧？」

我回想自己剛才的行動，休華茲與懷斯摸向自己身上的衣服。

「不是。是衣服。要保護。戰鬥。」

我於是照著兩人說的，撫摸背心上的鈕扣注入魔力。隱藏在背心刺繡中的魔法陣相繼浮起，隨即消失。

「變強了。公主殿下，我們保護。」

聽到兩人說要保護我，讓我非常困惑。現在要保護的，應該是圖書館的珍寶休華茲與懷斯才對。

「出發吧，隨時保持警戒。」

大家都作好準備，以便隨時能變出思達普，然後踏出宿舍。走在隊伍最前方的，是地位為上級貴族、腦筋也比較靈活的柯尼留斯與萊歐諾蕾，真與敵人對峙時，也能由兩人進行交涉。至於有可能往前衝的安潔莉卡與托勞戈特，則待在隊伍中心的我旁邊。圍在四周的見習騎士們都一臉緊張，我與休華茲還有懷斯手牽著手前進。

「現在就好比是奪寶迪塔，要一路護送休華茲與懷斯前往圖書館。目標不在於打倒敵人，而是保護他們。請大家一定要記住這一點。」

希望不會遭遇到攻擊。我這樣心想著，穿過了有大禮堂與其他教室的本館中心，接著向南轉彎，踏進通往圖書館的迴廊。就在這時，我看見了好幾種顏色的披風。

……居然不只一個領地嗎?!

在前方飛揚的披風共有四種顏色。與不到三十人的艾倫菲斯特隊伍相比，對面的學生看起來有百人之多。站在最前方的人馬披著藍色披風，是排名第二的大領地戴肯弗爾格。看到在這裡等著我們的人馬不只一隊，還出現了亞倫斯伯罕以外、不在我原先警戒名單內的大領地，我不禁倒吸口氣，更是用力握緊了牽著休華茲與懷斯的手。

柯尼留斯在與他們有一段距離的地方停下腳步，然後往前一站。

「藍斯特勞德大人，請問您為何停在迴廊上擋住去路呢？」

不可一世地昂首站在隊伍後方的，是領主候補生藍斯特勞德。他有著比起領主候補生，更適合成為見習騎士的體格。藍斯特勞德只是用輕蔑的眼神看著這邊，不吭半聲，倒是跟在戴肯弗爾格後頭的中小領地的學生們，開始異口同聲地譴責：

「是我們要問你們想做什麼才對！」

「竟然想把過往王族遺留下來的魔導具占為己有，簡直是大不敬！」

「從艾倫菲斯特手中搶回兩隻蘇彌魯！」

在我們看來，他們才是想搶走休華茲與懷斯的壞人；但看在他們眼裡，我們似乎是奪走了王族魔導具的惡徒。由於對方說話很大聲，內容又令人不安，艾倫菲斯特的見習騎士們都有些慌了手腳。藍斯特勞德見了，往上勾起嘴角。

「他們是古老王族的遺物，隸屬於貴族院圖書館所有。不過是區區第十三順位的領主候補生，沒有資格擁有，更不該擅自搶走他們，從圖書館裡帶走！把王族的魔導具拿回來！」「噢噢！」

看著眼前這麼多發出威猛吶喊的敵人，艾倫菲斯特的見習騎士很明顯都畏縮了。我感到火大，開口反駁。

「真是失禮！我才沒有搶走他們！我只是因緣際會下成了他們的主人，本日也是為了履行自己的義務，才帶他們前往宿舍。我已經得到索蘭芝老師的許可了！」

聽見我得到了帶兩人外出的許可，對面人們的氣勢剎那間矮了下來。

「她得到了許可嗎？不是強行帶走的？」

看來他們人數雖多，卻沒有互相分享正確資訊。是看見大領地戴肯弗爾格以正義為名撻伐我們，中小領地也順勢而為，聚集在這裡想重挫艾倫菲斯特的銳氣吧。藍斯特勞德揮開披風，舉起手來，試圖消除同陣營人們的不安。

「他們是王族的所有物，竟敢成為他們的主人，這項舉動本身已可說是傲慢至極！而且，妳帶著他們回到了艾倫菲斯特舍嗎?!既然赫思爾老師都沉迷到了拋下我們這堂課不管，就表示那兩個魔導具很可能遭到了拆解與破壞。光是讓他們處在這種危險當中，妳就不是個稱職的主人！」

……赫思爾老師這個人真是！

看來她完全撇下了下午的課沒有去上。這也是藍斯特勞德大動肝火的原因之一吧。我們完全是無辜被遷怒。

「排名第十三的艾倫菲斯特都能成為主人了，表現更為優秀的戴肯弗爾格肯定更加適合。快老老實實同意替換主人，把蘇彌魯交出來。這樣我就放妳一馬，不以盜取王族魔導具的罪名控訴妳。妳也不想被扣上反叛的罪名吧？」

「反叛……？」我身邊的見習騎士們都囁嚅說道，眼神中滿是慌亂。若因涉嫌反叛而被王族問罪，對貴族來說是很嚴重的事情。

「是呀，我也不想被扣上反叛的罪名。而且，只要有人願意把休華茲與懷斯用在正途上，我也不介意拱手讓人。」

我一邊回答，一邊望著藍斯特勞德。一開始如果有上級貴族的圖書館員在，我根本不會成為主人。若有在圖書館工作的圖書館員能成為兩人的主人，這樣才是最好的。

「羅潔梅茵大人。」

安潔莉卡用不認同的語氣喚道，但我輕輕搖頭打斷她，繼續注視藍斯特勞德。休華茲與懷斯既是圖書館的所有物，也是協助處理公務用的魔導具。即便成為兩人的主人，也只是要負責提供魔力，不代表可以隨心所欲利用他們。如果在貴族院能結交到自稱是圖書委員的同伴，而且願意為了圖書館，付出比我更多的魔力，協助索蘭芝，那我一點也不介意把主人這個身分讓出去。況且奉獻儀式那段時間我必須返回艾倫菲斯特，若有能夠託付的對象，我也會安心許多。但是，站在眼前的這男人明顯肌肉比頭腦還要發達，我一點也不覺得他會想成為自稱圖書委員。

「如果想要我讓出休華茲與懷斯，您必須先回答我幾個問題。您成為主人以後，打算做什麼呢？」

「打算做什麼……妳什麼意思？」

藍斯特勞德交抱起手臂，一臉聽不懂我在問什麼。

「如果您不知該如何回答，那我換個問題吧。請問您一週前往圖書館幾次呢？也請回答您至今前往圖書館的頻率，以及借閱書籍的總數。」

「領主候補生不需要去圖書館。書只要向見習文官下令，讓他們借回來即可。妳到底在說什麼?」

從來沒有去過圖書館。光憑這一點，他就沒有資格成為休華茲與懷斯的主人。絕不能把兩人交給藍斯特勞德。我左右搖頭，拒絕了藍斯特勞德的要求。

「您沒有資格成為休華茲與懷斯的主人。兩人因為需要魔力，主人必須每隔幾天就前往圖書館，而且還要盡可能多提供一些魔力，才能幫助到索蘭芝老師。從未去過圖書館的人，絕對無法成為稱職的主人。」

「竟然說我沒有資格?妳以為妳是誰……」

「我們現在正要返回圖書館，歸還休華茲與懷斯。我身為主人，有義務保護他們。如果有人不是為了圖書館要使用圖書館的魔導具，我絕對不會眼睜睜看著他們被人搶走。阻撓我們，想搶走他們的您，才應該被扣上反叛的罪名!」

「放肆!」

藍斯特勞德怒聲咆哮，我也怒吼回去。

「我要保護休華茲與懷斯，還有貴族院的圖書館!就算您說我放肆，就算對象是大領地的領主候補生，我也絕不原諒要從圖書館搶走休華茲與懷斯的人!」

艾倫菲斯特的見習騎士們露出鎖定了敵人的眼神，瞪向前方的大隊人馬。看到艾倫菲斯特即使在人數上居於劣勢，順位又相差這麼多，卻還是一步也不肯退讓，原本與我們為敵的中小領地的學生們都猶疑起來，開始觀望情勢。

「這下子根本不知道誰說的才是對的嘛。」

「我才不想被扣上反叛的罪名，還是請王子來裁決比較好吧。」

中小領地的學生們像是達成共識，很快退開散去。執意要與我們敵對，依然擋住去路的，只剩下披著藍色披風的戴肯弗爾格。

「請讓開，我要送休華茲與懷斯回圖書館。」

「休想，我才是他們的主人，不想受傷就交出來。」

藍斯特勞德一邊說著一邊變出思達普，再變成劍的形狀。艾倫菲斯特的見習騎士們見了，也不約而同拿出思達普備戰。

「您沒有資格成為休華茲與懷斯的主人，恕我拒絕。」

「把那個放肆的小不點和蘇彌魯抓起來！」

藍斯特勞德「轟」地揮下長劍，一團魔力隨即破空飛來。「哥替特。」柯尼留斯立即吟誦咒語變出盾牌，反彈回去。

「安潔莉卡、托勞戈特，你們兩人負責開路！其他人舉起盾牌，一邊防守一邊往圖書館前進！」

「是！」

下令由血氣方剛的兩人開路後，安潔莉卡立即抓起魔劍斯汀略克飛奔向前。托勞戈特也一臉喜不自勝地緊跟在後。強化了身體的安潔莉卡動作敏捷，艾倫菲斯特的見習騎士們舉起盾牌時，她一下子就躍過他們上方。

「身體好輕?!這真是太棒了！我們上吧，斯汀略克！」

安潔莉卡聲音雀躍地說完，拔出斯汀略克，跳到隊伍的最前方。刀身變得很長的斯汀略克已經凝聚了大量魔力。安潔莉卡揮著魔劍，迅速地接連打倒敵人。

老實說，我根本看不清楚。雖然知道安潔莉卡揮著斯汀略克在打倒敵人，但我完全看不懂她在做什麼。與我以往認識的安潔莉卡不同，她現在似乎已能隨心所欲地操控身體強化，動作明顯比周遭的敵人要快。

「大小姐，失禮了。」

黎希達在我跟前跪下後，接著把我抱起來，還與我牽著手的休華茲和懷斯在她身後撞在一起，懸在半空中搖晃。

「大小姐，請您千萬小心，別放開休華茲與懷斯。」

見習騎士們將黎希達護在中心，開始往前狂奔，想要從中間突破敵人的包圍。就在這時候，敵人將思達普悉數變作弓箭，朝著我們射出箭矢。發光的箭矢從上空如雨落下，數量多到光靠騎士們的盾牌根本抵擋不了。

我正想要也變出盾牌時，忽然「碰！」的一聲，好像有什麼東西爆炸了。與此同時，射出箭矢的敵人也在原地相繼倒下。我們和敵人都搞不清楚發生了什麼事。

「什麼！怎麼回事?!」

在一片慌亂的呼喊聲中，我發現在黎希達背上搖晃著的休華茲與懷斯，金色雙眼都因為魔力亮起了光芒。衣服上的鈕扣也在發光。

「公主殿下，要保護。敵人的力量，還給敵人。」

「厲害嗎？公主殿下，稱讚我們。」

「我也很想稱讚你們，但我現在不能鬆手。請等到回圖書館吧。」

……休華茲與懷斯的護身符能夠同時應付複數的敵人，單看這一點，說不定比神官長給的護身符還厲害呢。
斐迪南對我說過，為了可以同時應付多名敵人，我一定要隨身佩戴複數的護身符。
……不對，休華茲與懷斯也是有好幾個護身符，所以是一樣嘛。
想起了魔石做的鈕扣一樣有好幾個，我點了點頭。
「王族遺物的護身符嗎？」
「趁現在，快衝進圖書館！」
現場陷入混戰，我們則往圖書館直衝而去。眼看著大門就在前方的時候，突然有道宏亮的話聲從頭頂上方傳來。「住手！雙方都收起武器！」
亞納索塔瓊斯與他的近侍們騎在騎獸上出現了。除此之外，還能看見想必是去通知王子的中小領地的學生們。王族一登場，所有人都收起武器，跪了下來。眼前就是圖書館的大門，黎希達也將我放下來，我連忙跪地。
「我聽說有人在貴族院內鬧事，你們到底在吵什麼？」
亞納索塔瓊斯用不快的語氣問道。藍斯特勞德開始辯解，聲稱艾倫菲斯特偷走了圖書館裡貴為王族遺物的魔導具，他們正想從我們手中帶回去。
「王族的遺物？……那兩隻蘇彌魯嗎？艾倫菲斯特，有無異議？」
「有的。我只是為了履行主人的義務，得到索蘭芝老師的許可以後，才帶休華茲與懷斯出來。現在也必須盡快將兩人送回圖書館，卻有人想搶走他們。我們只是在保護王族的魔導具。」
眼看我與藍斯特勞德互相瞪視，誰也不讓誰，亞納索塔瓊斯一臉厭煩地環顧四周。

「戴肯弗爾格、艾倫菲斯特，叫雙方的舍監過來！詳細情況到了小會廳再說。」
「亞納索塔瓊斯王子，恕我冒昧，在前往小會廳之前，我能先送休華茲與懷斯返回圖書館嗎？他們兩人是圖書館的魔導具。」
「把圖書館的魔導具送回圖書館也是自然，先去歸還吧。」
不管接下來的談話結果如何，只要把休華茲與懷斯平安送回圖書館，戴爾弗爾格就無法隨意帶走他們。我成功保護了兩人，所以是我贏了。

我帶著黎希達與護衛騎士，還有休華茲與懷斯一同步入圖書館。
「索蘭芝老師，我來歸還休華茲與懷斯了。」
「哎呀，羅潔梅茵大人。您速度真快呢。」
「因為大家一起齊心協力測量呀。現在亞納索塔瓊斯王子正傳喚我過去，所以我必須馬上前往。不好意思這麼匆忙，那我先失陪了。」
我摸著休華茲與懷斯的額頭，注入魔力說：「謝謝你們保護我。」明明中午時已經補充過了，卻還是減少了許多。表示他們在護身符上消耗了很多魔力吧。
平安歸還休華茲與懷斯以後，我走出圖書館，長嘆口氣。該做的事情都做完了，老實說，我一點也不想面對接下來的談話。
「大小姐，不可以露出這麼有氣無力的表情。對方可是大領地的領主候補生。必須打起精神應對，否則會讓對方稱心如意。」
「……就算不想讓對方稱心如意，但我根本不知道藍斯特勞德大人到底是為了什麼，想要得到休華茲與懷斯啊。」

我這麼表示後，不只黎希達，眾人都露出了像在說「怎麼會不明白?!」的驚愕表情。

「休華茲與懷斯沒有主人的同意與許可就不能觸碰，就連轉讓也需要主人的認可，平常甚至無法踏出圖書館一步。然而這樣的魔導具，卻是由第十三順位，還是今年才一年級的領主候補生成了主人喔。」

「一般人都會心想，如果可以，真想自己成為他們的主人吧？」

「原來有這麼多人都想幫圖書館的忙嗎？真是振奮人心的好消息呢。」

若邀請那些想幫忙的人一起加入，更能減輕索蘭芝的負擔吧。我才這麼心想，大家都焦急地搖頭否定：「不是這樣！」

「能夠得到認可、成為王族魔導具的主人，也就表示可以管理王族的遺物。這是非常光榮的事情。對方想必是認為，可以藉此得到王族的賞識吧。」

如果是因為這種理由，我一點也不想把主人的身分讓出去。

「大小姐，請您發言之前，別忘了自己的認知與旁人截然不同。」

「……是。」

我們走進小會廳時，藍色披風的學生們已經在亞納索塔瓊斯前方跪成一排。不僅如此，洛飛還站在亞納索塔瓊斯旁邊。原來戴肯弗爾格的舍監是洛飛。看著這樣的組合，我突然間完全心領神會。

我們也在王子跟前列隊跪了下來。這時，亞納索塔瓊斯的近侍一臉非常為難地走進來，似乎是剛才負責送出奧多南茲。

「王子殿下，赫思爾老師說她此刻忙於研究，無法前來。」

「哼，看來艾倫菲斯特被舍監拋棄了吧。」

藍斯特勞德哼了一聲說道。雖然遭人瞧不起，但也沒必要生氣，因為這是事實。我們只是互相對看，聳了聳肩。

「赫思爾老師總是一開始研究便找不到人，也不會在宿舍裡露面，所以這在艾倫菲斯特已經是常態了。要是舍監能換人就好了呢。」

如果能來個願意認真做事的新舍監，對學生也比較有幫助吧。我這麼喃喃說完後，亞納索塔瓊斯露出傻眼的表情，輕瞪向我。

「如果想換新舍監，那就提供適合的人才給中央。就是因為艾倫菲斯特沒有能當貴族院教師的人才，才無法更換舍監。」

「……既然如此，我想暫時還是會由赫思爾老師擔任舍監吧。」

艾倫菲斯特人才不足的問題非常嚴重。如果有人實力強大到了足以成為貴族院的老師，或是被中央招攬，我還寧願留在艾倫菲斯特重用。

「但是，這種場合舍監必須出席。羅潔梅茵，妳沒辦法把她叫來嗎？」

「只要我想，應該是沒問題。黎希達，請準備奧多南茲。」

我對著黎希達變出的奧多南茲說道：

「赫思爾老師，我是羅潔梅茵。請您盡速前來小會廳。舍監若不在，將由他領學生成為休華茲與懷斯的新主人，到時候就無法繼續研究了。」

看著黎希達送出奧多南茲，我對亞納索塔瓊斯微微一笑說：「我想馬上就會趕來吧。」

過不了多久，赫思爾便出現在小會廳。大概是坐著騎獸飛過來的吧。比我預想的要快抵達。她一臉若無其事，在亞納索塔瓊斯面前跪下。

「艾倫菲斯特的舍監赫思爾前來晉見，請問有何要事呢？」

「那麼，我想先了解導致此次風波的魔導具。羅潔梅茵，為何妳是主人？我聽說在沒有主人的情形下，不能觸碰那些魔導具，那妳又是如何成為主人？」

「我在圖書館辦理登記時，因為太過開心，向神獻上祈禱後，魔力就變成了祝福迸散開來，兩個魔導具也因此重新開始運作。」

「妳在愚弄王族嗎?!別胡說八道了！」

藍斯特勞德大聲怒吼，但這在我預料之中。一開始我就不認為有人會相信我。因為就連在宿舍，大家聽了也都說：「雖然不覺得是騙人的，但實在無法理解。」

「我並沒有撒謊……但事情就是變成了這樣，我也只能這麼解釋。詳細情況請問索蘭芝老師。比起我，她說的話更值得相信吧。」

「嗯，這倒是。」

雖然用狐疑的眼光看著我，但亞納索塔瓊斯似乎暫且接受了我的說法。多半是對此感到不滿吧。藍斯特勞德開始指控艾倫菲斯特把王族魔導具帶回宿舍，意圖占為己有，他們是為了阻止我們。

「以上是戴肯弗爾格的主張，艾倫菲斯特呢？」亞納索塔瓊斯輕挑起眉說。從他的灰色眼眸可以看出，他並非全然相信藍斯特勞德的說詞。

「我絕對無意將休華茲與懷斯占為已有。只要有適合的人選，我隨時願意讓出主人的位置。」

「妳少騙人了！」

「藍斯特勞德，安靜。我現在是在問羅潔梅茵。」

亞納索塔瓊斯輕揮了揮手，要藍斯特勞德閉上嘴巴。這正是告訴王族圖書館現況的絕佳機會。我懇求亞納索塔瓊斯為兩人安排新的主人。

「亞納索塔瓊斯王子，請讓能夠成為兩人主人的上級貴族，重新回到圖書館擔任圖書館員吧。索蘭芝老師是中級貴級，無法成為休華茲與懷斯的主人。她一個人要承攬圖書館的所有業務也非常辛苦，我不過是暫時擔任主人，提供協助而已。請從中央指派人手過來吧，我認為這是最妥當的解決方式。」

我想把主人的位置，讓給從中央派來的圖書館員——我這樣表示後，亞納索塔瓊斯露出了複雜的表情頷首。

「……原來如此，妳的主張很合理。但是，要馬上辦到是不可能的。既然現在有人能夠暫代，魔導具也能如常運作，這樣也沒什麼不妥吧。」

看來是有什麼苦衷，不能讓圖書館員馬上回來。「那就維持現狀吧。」亞納索塔瓊斯如此下了結論後，藍斯特勞德跪著向前。

「亞納索塔瓊斯王子，既然如此，請您下令讓戴肯弗爾格成為臨時主人吧。比起第十三順位的艾倫菲斯特，我認為自己更加適合。」

「休華茲與懷斯不需要從不前往圖書館的主人。至少要每隔三天就去一次圖書館，這樣的人才可以。」

我與藍斯特勞德狠狠瞪向彼此。這時，洛飛露出了乍看爽朗，實則讓人倍感壓力的燦笑，向亞納索塔瓊斯提出建議。

「亞納索塔瓊斯王子，不如用迪塔來決定誰是更適合的主人，您意下如何？」

隨後，洛飛開始激動地訴說用迪塔來決定主人的好處。他說魔導具是王族的遺物，若沒有足以守護兩人的力量，也沒有資格成為主人；戴肯弗爾格只要用實力戰勝艾倫菲斯特，便能堂堂正正地接下主人的位置。

「但戴肯弗爾格經常在領地對抗戰中獲勝，對你們來說太有利了吧？」

「所以，艾倫菲斯特只要負責防守就行了。不需要向我們進攻。」

洛飛說了，艾倫菲斯特無須向戴肯弗爾格進攻，只要防守即可，這樣便很公平。不過，我根本不知道這樣的規則是否真的公平。

「的確，艾倫菲斯特也必須要有力量能保護魔導具……好吧。接下來在見習騎士專業樓的競技場舉辦迪塔，由優勝者成為主人。」

亞納索塔瓊斯一旦作出決定，我們也只能遵從。一行人站起來，準備前往競技場。

「哼。剛才是因為有魔導具的護身符，這次可沒有了。別以為贏得了我們。」

藍斯特勞德經過我身旁時很快低聲說道，我靜靜回望他那雙睥睨的眼睛。

「羅潔梅茵大人，絕對不可以輸。」

赫思爾的眼尾往上倒豎，面色猙獰地抓住我的肩膀說。她甚至還脫口說了：「他們可是我重要的研究對象！」明明是貴族，會不會太誠實了呢？現在赫思爾的腦海中，肯定就只有休華茲與懷斯身上的魔法陣吧。

「……我才不會輸呢。像那種根本不為圖書館著想的人，我才不會讓他成為休華茲與懷斯的主人。」

……而且說到護身符魔導具，我身上的數量可是多到不輸給休華茲與懷斯。

我悄悄按住自己的手臂。斐迪南給我的護身符，都還戴在我的身上。

奪寶迪塔

「對了，這次就以奪寶迪塔一決勝負吧！最近都在比速度，沒有進行過奪寶，我真是太期待了。老師年輕的時候啊……」

前往見習騎士專業棲的一路上，洛飛似乎也一直在想事情，這時他像是靈光一閃，抬起頭來這麼說道。雖然洛飛一派鬥志昂揚，但看起來不太像是為了讓戴肯弗爾格獲勝，比較像是自己想比迪塔而已。但他畢竟是大領地的舍監，就算表面上好像什麼也沒在想，說不定也是經過一番深思熟慮。還是說，他從來沒想過戴肯弗爾格會輸呢？

我看著洛飛思考起來，赫思爾在旁邊輕輕聳肩。

「洛飛大概是聽說了羅潔梅茵大人是斐迪南大人的愛徒，所以很想與妳比一場迪塔吧。雖然先前在最奧之間被妳的體弱多病嚇了一跳，但比奪寶迪塔的時候，就能見識到妳指揮騎士的能力了。我在想，他是想親眼確認看看，艾倫菲斯特是否會在今年的領地對抗戰上構成威脅吧。」

據說洛飛對於領地對抗戰時的迪塔比賽，具有非常強烈的得勝心，所以才會這麼警戒被人稱作是斐迪南徒弟的我。

「但是這樣聽起來，洛飛老師的企圖與這次的事情完全無關吧？」

「是啊。關於藍斯特勞德大人能否成為圖書館魔導具的主人，我想洛飛並不在乎吧。他的重點更在於探查艾倫菲斯特，以及羅潔梅茵大人的實力……雖然並不是所有人，但艾倫菲斯特有幾個學生的魔力成長速度都非比尋常；再加上今年的學科成績也突飛猛進，所有老師都對此嘖嘖稱奇。」

艾倫菲斯特的騎士們都朝我瞥來一眼，視線讓人覺得有些刺痛。雖然我是提供了點誘餌，也在背後推了一把，但學科成績說到底，都要靠各自的努力，與我並沒有太大的關係。總之先不說這件事，我試著想像了艾倫菲斯特獲勝以後，洛飛很可能雙眼燦亮地再次提出對戰要求，就覺得厭煩無力。

「要是贏了這場比賽，感覺洛飛老師以後就會糾纏不休，我真的要贏這場比賽嗎？」

「羅潔梅茵大人，妳在說什麼啊?!輸了的話，休華茲與懷斯會被藍斯特勞德大人搶走喔！」

嗚哇……因為關係到了研究，赫思爾老師也比平常還要激動。決定要贏是無妨，但最好是不用我出主意也能獲勝。剛才給予了祝福以後，我也很雖然很希望這樣就能幫助到大家，但偏偏見習騎士們從來沒有擬定過像樣的作戰計畫。像奪寶迪塔這種目的在於鑽敵人漏洞的比賽，他們能夠獲勝嗎？

……鑽敵人漏洞的比賽嗎？感覺神官長就很擅長呢。

我開始拚命回想，在斐迪南提供的兵法參考書中，有沒有什麼能拿來參考的內容。

就在這時，我們也抵達了競技場。

……好大！

眼前的訓練場設計為橢圓形，讓人可以騎著騎獸在場內來回飛行，看起來就和麗乃那時候的棒球場差不多大。頭頂上方是一整片覆蓋著灰色烏雲的天空，雪花在空中紛飛，所以我還以為是戶外競技場，卻又絲毫感受不到風雪，彷彿覆有著透明的屋頂。

從連接著本館的迴廊筆直走進來後，此刻我站著的地方似乎是觀賽用的場地。之所以不敢肯定，是因為外圍這圈空間並沒有呈階梯狀建蓋，地面也不是傾斜的。這樣子很難觀看比賽吧。也因為這樣，我無法斷言這裡是觀賽區。至於比賽用的場地，則比我現在走著的觀賽區要低上許多。場地上還畫有幾個大圓圈。

洛飛走到這裡停下腳步，神采奕奕地回過頭來，逐一看向戴肯弗爾格與艾倫菲斯特的見習騎士們，然後開口說道：

「那我來說明什麼是奪寶迪塔吧。因為和平常訓練的迪塔不一樣，請務必小心。」

接著，洛飛開始說明。

首先，我們必須獵來當作寶物的魔物。狩獵到魔物後，要讓牠虛弱到無法對己方發動攻擊，但也要留下足夠的活力，才不會被敵人搶走。比賽期間，若不小心殺了己方陣營的魔物就算落敗，因此奪寶迪塔中，對魔物的力道掌控是否精準，稱得上是足以左右勝敗的重要關鍵。當作寶物的魔物要放在己方陣營的規定範圍內。然後，要一邊保護魔物，一邊迎戰想來奪走的敵人；同時也要往敵營進攻，打倒敵人的魔物或是搶回來。

「來決定參賽人數吧。比賽要配合人數少的領地，艾倫菲斯特共有多少人？」

「二十五人。」

柯尼留斯立即回答。洛飛點點頭，指示戴肯弗爾格的學生也派出二十五人。

「告訴對方我們可以參賽的人數以後，人數較多的戴肯弗爾格就可以依據比賽內容挑選出二十五個人，那艾倫菲斯特從選人開始就很不利吧……」

我咕噥說道，柯尼留斯聽了聳聳肩。

「選人方式就和領地對抗戰時一樣，所以人數不多的小領地，總是很難取得勝利。但是，如何集結人才也是實力之一。只不過，大領地的見習騎士若沒能獲選參賽，待在貴族院的這段期間也會始終都沒有表現機會，所以無法評斷哪一種情況比較好。」

不光學業的成績，領地對抗戰時的表現與戰績，也會影響到今後有無可能受到中央招攬，還有成年以後會被分配到哪裡去。聽說若沒有機會能表現自己，也會非常苦惱。

「接下來決定陣地。原本奪寶迪塔都是設置在各自的宿舍附近，但這次只要設在競技場的左右兩邊就好了。平常召喚二號與四號魔物的地方，就當作是雙方的陣地吧。當作寶物的魔獸也要放在那裡頭。」

畫在競技場地面上的幾個大圓，似乎是平常訓練時召喚魔物用的區域，洛飛指著左右兩端的圓圈決定陣地。原來那些大圓圈是魔法陣，可以把魔物限制在圓圈裡頭。聽說獵來魔物以後，只要讓牠們觸碰到魔法陣，就無法自行離開。

「這次的奪寶迪塔有時間限制。只要在規定時間內，打倒艾倫菲斯特保護的魔物或是搶回己陣，便是戴肯弗爾格獲勝。反過來說，只要能在規定時間內守住魔物，或是打倒戴肯弗爾格的魔物，或者搶過來也可以，即是艾倫菲斯特勝利。但是當然，如果不小心消滅了己陣的魔物，這場比賽就算輸了。」

魔物被打倒後會變成魔石，同時也會分出勝負。至於搶走寶物，意即不殺死魔物，把魔物從敵陣帶回己方陣營，但聽說沒人會做這麼麻煩的事情。

「以上，有什麼問題嗎？」

洛飛環顧騎士們，我立即高舉起手。

「洛飛老師，比迪塔時能使用魔石和魔導具嗎？例如用魔石製作結界……」

「無所謂。事實上，從前的奪寶迪塔還是在整個貴族院裡進行，使用魔導具更是理所當然。時間若拖得太久，或者有人受傷，也都要喝回復藥水。」

「知道了，謝謝洛飛老師。」

……神官長那時候一定準備了很多秘密武器吧。

我悄悄按住自己腰間上的皮袋，用觸感確認著裡頭的魔石與回復藥水。這時，洛飛像意識到了什麼般地猛然抬頭。

「……嗯？慢著！難不成妳打算參加?!妳又不是見習騎士，還是才一年級的領主候補生吧?!妳會沒命的喔?!」

艾倫菲斯特的見習騎士們似乎也和洛飛一樣，完全沒料到我要參加，立刻異口同聲阻止：「太危險了，請您打消這個念頭！」「請您安靜地在旁邊參觀！」「戰鬥是我們的工作！」

「這場比賽要決定誰是休華茲與懷斯的主人喔。主人參加也是應該的吧？」

「噢……這份氣魄值得看齊！藍斯特勞德大人，請你也參加吧！」

藍斯特勞德原本似乎只打算參觀，硬生生被洛飛推了出來。只見他露出了厭惡的表情，惡狠狠瞪著我瞧。

「那麼接下來的鐘聲一響，比賽就正式開始。在那之前，雙方各自討論對策吧。」

在我們前方的圓圈正好就是艾倫菲斯特的陣地，對面的盡頭圓陣則是戴肯弗爾格的。戴肯弗爾格的學生們很快躍上騎獸，飛往自己的陣地。目送他們離開後，我們隨即開始討論，柯尼留斯順便斥責我說：「妳太衝動了。」

奪寶迪塔首先從狩獵魔物開始，必須決定要選擇什麼樣的魔物，當作自己陣營要守護的寶物。魔物若太過弱小，轉眼間就會被敵人打倒；但若選擇太強大的魔物，不僅捕抓時要費一番力氣，負責防守的同伴也會遭到魔物攻擊。

「不過，這次請抓來不怎麼強的魔獸吧。」

「請問不怎麼強是指？」

萊歐諾蕾偏過頭問。魔物的強弱確實很難定義，所以我盡可能詳細說明自己需要什麼樣的魔物。

「我希望抓回來的魔物，只要用思達普的光帶把牠綁起來，就算放著不管也可以，但也不能只是被綁著不動就喪命。還有，我希望體積也不要太大。」

「為什麼？這樣的魔物一下子就會被戴肯弗爾格消滅了！」

托勞戈特出聲抗議，我輕輕揮手駁回。

「放心吧。只要綁起來，再放在我的騎獸裡面，就不會被輕易搶走。」

斐迪南說過，我的騎獸內部充滿了我的魔力，只要待在裡面就很安全。即便小熊貓巴士遭到攻擊，除非對方的魔力量比我高，否則不可能被摧毀。而我不僅是領主候補生，魔力還經過重重壓縮，我不認為貴族院內有哪個見習騎士的魔力量能贏過我。

我這麼說明以後，見習騎士們瞠目結舌。

「可是，這怎麼說……」

「把魔物放在對方完全無法出手的地方，不會太卑鄙了嗎？」

「為何？規定只說了必須把魔物放在自己的陣營裡頭，沒說過不能在自己的陣營裡使用騎獸吧。」

「迪塔當然都要騎在騎獸上戰鬥啊！」

沒錯，比迪塔時坐在騎獸上是天經地義。那麼就算把寶物放在騎獸裡頭，對方也沒道理抱怨。

「我只是坐在騎獸上，待在自己的陣營裡而已。就算同時載著魔物，只要我不踏出陣營一步，應該也沒有任何問題吧？」

看著啞然失聲的見習騎士們，我輕嘆口氣。

「既然能萬無一失地保護寶物，這樣有什麼問題嗎？只要保護好魔物，別讓牠喪命就好了。而且，對方也有可能使用同樣的方法吧？」

「這絕對不可能，一般人根本不會想到要把魔物放在騎獸上。」

最主要是因為見習騎士沒人擁有乘坐型的騎獸，所以不可能。

「雖然你們都說這樣一來，對方完全無法出手，但把寶物放在小熊貓巴士裡時，其實並非全然沒有方法攻破喔。只是因為不常見，臨時無法想到而已。」

環顧眨著眼睛的見習騎士們，我敦促大家動腦思考。這個弱點我必須先告訴大家，讓他們能更確實地保護我。眼見沒人想出答案，我再提供提示。

「安潔莉卡，妳還記得獲勝的條件是什麼嗎？」

「在規定時間內保護寶物，或者打倒敵人的魔物……其他還有嗎？」

柯尼留斯似乎終於反應過來，抬起頭說：

「還有搶走魔物……您的意思是，對方有可能連同騎獸，把寶物搶過去嗎？」

「沒錯。就和我兩年前被人擄走時一樣，對方也有可能連同騎獸把魔物搶過去。但因為這種方法不常見，我也不曉得對方會不會立即想到。」

「……萬一對方想到了，羅潔梅茵大人就會有危險。」

柯尼留斯垮下臉這麼說。

「只會分出勝負而已。只要我不離開小熊貓巴士，我自身不會有任何危險。像那時候也是，如果不是我想從倒地的小熊貓巴士裡出來，也不會被人擄走。」

「即便如此，我還是不想再讓羅潔梅茵大人身陷險境。」

看著遲遲不願同意的柯尼留斯，我輕輕嘆氣。

「迪塔的戰術就是要出其不意。不是只有從正面攻擊，才稱得上是戰鬥。在挑選人選這個環節上，我們與戴肯弗爾格的戰力就已經有顯著差距，為了彌補差距，必須想盡辦法去鑽敵人的漏洞。即便是親人甚至恩人，能利用的就要利用，接二連三地出乎對方意料，設下各式各樣的圈套讓對方上鉤，從而得到自己最滿意的結果。要是只懂得用蠻力正面突破，永遠也學不會斐迪南大人那種工於心計的老奸巨猾喔……等一下，我突然覺得學不會好像也沒關係。」

要是身邊越來越多像斐迪南這樣的人，好像只會讓自己心力交瘁。我急急忙忙打住，柯尼留斯卻輕聲笑道：「聽完剛才的計畫，羅潔梅茵大人好像是受斐迪南大人影響最深的人呢。」周遭的見習騎士們聽了也一致點頭。

……咦？我有那麼沒血沒淚嗎？

「那麼，羅潔梅茵大人的意見歸納起來，就是希望這次的迪塔要盡可能把寶物放在安全的地方，然後徹底專注在防守上吧？」

「基本上我覺得這樣就沒問題了。」

因為只要徹底防守便能獲勝，我想奪寶迪塔本來就該專注在防守上吧。還有，艾倫菲斯特的見習騎士在攻擊魔物時，好像都只會所有人一起往前衝，所以這次也是個好機會，可以讓大家練習如何防禦。

「這幾年因為只比競速迪塔，所以大家都沒有接受過貫徹防守的訓練吧？但是，一旦成為護衛騎士，戰鬥時就該懂得如何防守。」

我看向彷彿在體現「攻擊就是最好的防禦」的安潔莉卡與托勞戈特。

「我調查過了往年的比賽成績，戴肯弗爾格的團隊合作非常優秀，擅長精準地展開強攻，打倒敵人。除了比速度以外，多半也很重視攻擊吧。這次我們又是只要守住寶物就算獲勝，所以我想，他們會極盡所能突破我們的防守。」

「您說得沒錯。」

「隨著剩下時間越來越少，他們有可能會因為太過重視攻擊，導致防禦變得鬆散；

我打算趁那時候發動攻擊，所以請暫時專注在防守上吧。」
幾乎所有見習騎士都順從點頭，但托勞戈特似乎是無法忍受，抬高音量說道：
「只會一味防守的迪塔根本不是迪塔！我想使出全力攻打敵人！」
一直以來托勞戈特比的迪塔，都是比誰能更快打倒魔物，所以似乎無法忍受這種一味防守的戰鬥方式。畢竟是突然改變做法，或許還是該提供一些能發洩精力的機會。
「……托勞戈特，只要你能忍耐一段時間，我會給你機會全力進攻。」
「羅潔梅茵大人，也請給我機會！我也想攻打魔物！」
我一對托勞戈特下達許可，安潔莉卡的雙眼馬上發亮，也想要有表現的機會。
「知道了，我會讓安潔莉卡一起參加。麻煩柯尼留斯支援兩人了。」
「……遵命。」
柯尼留斯看著燃燒起熊熊鬥志的兩人，露出疲憊不堪的表情。感覺這兩人一衝出去就可能回不來，也只有柯尼留斯能把他們帶回來了。
「那麼，為了讓兩人有表現的機會……我需要一個擅長投擲的幫手。有沒有人能把類似石頭或短槍的東西擲向敵營呢？」
「我！投擲我很擅長。我也可以有表現的機會嗎?!」
優蒂特活力十足地舉起手來。我輕輕點頭，決定採用。
「那就麻煩優蒂特了，請妳和我一起坐在騎獸裡面吧。」
「是！」
「這次只要能守住寶物就贏了，所以暫時只能防守。忍耐也是很重要的事情喔。請當作是防禦練習，戰鬥時也要思考該如何抵禦敵人的攻擊……話雖如此，也不是舉著盾牌就好。揮舞武器減少敵人的數量，也能抵擋敵人的攻勢。總之，請一定要穩住隊形，別一個人擅自衝向敵陣。比賽期間，一定要互助合作。」

「是！」

我們剛分好組，一組前去狩獵魔物，一組負責留守，第五鐘就響了。狩獵正式開始。為了狩獵魔物，騎士們躍上騎獸，各自從艾倫菲斯特與戴肯弗爾格的陣地往外衝出。我、優蒂特與萊歐諾蕾負責留守。

「羅潔梅茵大人，您想我們能贏戴肯弗爾格嗎？」

萊歐諾蕾不安地仰望著飛走的騎獸，低聲問道。

「我打算贏喔，萊歐諾蕾覺得我們會輸嗎？」

「……因為我們從來沒有贏過戴肯弗爾格，實在不覺得我們能贏。」

「是競速迪塔從沒贏過，但這是奪寶迪塔，對方也不熟練，所以我們有勝算。」

最糟糕的情況，我打算就和寶物一起坐在騎獸裡，再用舒翠莉婭之盾拖延時間，一直到獲勝為止。從一開始我就不打算輸。我只是希望表面上盡量別用自己的力量，而是靠騎士們的力量獲勝。

「等大家狩獵回來，把魔物放進陣地裡，比賽就開始了吧？狩獵魔物大概會花多久時間呢？」

我提問後，優蒂特笑著搖頭說：「剛才的鐘聲就是開始的信號喔。現在比賽已經開始了。」我聽了大吃一驚，環顧競技場。戴肯弗爾格的陣地上也能看見藍斯特勞德與幾名見習騎士留下來，但他們並未採取任何行動，只是等著騎士們捕到魔物回來。

「……既然迪塔已經開始了，為什麼不向敵人陣營進攻呢？」

「都還沒有寶物，攻擊敵人的陣地要做什麼呢？」

「可以迎擊帶著魔物回來的敵人啊。」

畢竟捉到魔物後要帶回來，等同攜帶著危險行李，而且當下也相當疲累吧。再加上敵人是在返回己方陣地途中，精神上也會比較鬆懈，更容易一舉擊破。

「羅潔梅茵大人，那樣一來，比賽在真正開始之前就結束了喔?!」

「優蒂特，妳在說什麼呀？迪塔比賽不是已經開始了嗎？」

「羅潔梅茵大人所言甚是，真是盲點呢。」

萊歐諾蕾眨了眨眼睛。在此之前，他們接受的迪塔訓練都是等老師準備好魔物，示意開始之後，才對魔物展開攻擊。然而，奪寶迪塔是連準備魔物這個步驟也包含在比賽過程內，見習騎士們因為從未比過奪寶迪塔，所以也沒想到這一點，萊歐諾蕾如是說。

「我曾向柯尼留斯借來艾克哈特大人寫有迪塔戰術的參考書，書裡曾提到過，狩獵魔物期間該如何防範敵人的攻擊。也就是說，在對方狩獵魔物以及帶回陣地的期間進行妨礙，在奪寶迪塔中是再正常不過的事情吧。」

優蒂特還在偏頭納悶，但萊歐諾蕾已經開始思考我所提議的，對敵陣展開攻擊。

「羅潔梅茵大人，我們重新擬定作戰計畫吧。現在因為人手不足，無法進行攻擊，等去狩獵魔物的所有人都回來了，要不要即刻向敵陣發動攻擊呢？」

「……可以的話，我想先向敵陣進攻。但是，萬一攻擊期間去狩獵魔物的騎士們回來了，遭到夾擊也很危險呢。」

「是的。因為我們的戰力比不上對方，對方雖說剩下人數不多，卻也都是精銳。」因為不知道戴肯弗爾格在捕捉魔物上會花多少時間，若要等到大家都回來再攻擊敵陣，風險有些太高。

「與其攻擊敵陣，不如全體動員，向捉到魔物後正要返回的騎士發動奇襲吧。如果能夠當場消滅魔物，就是我們贏了。」

寶物畢竟是致勝關鍵，與其背負風險，攻擊還沒有寶物的敵陣，倒不如在騎士們帶著魔物回來、正感到疲憊的時候發動奇襲，成功機率應該更高吧。

「萬一沒辦法當場打倒呢？」

萊歐諾蕾對一臉不安的優蒂特露出微笑。

「那也沒有任何問題。只要重新按照原來的作戰計畫，徹底防守即可。」

由於選擇了並不怎麼強大的魔獸當作寶物，所以想當然耳，艾倫菲斯特的騎士們早一步回來。用思達普光帶層層綑起的，是比薩契要高一階的上位種弗爾契，有著與貓相似的外形。

「挑選那麼小隻的魔獸當寶物沒問題嗎？不會因為魔力的餘波就死了吧？」

留在戴肯弗爾格陣地的見習騎士們立即發出譏笑，但我完全不予理會，變出自己的騎獸。變出了家庭房車尺寸的小熊貓巴士後，再命人把被層層捲起的魔物放進後座，然後關上車門。

……這樣就好了！

「那、那是什麼?!難道那就是傳說中的騎獸?!」

瞥了一眼面色驚慌的敵陣騎士後，我環顧一臉都不太能苟同的己陣騎士們。

「作戰計畫有變。等敵人捉到魔物帶回來，我們馬上使出全力發動奇襲。」

我宣布完，萊歐諾蕾接著說明了艾克哈特在參考書裡對奪寶迪塔的描寫。

「我們完全不懂得比奪寶迪塔時應該如何戰鬥。」

「可以傾盡全力嗎？」

「就算消滅了魔物也沒關係。但是，發動奇襲的時候，要從我們這邊往上空飛去，以免敵營的騎士分散開來，並且要勢如破竹地衝向敵陣。這是為了確保敵人不會出現在我們後方，奇襲就算失敗，也能立即撤退。」

奇襲期間，敵人也有可能攻擊我們的陣地，所以還是需要基本的防衛。我們把所有人分成兩組，一組負責攻擊，一組留下來防守。接著，讓大家各自把思達普變化成武器，騎乘在騎獸上佯裝警戒，實則準備攻擊。

「面對突如其來的攻擊，戴肯弗爾格也有可能完全不會退縮，絕對不能掉以輕心。」

柯尼留斯這麼提醒一臉興奮難抑的托勞戈特。雖然他回答說了：「我知道。」但表情看來一點也沒有明白的樣子。

「安潔莉卡、托勞戈特，請你們一定要遵從柯尼留斯的指示。他指示撤退的時候，一定要馬上返回陣地。如果有人不從，也會失去接下來的表現機會喔。」
我用充滿警告意味的眼光看著兩人說道。兩人互相對看以後，大力點了點頭。
戴肯弗爾格多半是挑選了奪寶迪塔中最常見的魔物回來吧。站在遠處，也能看見有隻大型魔物在發光的網子裡死命掙扎。
「還不行，要再近一點。」
帶著寶物回來的騎士們正慢慢下降。「是司努非爾托！太好了！簡直完美！」敵陣的騎士們見到了抓回來的巨大魔物後，全高興地大聲歡呼。據說司努非爾托在奪寶迪塔中是一種最好掌控的魔獸。不僅擁有耐得住敵人攻擊的硬皮，性格也比較溫馴。不過，也只是比較溫馴而已。在我看來，就像是體型小一些、皮膚看來堅韌無比的河馬。
「……沒問題。所有騎士都在，不可能有敵人從背後偷襲。」
強化了視力的安潔莉卡在清點敵人數量後，看向我說。我立刻舉起手臂。
「就是現在！」
由強化了身體的安潔莉卡與柯尼留斯帶頭，奇襲部隊開始發動攻擊。不想浪費魔力在變出騎獸上的兩人，把其他人的騎獸當作踏腳石，一次次往上越跳越高。
安潔莉卡握著刀身變長的斯汀略克，縱身高高躍起，隨後循著拋物線落下，欺近正在運送魔物的戴肯弗爾格的見習騎士。她眼中的目標只有一個，就是司努非爾托。
「嗚哇?!怎麼回事?!」
安潔莉卡單槍匹馬地衝進敵軍裡，展開攻擊。似乎是完全沒料到會遭遇奇襲，敵人都發出了慌亂叫喊。魔劍斯汀略克劃破光網，敵人的魔獸幾乎要從網內往下掉出。

「魔獸要掉下去了！請求支援！」

中了幾記攻擊後，安潔莉卡一邊下墜一邊變出騎獸，坐上騎獸後立即掉頭轉彎。和以前不一樣，這次她不再只會往下掉落，已能輕而易舉地變出騎獸。緊接著她飛往敵人上方，再次往下俯衝，舉起斯汀略克衝向敵人。

「喝啊！」

戴肯弗爾格正因安潔莉卡的出現而大吃一驚時，柯尼留斯緊接著加入戰局，騎在騎獸上的見習騎士們也接連進攻。奇襲非常成功。

「萊歐諾蕾，敵陣的情況如何！」

我觀察著上空的戰況揚聲問道，萊歐諾蕾立即回答。

「敵陣目前一片混亂。負責防守陣地的幾名騎士跳上了騎獸，前往支援。」

「優蒂特，接下來由妳觀察。萊歐諾蕾，準備弓箭！」

「是！」

我們事前已經說好，需要撤退時會放箭提示，順便藉此嚇阻有可能繼續追擊的敵人。萊歐諾蕾將思達普變化成弓，搭上魔力形成的箭矢，瞄準交戰中的上空。

「萊歐諾蕾，只要覺得該撤退了就放箭。」

「交給我吧。」

交由優蒂特觀察敵陣的動靜後，我再仰頭察看上方的戰況。戴肯弗爾格因為帶著魔獸，機動性有所下降，又因為要保護魔獸，能夠投入攻擊的人手也有限。而且，艾倫菲斯特還有英勇之神安格利夫的庇佑。怎麼看都是艾倫菲斯特占上風。

們迎戰奇襲之後，驚愕地大叫出聲。

「……艾倫菲斯特居然這麼強?!」

因為地位比他們低，大概本來都以為可以輕鬆閃過攻擊吧。戴肯弗爾格的見習騎士們迎戰奇襲之後，驚愕地大叫出聲。

……對吧？對吧？

看著氣勢如虹地展開攻擊的艾倫菲斯特，以及因為遭遇奇襲、驚慌失措下只是單方面挨打的戴肯弗爾格，作戰計畫明顯非常成功，我感到心滿意足。

但是，艾倫菲斯特的優勢也只持續了一小段時間。

「別慌！採取防禦！優先保護寶物！」

多半是平常就負責指揮，戴肯弗爾格的一名高年級生咆哮下令，敵方的騎士們剎那間便重整態勢。有人拿起盾牌抵禦攻擊，有人重新張網運送司努非爾托，有人開始反擊……所有人似乎都很清楚自己的職責，很快穩住了陣腳。

「一半的人負責保護司努非爾托，盡快返回陣地！其餘的人一邊反擊，一邊退回陣地會合！」

「是！」騎士們聽了指揮者的指示後朗聲應道，旋即以井然有序的動作返回陣地。

這次的奇襲算是成功了一半吧。畢竟我們成功讓戴肯弗爾格慌了手腳，擾亂隊形，也多少造成了一些損傷。但是，他們的團隊合作太過強大，指揮官只是一聲令下，就重新整頓好了隊伍。

……怪不得每年都能在領地對抗戰上獲勝呢。

見識到了戴肯弗爾格默契十足的團隊合作後，我佩服嘆氣。同時，也不由得氣餒嘆息。因為視野中艾倫菲斯特的團隊表現，簡直糟糕到了教人大吃一驚的地步。

……差距實在太大了。

儘管因為祝福的關係，艾倫菲斯特每個騎士的能力都有所提升，然而表現出來的團隊合作堪稱慘不忍睹。戴肯弗爾格頃刻間就建立起了牢固的防禦陣線後，艾倫菲斯特便再也無法給予重創。看得出來只有強化了身體的安潔莉卡與柯尼留斯仍能奮勇對抗，其他人完全不值一提。明明擁有了這麼多能居於上風的條件，卻沒有足夠的團隊默契能加以完整發揮。

「羅潔梅茵大人，雖然沒有敵人往這裡進攻，但因為眼看寶物就要進入陣地了，援軍正接二連三加入！」

負責監視敵陣的優蒂特高聲喊道。現在連對方只是邊守著寶物邊反擊，我們都造成不了多少損傷，一旦他們把寶物放入陣地，再也沒有後顧之憂後，我們一定會被打得潰不成軍。

聽見優蒂特的報告，萊歐諾蕾很快看了我一眼，隨即射出代表撤退的箭矢。箭矢咻地呈拋物線飛出，在交戰的雙方人馬上方「磅！」地發出爆炸聲響。

「是撤退的信號！」

柯尼留斯大吼道，艾倫菲斯特的騎士們開始撤退。

「放箭，掩護同伴撤退！」

好幾名騎士拉開弓，「咻」地射出魔力箭矢。又交手了幾次之後，雙方的騎士都開始各自退回陣地。然而，當中卻只有一個人執拗地繼續攻擊敵人，幾乎要破壞後退中的隊形。就在我皺起眉頭的同時，柯尼留斯怒聲大喊：「托勞戈特，回來！」

托勞戈特一臉不滿地撤退。

受了傷與魔力有所耗損的人都喝了回復藥水，正在努力回復。其實如果可以，我很想緊接著展開攻擊，讓對方沒有回復的機會。但是，我不認為艾倫菲斯特的團隊合作有優秀到能夠這麼做。

「……艾倫菲斯特很弱呢。我因為見過騎士團戰鬥的模樣，一直以為貴族院的見習騎士應該也有相當的水準。」

根據先前打倒冬之主時表現出的默契，還有討伐陀龍布時的戰鬥方式，我記得騎士團的團隊合作十分優秀。

「我沒想到艾倫菲斯特會這麼像一盤散沙。是因為近幾年的迪塔都是比速度嗎？可是，戴肯弗爾格就很團結一致喔。再這樣下去，得教育新人的騎士團長他們會傷透腦筋吧。」

「只會被人保護的羅潔梅茵大人又懂什麼?!」

「有時候從局外人的角度，更能看清許多事情，托勞戈特。譬如明明已經下令撤退，卻不立即撤退的你有多麼擾亂大家的步調……」

聞言，托勞戈特不悅地板起臉。

「我還能夠戰鬥。」

「那是當然的吧。比賽還在進行當中，若不能戰鬥就糟糕了。」

「既然如此，請讓我繼續戰鬥，別要求我撤退。」

看著面貌兇惡的托勞戈特，我忍不住張大眼睛。我不知道他在著急什麼，又朝著什麼目標在猛衝，但他的拚命完全是徒勞無功。

「戰鬥時不該只會魯莽地衝向敵人，要仔細觀察四周……」

「這種事我知道！」

「……你明白就好。接下來敵人就會拿出真本事了。艾倫菲斯特從現在起要轉為防守，請展現出值得讓你這樣反抗的合作能力吧。」

我們回復了魔力與體力後，對方也同樣回復了吧。雙方在陣地中互相對峙，戴肯弗爾格採取攻擊姿態，艾倫菲斯特採取防禦。現場氣氛劍拔弩張，雙方都在觀察彼此的動靜。戴肯弗爾格似乎是警戒著我們再採取和剛才一樣的奇襲，防守得密不透風。反倒是有可能在戰鬥一開始就衝出去的托勞戈特，或許會成為我們在團隊防守上的漏洞。

……情況真不妙。

就算有英勇之神的祝福，陣形也似乎會在眨眼間被擊潰。總覺得艾倫菲斯特勢必會陷入苦戰，再不然就是單方面被打得落花流水。雖然我也很想讓艾倫菲斯特增加一些防守經驗，但第二波奇襲似乎很快就得登場。

「優蒂特、萊歐諾蕾，進來這裡。」

與兩人一同走進自己的騎獸裡後，我打開皮袋，拿出染上了自己魔力的魔石。淡黃色的魔石原先有著水晶般的形狀，但我以調合用的小刀切成了糖果大小。接著，我再拿出斐迪南的特製超級難喝回復藥水，往魔石滴了幾滴。

「優蒂特，我一下令，就把這個魔石丟向司努非爾托。」

我把淡黃色的魔石，交給有些猶豫地走進副駕駛座的優蒂特。她接過後，偏過腦袋瓜問：「這是什麼？」

「這是接下來要進行的第二波奇襲。眼看艾倫菲斯特的防禦快要抵擋不住時，我會給妳指示，到時候就麻煩妳了。」

一旦守不住了，我會操控著小熊貓巴士飛到己陣邊緣，然後讓優蒂特坐上自己的騎獸，把魔石丟過去。我開關著副駕駛座的車門，確認優蒂特能否順利換乘騎獸，同時向她說明步驟。

「是，我知道了……可是，如果現在就丟過去，是不是就能輕鬆獲勝了呢？」

優蒂特提出疑惑後，萊歐諾蕾也點點頭。

「是啊。但是，如果只是接連使出我想的奇襲，大家幾乎沒有付出什麼心力，靠著這種漏洞百出的團隊合作就獲勝的話，對艾倫菲斯特來說是最糟糕的獲勝方式。」

「……最糟糕的獲勝方式是什麼意思呢？獲勝不是一件好事嗎？」

其實本該按照實力落敗才對。因為我認為冷靜地分析自己有哪裡做得不好，也是很重要的過程。大家一起體認到團隊有多麼鬆散、防禦有多麼脆弱後，才會對今後的成長有所幫助。說句老實話，若不是這場比賽關係到了休華茲與懷斯，我根本不會插手，只會袖手旁觀。我想讓騎士們意識到了雙方的實力差距以後，再贏得比賽。

「優蒂特、萊歐諾蕾，妳們剛才也在外圍目睹了奇襲的結果吧？接下來在騎獸裡頭，也能觀看到攻守轉換以後的戰況。戴肯弗爾格與艾倫菲斯特在防守上究竟有多大的差異，請張大眼睛仔細觀察，然後好好思考。如果想要變強，一定要在戰鬥的同時不斷思考，自己該怎麼做才能變強。」

「謹遵吩咐。」

兩人才剛點頭，場上的騎獸便大力振翅開始移動。戴肯弗爾格展開行動後，艾倫菲斯特的見習騎士們也開始動作。雙方人馬在空中對峙以後，戴肯弗爾格有頭騎獸不斷地往高處飛去，意圖占據優勢。艾倫菲斯特有幾頭騎獸因此跟著往上飛。

「啊啊，對方只有一個人而已，不可以那麼多人都跟上去！」

優蒂特焦急大喊。因為還要保護陣地，所以戴肯弗爾格只派了部分騎士出來，艾倫菲斯特則是所有騎士都負責防守，人數上多少較有優勢。但是，差距仍沒有大到能夠以多對一。想當然耳，防禦陣線最牢固的地方因此變得薄弱，交戰開始以後，艾倫菲斯特立即陷入苦戰。

「攻擊的主力不在那邊，快回柯尼留斯那裡！」

萊歐諾蕾坐在騎獸裡頭，只能眼看著同伴們戰鬥的模樣，對於防守之薄弱與團隊之鬆散，忍不住抱頭慘呼。艾倫菲斯特很明顯防禦方面的練習非常不足，戴肯弗爾格又擅長合作無間地展開攻擊，因此幾乎是單方面被壓著打。現在是因為有祝福的關係，勉強還撐得住。雖然大家都死命防守，但大部分都是單打獨鬥。懂得團隊合作的，只有因為是護衛騎士而受過訓練的柯尼留斯與安潔莉卡，還有韋菲利特的護衛騎士。

除了保護我的優蒂特與萊歐諾蕾以外，二十三人中只有七個人能同心協力，面對精銳盡出的戴肯弗爾格，自然打得非常艱辛。

「啊啊，托勞戈特，你要去哪裡?!」

「……羅潔梅茵大人，您不覺得整個防禦隊伍都往上移動了嗎？」

「沒錯，這一定就是敵人的目的吧。再過不久，戴肯弗爾格的精銳應該會從地面往這裡進攻。」

我指著敵陣說道。騎在騎獸上保護著陣地的敵方騎士們，除了保護寶物與藍斯特勞德的寥寥幾人外，其他人都開始擺出攻擊態勢。

「萊歐諾蕾，妳沒有在學科課上學過這種戰術嗎？我曾在書上看過，也利用加芬納棋看過敵人會怎麼行動。一旦敵人的作戰計畫成功，我們必輸無疑。」

「有的，雖然曾在課堂上學過……」

從萊歐諾蕾的表情，可以看出她是第一次把理論與實戰結合起來。在此之前，她似乎從未把在課堂上學到的內容真正用在實戰中。尚未修習專業課程的優蒂特比起敵人究竟用了什麼戰術，更為眼前的戰況嚇得臉色發白。

「羅潔梅茵大人，您怎麼說得這麼悠哉?!我們現在就快打不贏對方了，他們要是再展開攻擊，一定會輸喔！」

「是啊，那差不多該行動了。優蒂特，麻煩妳了。」

確認戰場不斷往高空移動後，敵陣的騎獸也開始往這邊奔跑，準備乘勝追擊。等到他們來到雙方陣地間的正中央，我也和敵人一樣，操控著騎獸跑向己陣邊緣。

「被發現了嗎！」
「她們好像有什麼計畫！快撤退！」
注意到小熊貓巴士挺身迎戰後，敵軍為了保護陣地與寶物，立即順時針掉轉回頭，果決俐落地折返。
「優蒂特，最好是丟到司努非爾托的頭頂上方！動作快！」
「是！」
我在即將跑出己陣之前，打開小熊貓巴士副駕駛座的車門。優蒂特立即變出騎獸，追趕敵人似的急速衝出。
優蒂特跳上騎獸後，將思達普變作Y字彈弓，迅雷不及掩耳地射出魔石。飛出的魔石遠比返回己陣的敵人們要快，劃出偌大的拋物曲線以後，如我指示地掉往司努非爾托的頭頂上方。
「有什麼飛過去了！快擋下來！」
「到底是什麼東西?!在哪裡?!」
是糖果大小、正高速飛過去的魔石喔。但就算要求同伴「擋下來」，陣地裡的騎士們也根本不知道究竟是什麼東西飛了過來。
大概是注意到了有魔石朝自己飛來，司努非爾托張大嘴巴，優蒂特投出的魔石就這麼剛好地飛進牠的大嘴裡。
「羅潔梅茵大人，魔石被吃掉了！」
多半以為自己任務失敗了，優蒂特一臉欲哭無淚地跑回來。我笑著稱許她。

「我本來還在想只要掉在附近，魔物就會自己吃掉，所以現在這樣完全沒問題喔。」

我話才說完，司努非爾托突然變成了原先的好幾倍大。本來還是一隻被光網困住的小型河馬，這時眼看著越變越大，身上的光網也「啪！啪！啪！」地接連遭到扯斷。

「咕噢噢噢噢噢！」

最終，河馬變得和兩層樓住家一樣高，剛才的溫馴也徹底消失無蹤，司努非爾托開始痛苦地瘋狂衝撞。

「什麼?!什麼?!這是怎麼一回事?!」

優蒂特噙著淚目大叫，與此同時，敵陣也傳來錯愕大喊。

「司努非爾托變大了！」

司努非爾托忽然間變得無比巨大後，也開始失去控制。戴肯弗爾格的騎士們都吃驚得停下攻擊，返回自己陣地。因為若放任司努非爾托失控下去，不僅自領的領主候補生藍斯特勞德會有危險，負責守衛己陣的騎士們也可能損傷慘重。

「羅潔梅茵大人，那到底是什麼東西?!」

「是染上了我魔力的瑠耶露果實喔。適合用來回復魔力，魔獸還會變大。」

聽說在舒翠莉婭之夜採集到的紫色瑠耶露果實，具有能讓魔力增強的效果。若把染上了自己魔力的瑠耶露果實當作糖果含在口中，魔力就會恢復。我因為身體強化用的魔導具消耗掉了我不少魔力，所以斐迪南要我隨身帶著瑠耶露果實，以防緊急時刻護身符無法發動，那就糟糕了。

「您究竟為什麼要讓魔物變大？」

「為了讓戴肯弗爾格無法再手下留情。但話說回來，真不愧是斐迪南大人。特製超級難喝藥水的味道與刺激性臭味，連魔物也痛苦得不停打滾呢。」

巨大又強大的魔獸不適合當作是迪塔的寶物，因為力道很難拿捏。變大後的司努非爾托不斷來回衝撞，戴肯弗爾格切換成了競速迪塔時的作戰方式，對牠展開攻擊。總之，為了讓敵人完全無法對魔物手下留情，我試著讓寶物變大了，只不過效果完全超出預期。戴肯弗爾格似乎甚至沒有心思注意我們這邊。

「大家別發呆，快點回復吧。安潔莉卡、柯尼留斯，把這個藥水喝下去。」

面對突如其來的發展，艾倫菲斯特的見習騎士們似乎都還反應不過來，一臉茫然，愣愣注視著巨大的司努非爾托。我下達指示後，把斐迪南改良過的藥水遞給安潔莉卡與柯尼留斯。

「接下來要請你們使出全力攻擊，所以要讓魔力徹底恢復。」

「是！……嗚，要喝這個藥水嗎？」

「這是斐迪南大人調配的回復藥水，味道和效果都非常驚人喔。」

安潔莉卡與柯尼留斯苦著臉，喝下斐迪南調配的回復藥水。「嗯唔！」兩人隨即發出痛苦呻吟，摀住嘴巴，用力閉上眼睛。看來是勉強吞下去了。柯尼留斯雙眼含淚，對我發出怒吼：「這到底是什麼東西?!」

「是斐迪南大人的一番好心，改良得比較容易入口的回復藥水喔。」

「哪裡容易入口了！」

「只要喝了味道更驚人的原版回復藥水，就能明白斐迪南大人有多好心了。柯尼留斯想親身體驗看看嗎？」

我展示了剛才往魔石滴過幾滴，還有剩餘的超級難喝藥水。柯尼留斯忙不迭拚命搖頭，堅決表示拒絕，然後轉頭看向變大的司努非爾托。

「……魔力真的很快就回復了呢。那麼，妳打算叫我們做什麼？」

柯尼留斯一臉警戒地低頭看我。我「唔呵呵」地笑了起來。

「請你們把思達普變成長劍，然後注入所有魔力，一直到迸出劈哩啪啦的火花為止吧。趁著敵人削弱了司努非爾托的力量以後，我們再給予魔獸致命一擊。父親大人與艾克哈特哥哥大人都能辦到了，柯尼留斯也可以的吧？」

聽了我以必須辦到為前提的作戰計畫後，柯尼留斯露出了無力的表情。

「我想應該可以吧……但是，我很少這樣做。一旦傾注所有的魔力進行攻擊，在魔力恢復之前，我完全派不上用場喔。這樣也可以嗎？」

「我會把斐迪南大人的藥水分你，所以之後的事情無須擔心，請儘管傾注魔力吧。而且如果沒能成功給予致命一擊，艾倫菲斯特也毫無獲勝的機會了。」

你已經感受到大家的團隊合作有多糟糕了吧？我說完，柯尼留斯沉下臉點頭。

「聽說柯尼留斯的魔力量已經成長到了與騎士團長不相上下，所以我很期待你的表現唷。那招攻擊好像只要騎著騎獸飛到高處，再一邊俯衝一邊釋出就好了。斐迪南大人與騎士團長都是這麼做的。」

「……羅潔梅茵大人，您究竟是在哪裡見過這樣的攻擊呢？」

「在神殿因為接到任務，我曾有幾次參加過騎士團的討伐。」

青衣見習巫女時期，我曾在討伐陀龍布與祈福儀式遇襲時見過這個招式，所以這樣回答不算是說謊。只不過，並非全是事實就是了。

「安潔莉卡，請妳保護己方陣地，擋下柯尼留斯的攻擊造成的衝擊。要從正面往司努非爾托釋出與柯尼留斯同樣強大的魔力攻擊。」

「遵命。」

似乎已經從難喝藥水造成的打擊中振作起來，安潔莉卡抓住斯汀略克點了點頭。

「羅潔梅茵大人，請讓我也參加！」

「托勞戈特不行。」

「為什麼?!難道是因為我比兩人弱嗎?!」

這也是原因之一，我在心裡頭嘀咕。與安潔莉卡還有柯尼留斯相比，托勞戈特弱上了好幾倍。但是，此刻的托勞戈特太過執著於強大，我總覺得不該當場說破。

「並不是。是因為你既不遵從主人的指示，也無法與其他人聯手合作，我不知道這樣的騎士會做出什麼事情，太危險了。關鍵時刻不能用你，托勞戈特只能待命。」

「什麼?!」

托勞戈特瞪大了藍色雙眼。我轉身背對他，指示安潔莉卡與柯尼留斯開始行動。

「你們兩人在攻擊時，一定要互相配合。請確認過彼此的動作後再攻擊。」

「遵命。」

柯尼留斯騎著騎獸，朝著上空飛去。只見他將思達普變成長劍，從現在就開始注入魔力。安潔莉卡也背對陣地，改變位置，舉起魔劍保護我們。魔劍斯汀略克立即用斐迪南的聲音下達指示。

「主人，要保護主人的主人與陣地，要站在這個位置。不對，方向錯了。右腳再往前半步……就是這樣。接著舉劍，注入所有魔力吧。」

「大家也舉起盾牌，準備迎接接下來的衝擊！」

艾倫菲斯特的見習騎士們都將思達普變成盾牌。我緊握住小熊貓巴士的方向盤，使力站穩，準備承接劇烈衝擊。坐在後座的萊歐諾蕾以充滿期盼的眼光，注視著上方的柯尼留斯。

戴肯弗爾格的騎士們合作無間，動作流暢地對司努非爾托施加攻擊。看過他們的表現以後，完全可以明白他們為何能在競速迪塔中獲勝。只不過，攻擊方式還是和平常不太一樣。因為這隻司努非爾托是奪寶迪塔的寶物，不能徹底擊倒，只能削弱魔物的力量，讓牠不再失控。

正當戴肯弗爾格一邊攻擊，一邊斟酌該削弱魔物的力量到何種程度時，柯尼留斯已經飛到了他們的遙遠頭頂上方。他舉起長劍，滿溢的魔力發出了劈哩啪啦的聲響。緊接著柯尼留斯騎著騎獸，頭部朝下地往下俯衝。

「消失吧——————！」

大概是因為注意力都放在了變大的魔物上吧。戴肯弗爾格直到此時才看見已經完成準備、正從上方俯衝而來的柯尼留斯，大驚失色地停下動作。

「全員迴避！採取防禦。保護藍斯特勞德大人！」

注意到了柯尼留斯使出全力的攻擊後，戴肯弗爾格十萬火急地進行防禦。

「還有這裡！」

安潔莉卡對著戴肯弗爾格大吼，高舉起斯汀略克。「還沒，主人。」不停收下魔力的斯汀略克用斐迪南的聲音說道，估算著釋出攻擊的時機。

「哈啊啊啊啊啊──！」

柯尼留斯揮下長劍，釋出大量魔力，曾經見過好幾次的巨大光之斬擊向著司努非爾托的頭頂筆直落去。

「上吧，主人！」

「喝啊啊啊啊──！」

安潔莉卡「轟！」的一聲揮下魔劍，從魔劍飛出的光之斬擊也朝著司努非爾托疾速飛出。斯汀略克推算的時機顯然非常完美。柯尼留斯釋出了斬擊後，劇烈的衝擊伴隨著轟隆巨響襲向四周。安潔莉卡的斬擊正好在這時擊中司努非爾托，劈散了柯尼留斯造成的衝擊。

採取了防禦的戴肯弗爾格極力對抗直撲而來的衝擊。艾倫菲斯特則有好幾名見習騎士被吹跑，倒在地上滾了好幾圈。

我也咬緊牙關，迎接襲來的衝擊。

衝擊平復之際，司努非爾托也已經不見蹤影。

「羅潔梅茵大人，我拿到魔石了！」

安潔莉卡振奮嘹亮的話聲響起，她手中緊握著閃耀發光的魔石。

在旁觀戰的洛飛發出了「噢噢！」吶喊。

「太精采了！艾倫菲斯特獲勝！」

王子的召見

「這真是太精采了！比賽發展完全出乎我的預料，太有意思了！」

比賽結束後，洛飛慷慨激昂地跑過來說。聽到他說：「接連發動的各種奇襲讓我想到了斐迪南大人！」我默默垂下視線。

「不敢當。但是，若不施展這些小伎倆，我們也無法獲勝。看得出來戴肯弗爾格受過非常精良的訓練，真是教人佩服。貴領的見習騎士都很優秀呢。」

洛飛轉頭看向戴肯弗爾格的見習騎士們，只見後者一臉驚訝。我抬頭看向那名負責指揮的見習騎士，微微一笑。

「即使事發突然，在運送魔獸時遭遇襲擊，指揮官也只是一聲號令，就重整好了隊伍，每個人也都知道自己的職責所在。隨後發動奇襲時，我們不只讓魔獸變大，柯尼留斯也使出了全力進行攻擊，你們仍能即時保護領主候補生，而且在距離衝擊那麼近的情況下，保護得滴水不漏。換做艾倫菲斯特，這兩件事都無法成功辦到。」

如果艾倫菲斯特的團隊合作能和戴肯弗爾格一樣優秀，早在一開始的奇襲時就分出勝負了。

「貴領展現出的團隊合作實在非常出色。我們也藉這機會反省了，應該要在騎士們的訓練上更加用心，才能追上貴領的腳步。希望戴肯弗爾格今後依然保持如此精良的訓練，成為眾人的榜樣。」

我說完後，戴肯弗爾格的見習騎士笑得開懷，開口說了：

「能夠得到他領領主候補生的讚美，真是光榮之至。今天的奪寶迪塔，與以往只要打敗魔物即可的迪塔截然不同，我們也是獲益良多。我們很期待再次與羅潔梅茵大人訓練過的艾倫菲斯特一戰。」

「……我只負責向騎士團長提出請求而已。像今天這樣的迪塔也是僅只一次，不過，今後我們會努力提升領地對抗戰的排名。」

關於見習騎士的訓練，我打算全部丟給騎士團。我只是帶著不置可否的笑容，當作沒聽見戴肯弗爾格提出的再次對戰請求。

「嗯，結束了嗎？哪邊贏了？」

「是艾倫菲斯特，亞納索塔瓊斯王子。」

因為還要上課，並未在旁觀戰的亞納索塔瓊斯再度返回。洛飛興沖沖地正想描述對戰過程，被他輕輕揮手打斷：「知道結果就好了。」競技場上方的天空逐漸變得幽暗，沒有時間悠哉地聆聽比賽過程。

「這場比賽是由戴肯弗爾格提出，如今勝負已分，應該沒有異議了吧？」

「是。既已分出勝負，我也將就此罷手。」

亞納索塔瓊斯問道，藍斯特勞德跪下來，宣告自己不會再對休華茲與懷斯出手。我感到如釋重負時，藍斯特勞德眼中充滿怨忿地瞪向我。

「但是，我也親眼確認過了妳有多麼陰險狡猾，竟然接二連三地使出奇襲。我絕不承認妳是聖女。」

留下這句話後，藍斯特勞德就離開了。亞納索塔瓊斯皺起臉，低頭看向我說：

「……妳在比迪塔時，使了什麼陰險狡猾的手段嗎？」

「我承認是耍了點小聰明，但陰不陰險，那就見仁見智。」

不管藍斯特勞德怎麼說我，我都不在乎。雖然他說我陰險狡詐，但為了保護圖書館，我確實是不擇手段。而且，我從來沒自稱是聖女。就算他說「我絕不承認妳是聖女」，我也只會回答：「是喔。」再加上最近加油添醋得太誇張了，我反而有些鬆一口氣。

「嗯，總之這起風波能圓滿落幕就好。羅潔梅茵，妳身為魔導具的主人，明日第三鐘過來找我，我有話要問妳與索蘭芝。」

「遵命。」

接下了王子的召見命令後，一行人立即解散。赫思爾坐上騎獸，火速返回自己的研究室。多半是初次見到乘坐型的騎獸，亞納索塔瓊斯驚愕地瞠大雙眼。我沒有多加理會，也和大家一同返回宿舍。

「羅潔梅茵，快給我好好說明！為什麼演變成了要比迪塔?!」

走進宿舍，一關上玄關大門，噙著淚目的韋菲利特立即對我怒吼。

「雖然中途收到過黎希達的奧多南茲，但因為身邊只有一名護衛騎士，我根本不能離開宿舍，只能自己一個人留守，悶死我了！」

我先向韋菲利特說明，我們在圖書館前遇到戴肯弗爾格一行人，再說明了演變成要進行迪塔比賽的經過與結果，最後是亞納索塔瓊斯明天召見我。

「王子召見妳？羅潔梅茵，才一天的時間而已，測量尺寸、遇襲、迪塔、王子的召見……我該向父親大人報告的事情也太多了吧！」

「真的耶。那報告時也請建議騎士團長，應該要重新評估見習騎士的訓練方式……」

「慢著，羅潔梅茵。訓練這件事等一下再說，現在先說妳的事情。亞納索塔瓊斯王子到底為什麼要召見妳？」

本來想請韋菲利特幫忙拜託卡斯泰德，重新評估見習騎士的訓練方式，說到一半卻被他打斷。

「是因為休華茲與懷斯。亞納索塔瓊斯王子還說了，明天有話要問索蘭芝老師。」

「……這樣啊。那妳應該不會被王族臭罵一頓吧？」

晚餐過後，我詢問參加了本日迪塔的見習騎士們，有哪裡可以檢討改進。有的見習騎士對於能戰勝戴肯弗爾格，只是單純地感到開心；有的見習騎士則因為與平常的迪塔相差太多，感到十分困惑。隨後，今日不在戰場中心，而是在外圍觀看迪塔比賽的萊歐諾蕾與優蒂特也發表了自己的感想，眾人聽了都張大眼睛。

「今天能夠戰勝戴肯弗爾格，全是因為羅潔梅茵大人想出來的妙計，並不是靠我們自己的實力。」

即便是競速迪塔，恐怕也還有很多地方需要改進——萊歐諾蕾這麼說完後，開始告訴大家團隊合作的重要性，以及她至今整理的魔物弱點。

接下來就是見習騎士們自己要討論的事情了。我留下萊歐諾蕾與不能走上三樓的男性護衛騎士們繼續討論，決定帶著安潔莉卡與優蒂特回房間。今天發生太多事情，已經很累了，明天還有王子的召見。我只想快點洗好澡，上床睡覺。

「……哎呀？黎希達呢？」

莉瑟蕾塔與布倫希爾德負責準備並協助我沐浴，但今天卻沒有看見黎希達。真難得黎希達不在。我歪頭詢問後，莉瑟蕾塔有些支吾其辭地回答。

「黎希達有事暫時離開，因為今天一天都陪著羅潔梅茵大人……」

聽說黎希達平常都是趁著上課期間，或是我與其他侍從待在圖書館認真看書時，處理各種瑣碎雜事。畢竟今天完全沒空處理吧。

……雖然總是神色自若地處理大小事，但侍從果然很辛苦，要準備不少東西吧。

我「嗯、嗯」地表示明白，很快上床，沉沉睡去。

隔天有王子的召見。為了讓王子留下好印象，黎希達要我簡單帶點見面禮過去，所以我一早就吩咐艾拉與雨果烤了兩種口味的磅蛋糕。一種是酒漬水果，一種是蜂蜜口味。因為亞納索塔瓊斯似乎相當喜歡酒漬水果，而蜂蜜口味則是我雞婆的好心，讓他可以送給艾格蘭緹娜。

二鐘半響起之前，我都與羅吉娜一起練習飛蘇平琴，一邊也改編要獻給光之女神的曲子。接著直到第三鐘響前，在布倫希爾德的協助下進行準備，隨後往亞納索塔瓊斯的宿舍移動。

「……話說回來，亞納索塔瓊斯王子的宿舍在哪裡呢？」

「我雖然沒有進去過，但知道怎麼過去。」

布倫希爾德說著，走出玄關大門。來到通往大禮堂的走廊以後，布倫希爾德並沒有往大禮堂的方向前進，而是朝反方向走。這邊的門扉都通往排名比我們低的領地宿舍。儘管走著走著門上不再出現號碼，但門扉依然間隔相等地持續延伸。來到盡頭以後，我看見有一扇門格外巨大，門前還站著守衛。

「十三號艾倫菲斯特求見。奉亞納索塔瓊斯王子之命，羅潔梅茵大人在本日第三鐘前來晉見。」

守衛確認了胸針與披風的顏色後，為我們打開大門。

「羅潔梅茵大人，恭迎您的大駕。」

站在門內等著我們的，是位看來就像管家的老爺爺。聽說這裡是亞納索塔瓊斯的離宮，這位老爺爺則是亞納索塔瓊斯的首席侍從。他很快帶領我們前往接待室。

接待室裡，索蘭芝已經到了。她帶著和煦的優雅笑容，正在喝茶；亞納索塔瓊斯坐在她的對面。

我請侍從們準備好磅蛋糕，接著問候完後，往示意的位置坐下。

「其他人退下吧。」

近侍們立即退出房間。現在房裡只剩下我們三人，還有亞納索塔瓊斯的近侍。話題圍繞著點心聊了一會兒後，亞納索塔瓊斯忽然正色。

「關於圖書館的魔導具，由於艾倫菲斯特在爭奪戰中獲勝，已經認可羅潔梅茵在貴族院就讀期間，都是魔導具的主人。」

「爭奪戰？……難道是與亞倫斯伯罕?!」

索蘭芝吃驚地掩住嘴角。但聽見從她口中冒出來的領地名字，我才大吃一驚。

「亞倫斯伯罕？與羅潔梅茵爭奪主人之位的是戴肯弗爾格吧？」

「哎呀，是這樣子嗎？因為亞倫斯伯罕的女學生們好幾次問過我，究竟該怎麼做才能成為休華茲與懷斯的主人。是我一時心急，誤會了呢。」

索蘭芝露出了難為情的表情說道，我的內心卻是一陣騷動不安。因為沒想到會在這種時候聽見亞倫斯伯罕的名字。

「所以還有可能出現其他領地嗎？真麻煩……那麼言歸正傳，為何羅潔梅茵會成為主人？我命人稍微調查過了，但至今從未有學生成為主人的紀錄。」

「是梅斯緹歐若拉聽見了羅潔梅茵大人的祈禱。」

索蘭芝如此說明後，亞納索塔瓊斯蹙起了眉，搖搖頭說：「這什麼意思？」

「意思是，因為羅潔梅茵大人向睿智女神梅斯緹歐若拉獻上了祈禱，休華茲與懷斯才能重新運作。是諸神聽見了羅潔梅茵大人的祈求喔。」

亞納索塔瓊斯顯然完全聽不懂索蘭芝的說明，把目光投向我。雖然知道他希望我能提供更詳細的說明，但我也已經沒有可以補充的了。

「請原諒我也無法詳細說明……我只是在圖書館辦理登記時，因為能夠進入閱覽室，一時間高興下就向神獻上祈禱。呃，魔力於是變成祝福飛了出去，在我還沒反應過來時，休華茲與懷斯就已經認定我為主人了。」

「就算聽了詳細的說明，還是莫名其妙。」

亞納索塔瓊斯再一次搖搖頭，沒好氣地瞪向索蘭芝。

「索蘭芝，至今的主人都是如何決定？」

「由前任主人指定，允許新主人觸摸休華茲與懷斯以後，只要撫摸兩人額頭上的魔石，完成魔力登記，便會正式成為新主人。羅潔梅茵大人並未觸摸魔石，僅靠祝福就完成了魔力登記，想必是睿智女神梅斯緹歐若拉的指引吧。」

「……是嗎？好吧。」

看來亞納索塔瓊斯已經放棄理解。我做的這件事情多半非常不合常理，沒有在場親眼見到的人，恐怕很難理解吧。

「我也在前任主人的指定下登記了魔力。只不過，到頭來休華茲與懷斯都再也無法動彈。現在因為還能觸碰兩人，我的魔力應該也還能提供給他們吧。但單靠我的魔力，好像只能讓護身符維持運作。」

為免圖書館重要的魔導具遭竊，索蘭芝說她明知休華茲與懷斯不會動彈，至今仍一直持續給予魔力保護兩人。

「索蘭芝老師，您是否並未擁有光與暗兩種屬性呢？我的文官說了，若想成為主人，可能需要同時具備這兩種屬性。」

「妳為何知道這種事情？」

亞納索塔瓊斯用吃驚的眼神看我。

「因為新的主人必須贈予休華茲與懷斯新衣。為了履行這項義務，我才帶著兩人離開圖書館，回宿舍測量尺寸。」

「……在圖書館測量尺寸不就得了？」

「我也想過這麼做，但被老師拒絕了。」

我看向索蘭芝說，她慢慢點一點頭。

「因為休華茲與懷斯的衣服就是護身符，一旦脫下衣服測量尺寸，兩人等同毫無防備。所以像是測量尺寸與試穿樣衣這些需要小心的事情，都必須在主人能確實掌控的環境下進行。如果可以，我也希望能在圖書館內量身……」

索蘭芝臉色一沉，神情哀傷。

「雖說可以出借圖書館內的房間，供羅潔梅茵大人測量尺寸，然而因為我是中級貴族，即便禁止學生入內，許多人只會充耳不聞。再加上羅潔梅茵大人雖是領主候補生，卻是第十三順位的艾倫菲斯特。一想到第二名的戴肯弗爾格與第六名的亞倫斯伯罕有可能強行闖入，我實在無法答應她在圖書館量身。」

事實上，戴肯弗爾格也真的採取了強硬手段，所以索蘭芝對危機的預測可說非常準確。聽了索蘭芝的主張，亞納索塔瓊斯點點頭。

「好吧。羅潔梅茵，但妳為何知道關於屬性的事情？」

「因為測量尺寸時要脫下他們的衣服，而他們的肚子上畫有許多魔法陣。也是因為這些魔法陣，才讓赫思爾老師徹底忘了下午的課。」

「身為研究學者，她的能力雖然一流，但當起老師實在不像話……」亞納索塔瓊斯沉著臉嘀咕說道。不得不擁有這種舍監的艾倫菲斯特才想這麼說。

「兩人身上的刺繡，似乎是非常古老的魔法陣。赫思爾老師與見習文官們說過，可能要同時擁有光與暗兩種屬性，才能讓他們動起來。」

赫思爾還說了，他們身上的魔法陣到處有遺漏，並不完整，所以可能還有其他條件——我再補上了這些說明。

「如果妳一開始就這麼告訴藍斯特勞德，也許就能避免掉無謂的紛爭了。因為我記得他沒有暗屬性。」

「這麼做也許真的有辦法避免吧。可是，這是我在脫下休華茲與懷斯的衣服，經過調查後才得到的資訊。因為不確定是不是圖書館不想外流的情報，所以很難開口告知。」

能不多嘴就最好不要多嘴。若想以貴族的身分生活下去，這麼做是最安全的。

「而且，藍斯特勞德大人根本不去圖書館，沒有資格成為休華茲與懷斯的主人。因為平常幾乎每隔三天就要提供魔力，如果不是為了圖書館，只是為了個人的名譽而想得到王族的遺物，這種人無法持之以恆。」

「哎呀，羅潔梅茵大人。請您別這樣說，藍斯特勞德大人若是屬性符合，能夠成為主人之一，您也會比較輕鬆吧……先前也是三位中央的上級貴族在負責管理，羅潔梅茵大人只有一個人，負擔相當大吧？不曉得亞倫斯伯罕的那一位屬性是否符合呢？」

索蘭芝擔心地看著我，這麼提議道。但是，總覺得事情會變得很麻煩，所以我不由得暗暗祈禱，希望亞倫斯伯罕的人屬性並不符合。

「難怪需要這麼頻繁地補充魔力。竟然能讓休華茲與懷斯運作一整年的時間，擔任前任主人的三位圖書館員在離職之前，想必傾注了大量的魔力吧。雖然也可能是每天慢慢累積，但他們究竟傾注了多少魔力，我實在無法估算呢。」

我說完後，索蘭芝露出哀傷的笑容，靜靜垂下目光。

「因為三人在離任之前，不顧生命危險，把魔力都灌注給了他們。」

「……不顧生命危險嗎？」

這麼教人心驚的話語讓我瞪大雙眼，亞納索塔瓊斯輕嘆口氣。

「擔任前任主人的那三名圖書館員，與在政變之際支持第一王子還有第四王子的上級貴族有關聯。因此，已經不會再回來了。」

我總算意會過來，旋即抿緊嘴唇。原來不顧生命危險，把大量魔力傾注給了休華茲與懷斯的三個人，並不是單純的離職，而是前往了遙遠的高處。

「由於填補人員空缺的申請好幾次都沒能通過，目前若想讓休華茲與懷斯繼續運作，也只能仰賴羅潔梅茵大人的好意了。」

「怎麼會……只要說是為了讓貴為王族遺物的魔導具能夠維持運作，這樣也不願意填補空缺嗎？但王族的遺物非常稀有，也非常珍貴吧？」

我這麼詢問後，亞納索塔瓊斯哼了一聲撇過頭。

「政變過後，不曉得有多少魔導具都停止了運作……不只貴族院的圖書館，其他還有更重要的魔導具。」

該不會有多少魔導具停止運作，就有多少貴族喪命吧？原本政變對我來說只是發生在過去的歷史，在這裡卻與生活密切相關。

「如今不可能指派人才去圖書館，維持魔導具的運作。如果想讓魔導具繼續運作，就只能靠妳好心提供魔力了。倘若妳不是領主候補生，這件事也能輕鬆解決……」

亞納索塔瓊斯大嘆口氣。他說假使我不是領主候補生，那只要等我三年級時成為見習文官，再指定我為見習圖書館員，然後把籍貫遷到中央，一切便能圓滿解決。但是，領主候補生因為各自在領地都負有重任，除非與王族結婚，否則籍貫不能遷至中央。據說這是為了防止優秀的繼承人被中央帶走，所以早在很久以前就訂下了這項規定。

「羅潔梅茵是領主候補生。也因此，我們不會承認妳是正式的管理者。」

亞納索塔瓊斯說了，若讓我成為休華茲與懷斯的正式管理者，就等於把休華茲與懷斯的管理權歸到艾倫菲斯特底下，到時候其他領主候補生會反對得比現在更激烈吧。

「所以羅潔梅茵，妳終究只是好心提供協助。明白了嗎？」

「遵命。那為了讓圖書館能如常運作，我一定竭盡所能提供協助。」

我對圖書館抱有的好意，可是多到快滿出來。只不過是提供魔力而已，一點問題也沒有。我答應繼續幫忙後，索蘭芝露出開心的笑容。

「羅潔梅茵大人，由衷非常感謝您。」

「索蘭芝，妳可以退下了。羅潔梅茵暫且留下。」

「那麼，恕我先行告退。」

索蘭芝跪在地上這麼說完，離開了房間。

「請問有什麼事情呢？」

「……先等我一下。」

亞納索塔瓊斯像在尋思要如何開口，好一會兒默不作聲。看著這樣的他，我喝了口茶，吃了口點心。他沉思時的表情已經沒有了剛才王族的威嚴，看起來就只是在想著心上人的普通男孩子。老實說，我一點也不想和亞納索塔瓊斯討論感情話題。與音樂老師們舉辦茶會時，我曾經說錯話，惹了他生氣。如今能幫忙居中調解的艾格蘭緹娜不在，我根本不知道哪些話會害我丟了小命。

……總之，一定是與艾格蘭緹娜大人有關的事情吧。好想回去喔～

內心蹦出了有些不敬的想法時，亞納索塔瓊斯略顯遲疑地開口了。

「……羅潔梅茵，我想艾格蘭緹娜有可能邀請妳參加茶會。」

艾格蘭緹娜面容姣好，彷彿是光之女神的化身，氣質溫柔婉約，舞技又出色，與她聊天時感覺也很自在。如果她邀請我參加茶會，我會打從心底感到高興。而且，她是比亞倫斯伯罕還要有影響力的大領地庫拉森博克的領主候補生，與她往來對艾倫菲斯特來說有利無害，如果想要加深交流，監護人們也不會罵我。再者最近發生了不少很可能惹監護人們生氣的事情，我也需要一些好消息來消除他們的怒火。

「艾格蘭緹娜大人若願意邀請我，我會非常高興呢。」

「所以呢……那個，妳能問問艾格蘭緹娜的打算嗎？」

亞納索塔瓊斯揚起頭來，臉上的表情像是在說：「好，我說出口了！」但我只是側過臉龐。

「請問是指哪方面的打算呢？」

「什、什、什麼哪方面的打算？」

亞納索塔瓊斯霎時狼狽無措，視線左右飄移。感覺得出他的眼神在向我控訴，怎麼會連這種事情也不知道？但如果不講清楚說明白，萬一我帶回來了完全不符合他預期的答案，只怕會惹得他更生氣。

「……說來慚愧，我因為沉睡了兩年的時間，社交方面的常識都還不太了解。現在我的近侍又不在這裡，也無法事後詢問她們……」

「不准洩露半個字！我會叫妳的近侍們退下，就是不想讓他們也知道！」

「既然如此，請告訴我究竟該詢問哪方面的打算。不得不在王族面前坦承自己的社交能力還如此不足，我也感到無地自容。」

說自己做不到，是身為貴族絕不該有的失態。他覺得丟臉，我也一樣。

居然要把話說得這麼白才行嗎——亞納索塔瓊斯抱頭哀嘆，一臉難為情地瞪著我。

「……我希望妳去問問她對未來的打算。尤其是畢業儀式，她會由誰護送。」

這麼說來，我好像聽說過兩位王子為了接近王位，正在互相競爭，想要得到艾格蘭緹娜的芳心。

……竟然得面臨這麼沉重的選擇，艾格蘭緹娜大人還真是辛苦。

「您沒有拜託過其他更善於察言觀色的人嗎？」

那就不用留下這個羞恥回憶了——我在心裡頭嘟囔說，亞納索塔瓊斯狠瞪向我。

「妳以為我沒拜託過嗎？至今每個人都只是回答我：『請讓我考慮一段時間。』但是，今年我們就要畢業了。妳因為外表年幼，而且只是一起參加過一次茶會，艾格蘭緹娜似乎就十分中意妳，所以她對妳說不定會比較鬆懈心防。」

艾格蘭緹娜是大領地的領主候補生，不可能因為對方的外表年幼就放鬆警戒。是墜入情網的男人自己想得太美好了吧。

「……倘若無論是怎樣的答案您都能接受，我可以問問看。」

「嗯，麻煩妳了。」

……王子的請求根本無法拒絕，也只能接下這個麻煩的差事了呢。

黎希達的震怒

在亞納索塔瓊斯的召見之後，已經過了兩天。雖然他說艾格蘭緹娜應該會邀請我參加茶會，但似乎是之後的事情，目前我還沒有接到什麼通知。大概要等到修完課，大家都開始展開社交活動以後吧。

我從容以對，每天都去圖書館報到，為休華茲與懷斯注入魔力，把時間花在閱讀一本又一本的書籍上。今天陪我來圖書館的，有布倫希爾德、菲里妮、優蒂特、萊歐諾蕾與柯尼留斯。

萊歐諾蕾與柯尼留斯正在重新檢視見習騎士們在先前的奪寶迪塔中，展現出來的團隊合作有多麼糟糕，並且討論如果想更輕鬆地打倒魔物，應該要怎麼做。不只是以前比速度的迪塔，這次與戴肯弗爾格直接對戰過後，他們似乎切身體會到了雙方有多大的差距。

優蒂特因為還二年級，尚未修習騎士課程，顯然聽不太懂與戰術有關的討論。因此，這天在幾乎沒有其他學生的圖書館裡，是由優蒂特負責護衛我，萊歐諾蕾與柯尼留斯則在我附近的閱覽席抄寫書籍、互相交換意見。從旁看去，兩人就像是在圖書館裡約會。我在心裡悄悄為萊歐諾蕾加油，一邊繼續看書。菲里妮坐在我旁邊的個人閱覽席，專心地埋頭抄寫書籍。

顯示閉館的光芒灑下，繽紛多彩的光束照在了我正在閱讀的書頁上。「羅潔梅茵大人，要閉館了。」布倫希爾德說著伸手闔上書本，我輕輕嘆氣。

「公主殿下，今天結束了。」

「公主殿下，借書。」

「我知道。休華茲、布倫希爾德，麻煩你們為這本書辦理出借手續。懷斯，我要歸還閱覽席的鑰匙。」

我每次都是看書看到閉館前的最後一刻，再辦理借書手續，把書帶回宿舍繼續看。這是修完今年所有課程的我，為自己爭取來的閃亮幸福日常。

「羅潔梅茵大人，我們今天抄寫完有關魔物的資料了。」

回宿舍的半路上，萊歐諾蕾一臉開心地告訴我，有些魔物他們還發現了意想不到的弱點。柯尼留斯也點點頭說：

「現在魔物方面的資料都蒐集好了，至於要怎麼加強團隊合作，我打算再重新細讀艾克哈特哥哥大人借我的參考書。另外，我也想找時間回艾倫菲斯特一趟，請教騎士團長在面對強大的魔物時，大家應該要怎麼聯手打倒。」

「只要修完課就能回去了吧？那得盡快把課修完才行呢。」

卡斯泰德既是騎士團長，也是護衛騎士，在領主出席社交活動時也必須跟著他到處跑，又有討伐冬之主這項重大任務，現在應該很忙。不過，所有貴族也會在冬季的社交界齊聚一堂。若能請教以前參加過奪寶迪塔的騎士，還有負責教導新人團隊合作的指導人員，一定能有不少收穫。

聽到我這麼說，萊歐諾蕾不住點頭。

「……以前我總是不懂那些學科課程有什麼用處，想不到竟然與團隊合作息息相關。從前還在比奪寶迪塔時，大家想必都拚了命在研究策略，也會聚在一起商量討論，該怎麼做才能出奇制勝吧。」

柯尼留斯說，競速迪塔只要所有人一起往前衝就能獲勝，不用去思考同伴間的合作、又該使用什麼策略，所以現在可以不斷動腦鬥智，他覺得很有趣。萊歐諾蕾與他對望後笑了起來，似乎也有同感，顯得相當開心。

……嗯、嗯，這氣氛感覺還不錯嘛？

我看著柯尼留斯與萊歐諾蕾，忍不住咧嘴露出賊笑。布倫希爾德似乎是注意到了，悄悄挨到我耳邊說：

「羅潔梅茵大人，您支持萊歐諾蕾嗎？」

「不不，我什麼也不會做唷。因為柯尼留斯哥哥大人好像很受歡迎，我才不想掀起無謂的風波。」

既是妹妹又是領主候補生的我，若公開表示支持萊歐諾蕾，看在他人眼裡，會以為這件事已經確定無疑。我都還沒向家人確認過，安潔莉卡據說要嫁給某位哥哥大人的傳聞是真是假，也不知道柯尼留斯的心意。最好別亂管閒事。

「是嗎？那我便放心了。主人若偏袒自己的近侍，不是一件好事呢。」

布倫希爾德說完，輕笑起來。偏袒確實不是好事。我本來還打算向家人確認過傳聞的真偽以後，要支持萊歐諾蕾，看來還是什麼也別做比較好吧。

「托勞戈特，你還要這麼糊塗嗎！」

一踏進宿舍，黎希達的怒吼聲甚至傳到了玄關這邊來。聽聲音是從樓上傳來，所以我猜可能是黎希達在托勞戈特的房間裡對他說教吧。但是，我還是第一次聽到黎希達這麼大聲說話，不由得與布倫希爾德面面相覷。

「……托勞戈特究竟做了什麼呢？」

「我也不曉得。總之請您先回房間放東西並更衣，準備用晚餐吧。晚餐過後，再問哈特姆特知不知道是怎麼回事。」

二樓都是男孩子的房間，布倫希爾德不方便走進去。而哈特姆特雖說下午有課，也不可能比圖書館的閉館時間還晚結束，所以也許知道發生了什麼事情。

「也對，那等一下再問哈特姆特吧。柯尼留斯，你能去看看情況，順便向黎希達報告一聲我回來了嗎？」

「……羅潔梅茵大人，您要我在那種情況下走進去嗎？」

柯尼留斯百般不願地指著二樓。雖然聽不見在說什麼，但黎希達充滿怒氣的說教聲還在持續。的確，要走進去相當需要勇氣。

「柯尼留斯，你不用勉強自己走進去喔。但可以敲敲門，至少告訴黎希達用晚餐的時間到了嗎？」

「如果只是這樣的話……」

上完了課，拖著疲憊步伐的安潔莉卡在晚餐席間遞了封邀請函給我。是艾格蘭緹娜要邀請我參加茶會。聽說是她的見習侍從趁著上學科課時交給安潔莉卡。

「安潔莉卡，謝謝妳。布倫希爾德，可以麻煩妳回覆嗎？」

「當然。參加艾格蘭緹娜大人的茶會時，該帶什麼見面禮才好呢？」

布倫希爾德開始思索該帶什麼見面禮，柯尼留斯則是思考要由誰負責護衛。尚未修完學科的安潔莉卡從一開始就被排除在外。

「羅潔梅茵大人，我也想負責護衛。」

「我也很希望安潔莉卡能早日執行護衛任務唷。為此，我會祈禱安潔莉卡在上學科課程的時候，也能拿出奪寶迪塔時的精采表現。」

安潔莉卡失魂落魄地垮下肩膀。見狀，柯尼留斯輕聲笑了起來。

「現在妳已經通過三分之一的學科了，也算是非常努力。果然有沒有主人在旁邊監督，效率差很多呢。」

聽說比起我沉睡的那兩年，安潔莉卡現在認真多了。看見安潔莉卡比想像中要努力，修習騎士課程的學生們也都如釋重負。

「姊姊大人竟然能在這個時候就修完三分之一的學科，父親大人與母親大人若是知道了，不曉得會有多高興。羅潔梅茵大人的大恩大德，我們永遠也無法償還。」

莉瑟蕾塔感動得眼眶濕潤。但是，現在學科還剩下三分之二，對安潔莉卡來說，要全部修完還是一段非常漫長的路。大意是禁忌，也許需要提供一些獎勵。

「那麼，在我返回艾倫菲斯特舉行奉獻儀式之前，如果安潔莉卡能先修完所有課程，我就再教妳進一步壓縮魔力吧？」

「再進一步壓縮魔力嗎?!」

安潔莉卡與柯尼留斯都震驚得睜大雙眼。

「我上過魔力壓縮課以後，成功完成了總共四階段的魔力壓縮喔。」

「什麼?!之前不是三階段嗎?!我怎麼沒聽說又多了一個階段！」

不只韋菲利特，「真不敢相信」的驚叫聲也在餐廳內此起彼落。

「為什麼我的父母是不同派系……我要到什麼時候才能自己作選擇？」

僅僅是派系不同，情勢就已經明顯對自己不利，如今差距又要再拉開了嗎——有些見習騎士都抱住了頭。只要看看現在魔力量有顯著成長的人，不難想見今後又會被其他人甩在後頭，所以會有這樣的反應也很正常。

「幾年前舊薇羅妮卡派都還是主要派系，所以就算責怪父母、怨嘆命運不公平也無濟於事。因為孩子在成年之前，都會被視為與父母隸屬相同的派系。但是，如果各位想要依照自己的意志選擇派系，我願意盡可能提供協助。」

「羅潔梅茵大人，這是什麼意思?!」

舊薇羅妮卡派的孩子們雙眼張大，抬起頭來。我對著他們，努力擠出了像是聖女會有的微笑。現在可是籠絡孩子世代的大好機會。

「由於我要教給他人魔力壓縮法時，都必須簽訂魔法契約，所以我打算找奧伯．艾倫菲斯特商量，能不能稍微修改內容，以便我把魔力壓縮法教給也想學習的人。這件事也許很難馬上成功，但我會盡力而為，希望可以早日實現這個想法。所以大家也不要氣餒，請繼續努力吧。」

「是！」

大概是因為有了目標吧，舊薇羅妮卡派的孩子們臉龐綻出光彩。眼角餘光中可以看見哈特姆特笑得心滿意足，讓人非常在意，但算了，不管他。

「韋菲利特哥哥大人，你們今年的表現非常重要唷。目前為止都表現得很好，接下來社交活動就要開始了，請一定要小心。」

「嗯，我不會再重蹈覆轍了。」

「韋菲利特大人與我們都正竭盡所能，一定能達到羅潔梅茵大人的要求吧。」

韋菲利特的近侍們看來十分團結，笑著對彼此點頭。安潔莉卡就在這時抬起頭來，在胸前緊緊交握十指，看著我說：

「羅潔梅茵大人！我也會竭盡全力！我願意挑戰看看！」

剛才還垮著腦袋說她不想讀書，此刻安潔莉卡的藍色雙眼卻熠熠生輝，興奮得臉頰酡紅，一臉沉迷陶醉。「魔力量變多以後，也能再對身體進行強化，斯汀略克也能變得更強。」──要是沒有這段話的話，她的表情活脫脫是戀愛中的少女。不對，安潔莉卡總是細心維護斯汀略克，也願意為了它努力面對自己不擅長的學習，還辛勤不懈地貢獻魔力，幾乎可以說是對斯汀略克一往情深……

……唔，真是太讓人深表遺憾。

「羅潔梅茵大人，您要把新的魔力壓縮法教給安潔莉卡，卻不教給身為親哥哥的我嗎？」

看見柯尼留斯面露不滿，我輕笑起來。

「條件是在我回去舉行奉獻儀式之前，安潔莉卡就要修完所有學科喔。我想她不可能辦到吧。」

我會這麼提議，只是為了讓安潔莉卡提起幹勁，但距離回去舉行奉獻儀式只剩下不到三週的時間了。開學至今已經過了三週，安潔莉卡才修完三分之一，恐怕很難達成。

然而，柯尼留斯緩緩搖頭。

「看見安潔莉卡這副模樣，您認為她真的辦不到嗎？她這樣子，與要去圖書館時的羅潔梅茵大人簡直如出一轍……」

柯尼留斯看了看我，又看向安潔莉卡說道：「兩位在為了達成自己目的，會不顧一切往前猛衝這點上，確實是一對非常相像的主從。」看來在柯尼留斯心目中，他已經判定安潔莉卡一定會達到目標了。

「嗚……那麼，安潔莉卡只要在奉獻儀式之前修完所有學科……而今年領地對抗戰的成績，如果能從去年的十五名提升到十二名以上，我也會教給我的近侍們。」

好耶！托勞戈特笑容滿面地握起拳頭，哈特姆特挑了挑眉。

「倘若不只護衛騎士，而是所有近侍的話，那麼身為見習文官的我也該提供協助，提升見習騎士們的成績吧。柯尼留斯，稍後請來我房間。雖然只有排名靠前的領地，但至今的領地對抗戰出現過哪些魔物，又該如何打倒，我已經整理好資料了。應該可以幫上點忙。」

「哈特姆特，謝了。」

「見習侍從們也該一起集思廣益，想想要怎麼準備領地對抗戰呢。今年的領地對抗戰真是教人期待。」

布倫希爾德的蜜糖色雙眼燦亮生輝，晚餐也就此結束。

「羅潔梅茵大小姐，我有件事情必須向您稟報。用完餐後能占用您的時間嗎？」

黎希達帶著完全感覺不出情感起伏的表情說。回到宿舍的時候，因為曾聽見黎希達厲聲斥責托勞戈特，我本來還擔心與托勞戈特同桌用餐時，氣氛會不會很緊繃，結果倒是沒有。黎希達非常稱職地轉換了自己的情緒。正因如此，我也不假思索地頷首。

「當然沒問題，那在房間可以嗎？」

「不，我已經在一樓安排好了房間。倘若不嫌麻煩，我希望大小姐的近侍們也能在場一起聆聽。」

我環顧同桌的眾人，除了托勞戈特以外，大家都點點頭。只有托勞戈特一人張大雙眼，渾身僵直。

「外祖母大人，我……」

「那麼請往這邊走。」

黎希達用不容分說的眼神注視著托勞戈特說完，帶頭邁開步伐。一行人移動時，連我也感覺得到兩人之間的緊張氣氛。我輕拉了拉走在斜前方的哈特姆特的披風，小聲問道：

「哈特姆特，你知道是什麼事情嗎？」

「黎希達從三天前起就生氣到現在，我當然知道。」

哈特姆特露出了若有似無的笑意，我總覺得他好像也在生氣。從他看著兩人的視線，哈特姆特似乎是站在黎希達那一邊。
……托勞戈特，你到底做了什麼啊？
多功能交誼廳的一段距離外有著類似會議室的小房間，提供給不得進入異性樓層的學生們聚在一起討論事情。聽說往年都會規定好，哪個派系使用哪個房間，但今年因為大家都在多功能交誼廳活動居多，所以並沒有特別規定，有空房間就能使用。
走進房間後，我往黎希達示意的椅子坐下。侍從莉瑟蕾塔與布倫希爾德站到我的左右手邊，護衛騎士們再往兩側排開。大概是打算做會議紀錄，身為文官的哈特姆特拿出了木板和墨水，坐下後讓菲里妮坐在自己旁邊。
黎希達捉著托勞戈特的手臂，不讓他與護衛騎士們站在一起，拉著他站到我的正前方。黎希達逐一看向近侍們後，不假辭色地開口：
「羅潔梅茵大小姐，請您解去托勞戈特的近侍一職。」
「咦?!」
這麼突然的發言，讓我與左右手邊的侍從都瞪大眼睛。但是，周遭的護衛騎士們好像是早有預感，只露出了像在說「果然」的苦澀表情，沒有半點驚訝。至於似乎已經掌握了消息的哈特姆特，更是文風不動。
聽到要解去職務，托勞戈特一臉絕望，血色盡失。臉上表情像是在說他作夢也想不到，自己的外祖母竟然會說出這種話來。
這也難怪吧。因為對於被招攬為近侍的貴族來說，遭到主人解任是非常不名譽的事情。若有人成為近侍後遭到解任，也會讓一族的顏面掃地。我實在不敢相信，黎希達竟要讓外孫留下這麼不名譽的汙點。

「……黎希達，究竟發生什麼事情了？」

「您怎麼還問我發生了什麼事情。讓我怒不可遏、甚至是提出解任請求也不足為奇的那件事情發生時，羅潔梅茵大小姐明明也在現場！請您再更仔細觀察四周，留意自己近侍的一言一行。」

「是！我以後一定小心！」

黎希達的怒火噴到我這邊來了。我連忙挺直背脊，立即回答。

「托勞戈特身為大小姐的近侍並不稱職，請您立即將他解任。」

黎希達說了，托勞戈特在奪寶迪塔時表現出的舉動，以近侍的標準來看完全不及格。其實我也覺得他的態度不佳，但對黎希達來說，似乎更是難以容忍的愚蠢行為。

「可是，托勞戈特是由黎希達推薦，還是妳的外孫吧？要是將他解任……」

「沒錯，因為托勞戈特本人也這麼期望，波尼法狄斯大人又拜託過我要增加上級階級的護衛騎士，所以我便向大小姐推薦了他。身為托勞戈特的外祖母，雖然也有骨肉親情在，但我更是大小姐的首席侍從。於主人無益的近侍，就應該捨棄。」

聽說就是因為念在祖孫之情，黎希達才狠狠斥責了托勞戈特在奪寶迪塔時的舉動，並要他主動辭去近侍一職。與其被主人判定是失職的近侍，進而遭到解任，倒不如主動辭去近侍的職務，對外也比較不會留下負面觀感。

「要侍奉誰，又是基於何種動機，每個人都不盡相同。所以，即便知道托勞戈特是為了魔力壓縮法才決定侍奉大小姐，我也沒有多說什麼。重要的是工作上的表現。」

布倫希爾德說過，她是想要引領流行，所以希望能侍奉我。莉瑟蕾塔因為我拯救了她的姊姊安潔莉卡脫離留級危機，避免了一族的評價下降，再加上我很重用安潔莉卡，使得一族增光，所以為了報恩才決定要侍奉我。哈特姆特是為了加速推廣我的聖女傳說；菲里妮是為了能與我一起蒐集故事。黎希達與安潔莉卡是因為當初接到命令；柯尼留斯聽說是因為自己的家人都是領主一族的護衛騎士，所以也希望能成為妹妹的護衛騎士。每個人成為近侍的理由都不一樣。無論是基於什麼理由決定侍奉我，那都無所謂。只要能敬重主人，為主人而行動，這樣就夠了——這是黎希達的主張。

「但是，托勞戈特絲毫沒有侍奉人時該有的自覺。面對主人，他完全無法俯首聽命。那樣的表現還敢自稱為近侍，身為首席侍從的我絕不允許。」

聽說托勞戈特相當瞧不起我。黎希達說了，最主要大概是因為我身體虛弱，原先又是卡斯泰德的女兒，只是上級貴族，歸根究柢算是堂兄妹吧。

「柯尼留斯即便是兄妹，也懂得公私分明，相比之下托勞戈特簡直目中無人！」

因為在托勞戈特身上完全感受不到近侍該有的自覺與忠誠心，黎希達要他在犯下更大的過錯、遭到解任之前，自己請辭。然而，至今已經過了三天，托勞戈特完全沒有採取行動的意思。聽說今天黎希達又訓了他一頓：「在羅潔梅茵大人將你解任之前，快自己辭去近侍一職！」原來回來時聽到的怒吼聲，是在講這件事。

然而，明明前一刻才挨罵，要他自己請辭，托勞戈特在今天晚餐席間聽到了魔力壓縮有四階段的消息時，卻一派理所當然地打算以近侍身分得到我賞賜的獎勵。他的態度讓黎希達勃然大怒，才決定請求將他解任，不再是要他自己請辭。

「不但絲毫無心侍奉他人，還只想著自己得利，簡直厚顏無恥。即便是我的親外孫，我也無須再留任何情面。侍奉領主一族，守護艾倫菲斯特，乃是艾倫菲斯特貴族該尊崇的目標。你的父母至今到底是如何教導你，又怎麼將你養育長大的？實在丟人現眼！」

雖然黎希達口口聲聲要我將托勞戈特解任，但決定權還是在我。我看向聽了黎希達這些話後，臉色鐵青的托勞戈特。

「托勞戈特，你真的有心侍奉我嗎？」

「當然！請讓我繼續侍奉您！」

托勞戈特神色迫切地向我懇求。黎希達立即橫眉豎目，哈特姆特的橙色雙眼中泛起了若隱若現的笑意。

「托勞戈特說過，在學到魔力壓縮法之前，他都會侍奉羅潔梅茵大人，但在那之後就會馬上請辭喔。」

托勞戈特的臉頰一陣抽搐，看向哈特姆特。黎希達聽了啞然失聲。哈特姆特緩慢地環顧所有近侍，面帶笑容接著說道：

「他告訴過我，他才不想永遠侍奉這種體弱多病又性情古怪的主人。只是被雪球砸到就暈倒，還動不動就臥病在床，甚至不顧會給身邊的人造成困擾，只想著要跑去圖書館。要不是能學到魔力壓縮法，他本來想侍奉韋菲利特大人，而不是羅潔梅茵大人。」

「哈特姆特！你別多嘴！我不是說過要保密嗎！」

托勞戈特氣得臉紅脖子粗，但哈特姆特只是冷眼看他，哼笑一聲。

「噢？連魔法契約都沒有簽訂的私下對話，你當真以為沒人會洩露出去嗎？更何

況，我是羅潔梅茵大人的近侍。提供給她能夠下達判斷的情報，也是我的義務。」

兩人互相瞪視時，黎希達的臉上冒出了青筋，掩藏不住熊熊怒火。

「托勞戈特，你簡直……這已經不是當近侍是否稱職的問題了！還不即刻改進！」

看著雷霆大怒的黎希達，我交抱手臂思考。我明白了為什麼大家都希望能解去托勞戈的近侍一職。可是，我並不知道托勞戈特究竟在想什麼，又為什麼這麼想學魔力壓縮法。儘管內心極不情願，他還是逼著自己侍奉我，只為了學會如何壓縮魔力。若當場直接將他解任，我不認為是最妥當的解決方式。

「我有話想問托勞戈特，其他人能暫時離開嗎？」

有其他人在，應該很難開口吧。我這麼心想著提議後，黎希達立即否決。

「萬萬不可！討論解任一事時，怎能沒有護衛跟在您的身邊！萬一托勞戈特惱羞成怒，大小姐有危險怎麼辦?!請您審慎判斷情況。」

「可是，有其他人在，有些話會說不出口吧？」

我看向四周，發現所有護衛騎士都在點頭，同意黎希達說的話。

「防止竊聽用的魔導具正是為此而存在。這樣一來，護衛騎士即便聽不見聲音，仍能留在身邊護衛，您也能談話了吧？」

一般而言根本不需要了解內情，直接解任就好了──黎希達斥責我太過寬容，一邊把防止竊聽用的魔導具，分別放在我與托勞戈特面前。

「托勞戈特，我想聽聽你的主張。如果你願意與我談談，就拿起魔導具吧。」

托勞戈特的表情依然緊繃，伸手拿起了防止竊聽的魔導具。

托勞戈特的主張

「托勞戈特，你為什麼這麼想學會魔力壓縮法呢？」

我開口提問後，托勞戈特只是緊閉嘴巴，不吭一聲。

「身邊的人經常告訴我，每件事情我都應該向所有人問清楚想法以後，再作判斷。所以我才沒有僅依黎希達他們的意見就將你解任，決定也聽聽你的想法。但是，如果你並沒有任何意見，其實我也無所謂。那我將以黎希達他們的意見為主。」

我這麼說完，托勞戈特抬起頭來。

「我想學魔力壓縮法，是因為我想變強。」

托勞戈特的表情像是在說：「別問這種想也知道的事情。」本應聽不見對話的其他人看著他，目光也變得淩厲。發現氣氛變得緊繃，我輕嘆口氣。

「……托勞戈特，表情若不稍微掩飾一下，事後黎希達的怒火會非常可怕喔。」

托勞戈特倒吸了口氣。緊接著他吐口氣後，換上認真嚴肅的表情。我也正色與他相對。大家用嚴厲眼神看著的，不只是他而已。近侍們也正看著我身為主人，會如何處置托勞戈特。

總之要先聽聽他的意見，再作判斷……

說實話，不管托勞戈特要留下來繼續當近侍還是請辭，我個人完全無所謂。因為他是男性護衛騎士，相處的時間並不多，再加上柯尼留斯更讓我感到熟悉，也能夠信任他。托勞戈特因為是黎希達的外孫，我又是在她的推薦下將他納為近侍，但其實能有交集的機會還不多，我對他的印象也沒有好到一定要把他留下來。目前的我只是認為，既然他是黎希達與波尼法狄斯的孫子，下達處分時要盡量別連累到兩人。至於托勞戈特本人，我並不怎麼想親近他。

……不能因為覺得無所謂，就只是隨便聽聽呢。

我望著托勞戈特，他也用打探的眼光盯著我瞧。然後，我開口說了。

「我再問一次。托勞戈特，你為什麼想變強呢？」

「因為柯尼留斯與安潔莉卡學會了羅潔梅茵大人的魔力壓縮法以後，就變強了。」

回想起來，托勞戈特確實一直十分在意安潔莉卡與柯尼留斯。為什麼會對他們兩人這麼執著呢？

「托勞戈特為什麼想變強呢？安潔莉卡與柯尼留斯是因為曾親眼看著我陷入險境，對此感到後悔，才想努力變強，希望護衛騎士這份工作能夠做得更加稱職。那托勞戈特究竟是為了什麼想變強呢？變強以後，你想做什麼？是如同哈特姆特剛才說的，想侍奉韋菲利特哥哥大人嗎？」

現在韋菲利特身邊的近侍，都是在他原要成為下任領主的內定取消以後，依然選擇留下來的人，所以凝聚力非常強大。對於新加入的近侍，也很注意派系。即便不再擔任我的近侍，我也不認為托勞戈特能輕易加入。

我問完後，只見托勞戈特用力咬緊了牙。

「……我並不想侍奉任何人，我想成為像祖父大人那樣的騎士團長。」

「祖父大人……是指波尼法狄斯大人吧？」

不是卡斯泰德，而是想成為像波尼法狄斯那樣的騎士團長，這個回答讓我一頭霧水。以托勞戈特的年紀來看，他應該沒看過多少祖父任職騎士團長時的英姿。

……還是說，是小時候看到的畫面留下了強烈印象後，他又逐漸將其美化？

總之，現在我知道了對托勞戈特來說，他的目標就是波尼法狄斯。有種追求強大的肌肉家族血緣都濃縮在了他身上的感覺。

「我想像祖父大人那樣率領騎士團，討伐危險的魔獸，成為守護領地的騎士團長。為此，我必須比領地裡的所有人都要強。」

「若想成為騎士團長，確實需要強大的實力呢。」

我暫且附和了托勞戈特說的話，但馬上「嗯？」地歪了歪頭。艾倫菲斯特的騎士團是為了保護領主及其一族，還有為了保護艾倫菲斯特而存在。因此，騎士團長基本上也要擔任領主的護衛騎士。

「托勞戈特，要不侍奉任何人就成為騎士團長，這應該不太可能吧？我記得騎士團長也要擔任領主的護衛騎士。」

「祖父大人並未侍奉任何人，就成為了騎士團長。我也想像他一樣。」

……祖父大人能不侍奉任何人就成為騎士團長，是因為他是領主一族吧。

在我剛從尤列汾藥水中醒來不久，舉辦了餐會那時候，我曾耳聞不少關於波尼法狄斯的過往事蹟，雖然聽起來都可疑得不像是真的。如果那些奇聞全部屬實，那麼波尼狄斯尼就另一個層面來說，也和斐迪南一樣度過了可謂波瀾壯闊的人生。也因為騎士團能讓波尼法狄斯盡情發揮自己的實力，他才會一邊輔佐前任領主，一邊擔任騎士團長，隸屬於騎士團。

雖是騎士團長，但波尼法狄斯還有輔佐領主這項職務在，所以並未兼任領主的護衛騎士。據說斐迪南加入騎士團的時候也是這樣。領主的孩子，不能成為領主一族的近侍。想當然耳，身為上級貴族的托勞戈特並不在此限。

「呃，托勞戈特，可是……」

「羅潔梅茵大人多半認為我辦不到吧。但是，與柯尼留斯相比，以前是我比他更強。祖父大人也說過我很有天分。要是能習得魔力壓縮法，我本來會比他還強！」

說完，托勞戈特不甘心地握緊拳頭。但是，我沒辦法馬上相信托勞戈特說的話。柯尼留斯與托勞戈特雖說年齡相近，說到底還是差了兩歲。孩提時期的兩歲，差距可是非常巨大。況且，在我教導魔力壓縮法之前，柯尼留斯的實力應該就已相當優秀，才會獲選為我的見習護衛騎士。

……該不會是為了激起他的競爭意識，祖父大人類似說了：「嗯，是啊。托勞戈特更有天分喔。」想藉此激勵托勞戈特，結果他就信以為真了？

我不認為早從那時候開始，托勞戈特就比柯尼留斯要強。我猜應該是訓練的時候，柯尼留斯對他手下留情了吧。

……唉，真想適時結束談話，繼續看從圖書館借回來的書。

我內心對托勞戈特的興趣越來越淡薄，開始想要提早結束這段對話。但是，有了能夠暢所欲言的機會，托勞戈特越說越起勁。

「本來明明是我比較強，但學會了羅潔梅茵大人的魔力壓縮法以後，卻只有那些人進步神速，祖父大人也把心思都花在鍛鍊領主一族的護衛騎士上，不再訓練我。」

托勞戈特的語氣中滿是悔恨。眼看最喜歡的祖父不再理睬自己，托勞戈特或許值得同情，但考慮到當時的情況，這也無可奈何。自領貴族不僅把匪徒帶進城堡，夏綠蒂還被人擄走，我也被逼著喝下毒藥，沉睡了兩年。重新訓練領主一族的護衛騎士，可以說是當務之急。波尼法狄斯是領主一族中最年長的人，又當過騎士團長，我不認為他會把艾倫菲斯特的危機，與還不是護衛騎士的孫子一起放在天秤上衡量。

「孫子裡面，原本一直是我與祖父大人走得最近，然而不知不覺間，安潔莉卡竟然成了祖父大人的愛徒，現在別人也都說，孫子當中柯尼留斯是魔力最多又最強的人。」

這些本來應該都是我才對——托勞戈特忿忿然說道。他說因為波尼法狄斯把重心都放在鍛鍊領主一族的護衛騎士上，完全無暇顧及其他。

「這也是正常的吧。因為祖父大人已經從騎士團引退了。鍛鍊其他騎士，應該是騎士團高層人員的工作呀。」

「所以我才想成為護衛騎士啊！」

托勞戈特一心只想得到波尼法狄斯的認同。正因如此，他才不想成為已不被內定為下任領主的韋菲利特的近侍。

「那麼，你又是為什麼想成為我的護衛騎士呢？只要成為夏綠蒂的護衛騎士，在我沉睡期間，你就能以領主一族的護衛騎士身分，接受祖父大人的訓練了吧？」

「夏綠蒂大人是女性，護衛騎士以女性居多，男性護衛騎士偏少，而且我與她也沒有什麼關聯。」

雖說屬於相同派系，但托勞戈特跟夏綠蒂的侍從還有保姆，都沒有能搭上線的關係。此外在兒童室時，托勞戈特因為多數時候都與韋菲利特他們熱絡地玩在一起，所以似乎被判定與夏綠蒂合不來。不得已下，托勞戈特才想成為我的近侍。而且首席侍從是黎希達，我們又都是波尼法狄斯的孫子。他還打好了如意算盤，成為我的護衛騎士後，就能最先學到魔力壓縮法。

「自從柯尼留斯變得比我強以後，連以前會稱讚我的父親大人，現在也總是對我疾言厲色。我想快點增加自己的魔力，變得更強。」

「托勞戈特的父親，也就是父親大人……啊，不對，是卡斯泰德的弟弟吧？」

根據黎希達提供的消息，我記得托勞戈特的父親，是波尼法狄斯第二夫人的孩子。我聽說他與黎希達的女兒結了婚。

這時再根據托勞戈特告訴我的內容，他的父親從小到大一直被人與卡斯泰德作比較。我想，有部分也是因為雙方的母親會互相較量吧。看著既是第一夫人的孩子，又成了騎士團長的卡斯泰德，托勞戈特的父親究竟抱著什麼樣的情感，這我無從得知。

但是，波尼法狄斯在看過柯尼留斯與托勞戈特訓練時的表現後，這麼說了：「托勞戈特很有天分。」這句話似乎讓他的父親喜出望外，還笑容滿面地稱讚托勞戈特，要他變得更強。因此，托勞戈特才渴望得到波尼法狄斯的賞識。最終，也才導致了現在這樣的局面。

……所以是想要變強，得到父親的讚美，也想得到祖父大人的認可吧。

我能明白這種為了得到認可，想要好好努力的心情。我感慨地這麼心想道，然而下個瞬間，托勞戈特的一句話卻徹底打消了我心中開始萌芽的同情心。

「學會羅潔梅茵大人的魔力壓縮法以後，連達穆爾那種下級騎士都能讓魔力大幅成長。我一定可以增加得比他更多。」

……你說什麼？

聽見托勞戈特輕視達穆爾的努力，我瞬間心生反感，環抱手臂，強壓下內心的憤慨。達穆爾的確是下級騎士沒錯，也總在感嘆自己的魔力量不多，喜歡的人還曾經因此完全不把他列入考慮。但是，達穆爾腳踏實地認真不懈，至今都一直努力增加魔力，也無時無刻不在思考，該怎麼戰鬥才更有效率。連波尼法狄斯都稱讚他的魔力操控非常熟練。和現在只會靠魔力和體力向前衝的見習騎士們不同，達穆爾懂得在戰鬥時用大腦思考。

……達穆爾比托勞戈特還厲害好嗎！

達穆爾在我心目中的重要程度，托勞戈特根本遠遠比不上。達穆爾是陪伴在我身邊最久，也是我最能信任的護衛騎士。當初他就算知道了我是平民，還是努力不讓斯基科薩傷害我；被派來神殿護衛我以後，面對上級貴族賓德瓦德伯爵，也拚上了自己的性命保護我。我絕不容許有人瞧不起達穆爾。

「達穆爾的魔力能夠成長，全靠他本人的努力。托勞戈特還在發育當中，又是上級貴族，你的條件比他更有利吧。但是，很少有人能像他一樣那麼奮發向上。」

「哼……下級貴族再怎麼發憤努力，魔力量也成長不了多少吧。」

……噢？啊，是喔。

看見托勞戈特對達穆爾的勤懇努力嗤之以鼻，從這一刻起，我就決定將他剔除。從一開始我就說過，我不希望護衛騎士之間處得不好，而且我也不需要不懂得互相尊重的人。不去看對方的優點，就只是瞧不起達穆爾與菲里妮這樣的下級貴族，我一點也不想讓托勞戈特繼續擔任自己的近侍。

……讓他自己請辭是最圓滿的解決方式吧。

一旦將他解任，不光本人，我擔心也會讓他的血親留下汙點。我才不想要因為托勞戈特的關係，傷及黎希達與波尼法狄斯的名聲。而且他日後要是突然翻臉，那就糟了。我希望就當作是托勞戈特自願辭去近侍一職。

「托勞戈特，我明白你的主張了。你想成為像祖父大人一樣的人，得到父親的讚賞，變得比柯尼留斯要強。為此，你想習得我的魔力壓縮法吧。」

儘管體型比我大上許多，其實只是個渴求親情的孩子。為了得到親人的關愛，一味想要變強，視野因此變得非常狹隘。儘管大腦明白，我卻還是一點也沒有產生想設身處地為他著想、然後幫助他順利成長的心情。

「請你現在立刻辭去近侍一職吧。相對地，我會把魔力壓縮法教給你。」

「真的嗎?!」托勞戈特張大雙眼，欣喜得臉龐發亮。

「當然。進入冬季尾聲，要教大家魔力壓縮法的時候，托勞戈特也能一起學習。但是，請一定要遵守自己賺錢、絕不惹出麻煩這些規定。這與是不是近侍還有派系完全無關，只是我最基本的要求。」

不只我的近侍，韋菲利特的近侍們也都要遵守這些規定。托勞戈特大力點頭。自己的心願能夠實現，他高興得全身顫抖。

「那麼，現在請放下防止竊聽用的魔導具，在大家面前自己宣布吧。」

我「咚」的一聲放下手中的魔導具。托勞戈特也放下魔導具，然後一臉明朗地環顧所有近侍，朗聲宣布：

「我托勞戈特，在此宣布辭去羅潔梅茵大人的護衛騎士一職。」

明明要我將他解任，現在卻是托勞戈特主動請辭。近侍們都對我投來帶有譴責意味的眼光，尤其護衛騎士們的眼神更加嚴厲。其實最凌厲又最充滿熊熊怒火的，是黎希達的視線。我刻意不與大家對視，偏過頭問：

「黎希達，請辭的時候，需要辦理什麼手續嗎？」

「大小姐，請您稍等。讓他請辭究竟是……」

黎希達發出了帶有指責的話聲，但哈特姆特立即為我遞來木板和墨水。

「羅潔梅茵大人，只要在木板寫下自己要主動請辭就可以了吧。」

「哈特姆特，謝謝你。托勞戈特，那請在木板寫下你是自願辭去我的護衛騎士一職吧。這樣便結束了。」

托勞戈特喜孜孜地在木板上寫字。看了木板上的內容，我點一點頭。

「從此托勞戈特就只是一名見習騎士，不再是我的近侍。托勞戈特，你可以回房間了。接下來由我說明。」

我這麼表示後，托勞戈特逃也似的迅速離開房間，遠離了黎希達扎人般的銳利瞪視。房門一關上，黎希達的怒火就爆發了。

「大小姐，您到底在想什麼?!您一定是答應了托勞戈特，要教他魔力壓縮法吧？否則那孩子不可能輕易自己請辭！」

「正是如此。」

我回答後，近侍們嘈雜地議論起來。「為什麼要教他魔力壓縮法？」有人提出這個問題，黎希達也生氣地眼尾往上倒豎。

「大小姐，對犯下過錯的人如此寬容，會引來其他近侍心生不滿！」

「……這樣算寬容嗎？我以為是一切都能圓滿落幕的最佳解決辦法呢。」

「哪裡是最佳解決辦法了?!」

黎希達與其他人異口同聲。我先端正姿勢坐好，說了：

「首先，我要聲明，我雖然聽過了托勞戈特的主張，卻一點也不想設身處地為他著想，也完全沒有產生希望他能更加成長，或是協助他改過自新的想法。」

「既然如此，應該要更嚴厲……」

「正因如此，我再也不想把一絲一毫的心力浪費在托勞戈特身上。」

我斬釘截鐵斷然說道，近侍們一同眨了眨眼睛。哈特姆特饒富興味地望著我。我環顧大家，說出自己的想法。

「要解任托勞戈特是很簡單，而且也有足夠正當的理由。但是，一旦將他解任，有可能傷及黎希達與波尼法狄斯大人的名聲。我完全不在乎托勞戈特，但我不希望自己身邊的人因此留下汙點。真要說的話，我是對黎希達寬容，並不是對托勞戈特。」

不只是黎希達。我也不希望像斯基科薩那時一樣，因為沒有教育好見習騎士這種理由，連騎士團長卡斯泰德也受到責罰。一旦做出解任的處分，根本不知道會造成多少後續影響，所以我才想讓他自己請辭，盡可能把影響範圍限制在他個人身上。

「那麼……為何要把魔力壓縮法教給他？壓縮法不是只教給您信任的人嗎？」

柯尼留斯兇巴巴地瞇起那對與艾薇拉相像的黑色眼睛。我筆直回望向他，反問道：

「托勞戈特請辭以後，你想他會面臨什麼結果呢？我不認為他能成為韋菲利特哥哥大人的護衛騎士。此外在我沉睡期間，他就無法成為夏綠蒂的護衛騎士了，現在更不可能。黎希達若再往上稟報這次事情的始末，他也不可能成為麥西歐爾的護衛騎士吧。」

「這是沒錯。本來被解任也是合情合理，卻只是讓他自行請辭就饒過了他，會有這種結果也是可想而知。」

「如今他的眼中就只有魔力壓縮法，但是，他很快就會面臨到現實。他不僅毀了自己的前程，往後在貴族院生活，精神上也會承受非常巨大的壓力吧？」

我說完，哈特姆特撫著下巴，不疾不徐點頭。

「以目前來看，我們不可能再親近已經請辭的托勞戈特。而韋菲利特大人的近侍，還有舊薇羅妮卡派與其他學生，經過這幾週也已經形成了固定的小團體。托勞戈特若想加入他們，恐怕非常困難。」

大家似乎都能輕易想像到那幅畫面。今後托勞戈特在貴族院，絕對無法過得安逸自在。看來這已是大家共通的認知。

「那種情況下，說不定會被亞倫斯伯罕找到機會趁虛而入，導致情報外流。托勞戈特也有可能因為太想變強，反過來心生怨恨。所以，我才決定教給他魔力壓縮法。」

「我不太明白您的意思。這與教給他魔力壓縮法有什麼關係呢？」

布倫希爾德一臉無法理解地手托著腮。

「意思是，這段時間我需要提供誘餌給他。為了習得魔力壓縮法，直到貴族院結束之前，托勞戈特都會小心注意自己的言行吧。像是要自己賺錢、不惹出麻煩，這些都是學習壓縮法該達到的基本條件。」

我輕笑一聲說道。哈特姆特的橙色雙眼亮起利光，看著我說：

「但他也很有可能在學到後翻臉不認人，對此您又有何看法？」

「對於會與自己為敵的人，我絕不可能把魔力壓縮法教給他。所以我才會與所有人都簽訂魔法契約，並在契約中明文規定，不能與我為敵。」

聽到這裡，柯尼留斯似乎終於察覺我的目的。

「也就是說，您是為了用魔法契約來約束托勞戈特，才要教他魔力壓縮法嗎？」

「沒錯。我並不是想把魔力壓縮法教給托勞戈特，而是想藉由魔法契約的效力來約束他，讓他無法與我為敵。」

讓托勞戈特自己請辭後，除了他以外，誰也不會有任何損失。教授了魔力壓縮法以後，不僅能避免托勞戈特的反目，也能制止他採取敵對行動。魔力量多的貴族增加，對艾倫菲斯特來說也是好事一樁。若是不與我們為敵，那就更好了。托勞戈特既能學到他想學的魔力壓縮法，也可以不用再勉強自己擔任我的近侍。

「我認為各方面都圓滿地劃下了句點喔。」

「大小姐，這樣子對托勞戈特根本沒有任何處罰！」

黎希達神色嚴厲地搖頭。但是，我覺得現在最好別把托勞戈特逼到絕境。現在大家不分派系，慢慢有了團結一心的感覺，我不想破壞貴族院裡和平的氣氛。

「托勞戈特說過，他想在學會魔力壓縮法後變得更強，成為騎士團長。但是，他再怎麼努力，這個心願也不可能實現。難道這樣還不算是處罰嗎？一旦他領悟到了是自己親手斷送自己的未來，只要想想他當下會有多麼絕望，我認為沒有比這更殘忍的處罰了。」

托勞戈特的處罰不是現在，而是將來才要承受。聞言，黎希達說她認為應該要下達他人能一看便知的處罰。

「像是褫奪他貴族的身分，將他送進神殿反省，這麼做更妥當才對。」

「……黎希達，妳就這麼生我的氣嗎？」

我幾乎快哭出來地看向黎希達，她吃驚地睜圓了眼。

「我只覺得大小姐的做法太寬容了，並未對您感到生氣喔。」

「那麼，請別把托勞戈特送來神殿。神殿是兼任神殿長的我的生活領域。好不容易讓他辭去了近侍一職，萬一把托勞戈特送來神殿當青衣神官，我完全不敢想像到時候還要照顧他。」

我絕對不要！見我瘋狂搖頭，柯尼留斯輕聲笑了起來。這一點也不好笑。神殿是我的地盤。托勞戈特都那麼瞧不起身為下級貴族的達穆爾了，不知道他面對灰衣神官和灰衣巫女又會是什麼態度。要是因為被送到神殿而亂發脾氣，那負責服侍他的灰衣神官們就太可憐了。

「而且他成為青衣神官以後，為了教育他，會占用到我與斐迪南大人的時間吧？我們沒有多餘的時間能浪費在托勞戈特身上。如果想要重新教育他，就由黎希達與祖父大人在不會影響到工作的前提下負責吧。托勞戈特已經與我沒有關係了，請不要再把他丟給我們。」

聽見我這麼說，黎希達微微垂下目光：「您說得是呢。」

「對外看來，羅潔梅茵大人的處置雖然寬容，卻非常徹底地撇清了關係呢。這份果決真是教人佩服。」

哈特姆特笑得非常開心。是那種一切都如自己所料的滿足笑容。看著他的笑臉，我一陣心浮氣躁。對於哈特姆特，我並不是完全沒有不滿。

「哈特姆特，趁著這個機會，我也向你說清楚吧。」

「什麼事呢？」哈特姆特一派從容閒適地應道。我看著他，開口說了：

「既然你說為我提供情報是你的義務，那麼在你擅自公開自己取得的情報之前，一定要先向我報告。」

「羅潔梅茵大人？」

「我不會過問你的情報是從何而來。能夠獲得那麼多消息，我想你的能力確實非常優秀。但是，我所知道的文官，會把他們得到的情報全部向上司報告，然後交由上司來決定，要如何使用哪些資訊。」

尤修塔斯會把情報全權交由斐迪南處置，與他的做法比起來，哈特姆特在情報的處理方式上讓我相當無法接受。

「哈特姆特，既然你說你是為了我蒐集到這些情報，那麼要如何處置、何時公開，都該由我來決定。如果你只想蒐集自己想要的情報，並在你想要的時候公開，就不該聲稱這是為了我，還說這是身為近侍該盡的義務。」

哈特姆特的表情像是當頭被打了一棒，站起身後，跪地低下頭去。

「我必定銘記在心。」

就這樣，我少了一名近侍，餐後的讀書時間也大幅減少，這場談話總算結束了。

與艾格蘭緹娜的茶會

為了學習第四階段的魔力壓縮法，安潔莉卡判若兩人般地開始認真讀書。

「羅潔梅茵大人的魔力壓縮法非常驚人。而且竟然能夠一直想出新的壓縮方式，我真是太尊敬羅潔梅茵大人了。我希望能藉此增加更多魔力，培育斯汀略克。」

安潔莉卡訂下目標以後，便一直線往前狂奔，不得不奉陪的人則是柯尼留斯。身為「安潔莉卡成績提升小隊」的一員，柯尼留斯已經有指導安潔莉卡的多年經驗，而且為了指導她，還向達穆爾學習了直到最高年級的學科內容，所以是最適合的人選。

為了能陪我去圖書館，柯尼留斯已經修完了自己的學科，現在只剩下術科課程。目前他不只每天要陪我去圖書館，早餐與晚餐過後，還要在多功能交誼廳擔任安潔莉卡與見習騎士們的小老師。

「柯尼留斯，指導安潔莉卡很辛苦吧？這樣會不會太累呢？」

「如果不用每天去圖書館，應該能輕鬆一些吧。您要不要改為兩天去一次圖書館呢？」

柯尼留斯微微一笑，提出了簡直讓人無法想像的提議。我也微微一笑，搖了搖頭，竭力鼓勵柯尼留斯。

「只剩下不到三週的時間，我就要返回艾倫菲斯特了。我相信柯尼留斯一定沒問題的，請加油喔。」

「您完全不打算自制吧？」

柯尼留斯拿我沒輒似的輕輕聳肩。看他的表情像是在說，我也知道不管說什麼都沒用。聽到自制兩個字，我以手托腮，往旁側過臉龐。

「……自制嗎？隱隱記得我好像在很久以前就丟了呢。」

「自制是可以丟掉的東西嗎！請快點撿回來！」

柯尼留斯立刻怒斥，我不由得想起了班諾的拳頭，感到有些懷念。

……啊，必須聯絡班諾先生，告訴他有可能需要製作大量的絲髮精與植物紙呢。也得討論要不要把做法賣給他人。

回去舉行奉獻儀式時，得盡快告訴他才行——我正想著這些事情，柯尼留斯冷不防用雙手包住我的臉頰，然後用力擠壓。

「請別說話說到一半突然出神，沉浸在自己的思緒裡，聽別人把話說完。」

「請放挨偶！」

我抓住柯尼留斯的手腕，但他畢竟是見習騎士，我當然沒辦法把他的手拉開。再這樣下去，難得的可愛臉蛋就要被壓扁了。我使盡了力氣想拉開柯尼留斯的手，一開始他的眼中還帶有怒意，漸漸地透出捉弄的光彩。

「柯尼留斯與羅潔梅茵大人真是一對感情很好的兄妹呢。」

萊歐諾蕾吃吃笑著說道，柯尼留斯倒吸口氣後，急忙放開雙手。隨後，他有些困窘地來回看著我與萊歐諾蕾。

「其實是來到貴族院以後，我與羅潔梅茵大人才有這樣的互動。因為洗禮儀式之前，我們只有在她接受教育的那段期間一起生活過。」

「能與柯尼留斯有一些這樣的互動，也是來就讀貴族院的好處呢。」

在城堡，若不謹守分際地保持距離，會遭到身邊人們的斥責。一直以來，我們都是以護衛騎士與領主養女的身分在相處。來到貴族院以後，彼此間的距離才縮短了。不過，相處起來還稱不上是真正的兄妹就是了。

看見萊歐諾蕾十分感興趣地觀察我們，我決定試著與柯尼留斯聊些戀愛方面的話題。

「對了，貴族院的畢業儀式都需要有人陪同吧？我聽說女性若是找不到對象，便會拜託親族與自己一同出席，那麼男性又是如何呢？柯尼留斯哥哥大人到時候，也是找母親大人嗎？」

我邊問邊看向謠傳會嫁給某位哥哥大人的安潔莉卡，萊歐諾蕾的藍色雙眸立即亮起光芒。話題突然改變後，柯尼留斯眨了眨眼睛，但還是認真回答：

「這個嘛……通常會護送一看就知道不可能是考慮對象的女性，像是母親或叔母。因為若拜託年齡相近的姊妹，旁人會以為你已有對象，影響到日後談婚事。」

「原來如此。看來男女都一樣，會拜託自己的親族呢。那麼，柯尼留斯預計的護送對象是誰呢？」

「啊?!為什麼突然問這個問題?!」

柯尼留斯左右張望，反應明顯驚慌失措。

「難不成還沒有對象嗎？只剩下一年的時間找得到嗎？聽說柯尼留斯很受歡迎，還是要我幫你斟酌對象，替你拜託對方呢？」

「不用羅潔梅茵大人操心！我會自己開口。」

……原來已經想好對象了呀。

我「嗯、嗯」地點著頭時，萊歐諾蕾在旁邊一臉不安地垂下目光。

在忙碌的柯尼留斯陪伴下，我繼續每天前往圖書館，幾天過後，敲定了與艾格蘭緹娜舉辦茶會的日期。

「時間是三天後的下午嗎？我知道了。」

由於是來自大領地庫拉森博克的邀請，近侍們臉上都帶著自豪的笑容，立即開始作準備。布倫希爾德與莉瑟蕾塔開始確認自己三天後的下午有沒有課。因為是女性間舉辦茶會，也確定了到時由萊歐諾蕾與優蒂特負責護衛。安潔莉卡則是為了往後的更多魔力，繼續埋首讀書。一旦訂下目標，便心無旁騖地全神貫注，她的行事作風真爽快。菲里妮一雙嫩草色的大眼也璀璨發亮，說完：「那我去蒐集有關庫拉森博克的情報。」就一個箭步衝出宿舍。

所有近侍都充滿了幹勁，當中又以想要引領流行的布倫希爾德最容光煥發。

「羅潔梅茵大人，是否該把絲髮精分作小瓶帶過去呢？與音樂老師們舉辦茶會時，您這樣答應過艾格蘭緹娜大人了吧？」

「是啊。當作試用品，裝一次的量應該差不多吧？能麻煩妳分裝嗎？」

「遵命。」

布倫希爾德先從挑選小瓶子開始，又認真地研究了該選擇三種絲髮精中的哪一種，才不會與艾格蘭緹娜身上的香氣互相衝突，最後小心地裝進瓶子裡。我只記得艾格蘭緹娜身上很香，至於究竟是什麼樣的香氣，倒是完全沒印象。

「這次一樣要帶蜂蜜口味的磅蛋糕過去嗎？」

莉瑟蕾塔問道，我沉思了半晌。之前我曾與音樂老師們舉辦茶會，又接受過亞納索塔瓊斯的召見，所以艾格蘭緹娜有可能已經吃過兩次蜂蜜口味的磅蛋糕了。

「每次都帶同樣的點心過去，對方會不會覺得我們已經沒有其他新東西了呢？還是說為了引領流行，最好每次都帶一樣的東西過去，強調這是艾倫菲斯特的主打商品？中央這邊應該怎麼做才好呢？」

我詢問後，布倫希爾德也思索了一會兒，然後想到什麼似的抬起頭。

「若同時準備蜂蜜與芬里吉尼兩種口味呢？只要準備艾格蘭緹娜大人本來就愛吃的，再加上有些許變化的新口味，應該不會覺得我們每次都帶一樣的東西吧。」

只要準備不同於給索蘭芝品嘗過的原味，還有帶去給亞納索塔瓊斯的酒漬水果口味，對方想必會留意到磅蛋糕的口味繽紛多樣吧。布倫希爾德說她依據艾格蘭緹娜對茶水與香氣的愛好，推測芬里吉尼口味的磅蛋糕應該是最佳選擇。

根本無法從對茶水與香氣的愛好，推敲出對方喜歡哪種口味的我，只能舉手投降。我為布倫希爾德的能力感到驚嘆，同時也只能點頭同意。見我頷首，莉瑟蕾塔微微一笑說道：「那麼，我們便這樣進行準備。」

看著莉瑟蕾塔往廚房的方向走去後，布倫希爾德再轉頭看向羅吉娜。由於會帶著我的專屬樂師羅吉娜一同前往茶會，所以討論的時候她也在場。

「羅吉娜，獻給光之女神的曲子已經完成了嗎？」

「我想再花點時間多做修改。既然是要獻給他人的曲子，我希望可以修改得更加完美。還有，也許是我逾矩了，但是不是該再問過亞納索塔瓊斯王子的意見比較好呢？畢竟這是他要求創作的曲子。」

雖然只是一時興起就說「獻給艾格蘭緹娜吧」，但最一開始要求創作曲子的人，確實是亞納索塔瓊斯。再向他請示一次，可能真的比較妥當。只不過我煩惱的是，究竟該問亞納索塔瓊斯說：「您要自己填詞嗎？」但又擔心他的愛慕之心可能失控，是不是我們自己作詞比較好啊？

到了茶會當天，我們往大領地庫拉森博克的茶會室移動。舉辦茶會用的房間，似乎平常都備有好幾張桌子與足夠的椅子，但這天因為只會用到一張桌子，所以其他桌椅都搬到了後方，再用有著大幅繪畫的屏風隔開。

艾倫菲斯特的建築物多是保留白色的牆面本身，再用掛毯等布料加以點綴，家具則大多使用木製品。相比之下，庫拉森博克的房間貼滿了繡有複雜圖案的布匹，簡直就像壁紙一樣，另外還彷彿是富裕象徵地裝飾了許多繪畫。家具則處處可見使用了有著大理石花紋的某種石頭，可以看出每個領地都有不同的文化。

「羅潔梅茵大人，我一直在等著妳的到來呢。」

艾格蘭緹娜溫柔地瞇起亮橙色眼睛迎接我。今天她也將一頭波浪金髮半綁，編髮編得十分複雜，還裝飾著精緻的蕾絲。是現在很流行的，織法精巧繁複的蕾絲。聽說這種裝飾頭髮用的蕾絲原是嫁人前該學習的技藝之一，自從有個女孩子想向心上人展示自己的手藝，裝飾在頭髮上，使得戀情開花結果後，便一下子在貴族院流行開來。

……和我不一樣，艾格蘭緹娜大人的手藝真厲害呢。與本職是裁縫學徒的多莉不相上下。

順便說明，我的髮飾完全是交由多莉負責。雖然初期我也曾自己做，但水準完全不一樣，根本沒辦法戴上自己做的髮飾。

「艾格蘭緹娜大人，由衷感謝您邀請我參加茶會。」

「其實本該再邀請一些朋友介紹給妳，但因為今天我有些話想問問妳。請容我改天再為妳介紹我的朋友吧。」

「哪裡，請千萬別這麼說。」

在貴族院舉辦茶會就是要拓展人際關係，但人少我反而自在，所以並不介意。

布倫希爾德將帶來的小心意交給艾格蘭緹娜的侍從，對方將兩種磅蛋糕擺在桌上。我們都先喝了口侍從泡的茶，吃了口點心，然後請彼此品嘗。

「羅潔梅茵大人，這種磅蛋糕有各式各樣的口味嗎？前些天亞納索塔瓊斯王子分送給我的磅蛋糕，又是另一種口味呢……」

看來亞納索塔瓊斯確實把磅蛋糕分給了艾格蘭緹娜。不知道是否成功幫他加到了一點分數。

「那個是加了酒漬水果的磅蛋糕，今天這個是加了芬里吉尼。艾格蘭緹娜大人還是比較喜歡蜂蜜口味嗎？」

「蜂蜜口味我也喜歡，但也喜歡這款加了芬里吉尼的磅蛋糕呢。香氣十分清爽，還會在口中蔓延開來，這點真是太美妙了。」

艾格蘭緹娜似乎也相當能接受加了芬里吉尼的磅蛋糕。選擇了這個口味的布倫希爾德顯得十分高興，嘴角上揚了一些弧度。

「還有，這是能讓頭髮產生光澤的絲髮精。我的侍從莉瑟蕾塔會指導使用方式。」

我透過侍從遞出小瓶子後，艾格蘭緹娜打開蓋子，優雅地感受絲髮精的香氣。「味道好香呢。」她露出心滿意足的微笑，再把小瓶子交給自己的侍從。

為了教艾格蘭緹娜的侍從如何使用絲髮精，莉瑟蕾塔暫時離開房間。艾格蘭緹娜面帶微笑，看著她們離開後，轉回臉龐朝向我。

「羅潔梅茵大人，聽說妳為了成為圖書館魔導具的主人，與戴肯弗爾格比了迪塔吧？亞納索塔瓊斯王子告訴我了。妳的能力真是優秀，太教人吃驚了。」

亞納索塔瓊斯為了找話題與艾格蘭緹娜談天，顯然把我利用得淋漓盡致。有關休華茲他們的事情，艾格蘭緹娜幾乎都知道了。真可怕的資訊量。

「關於魔導具的事情，一切真的只是機緣巧合；比迪塔時也只是出了奇招，並不是我們的實力。照理來說，我們根本贏不了戴肯弗爾格。因為戴肯弗爾格的見習騎士們都非常優秀。」

「哎呀，洛飛老師也對羅潔梅茵大人想出的戰術讚不絕口唷。他還說想與你們再比一場呢。」

……我要小心別靠近洛飛老師。

「羅潔梅茵大人的奉獻舞也跳得十分出色呢。」

「應該只是因為我比周遭的人矮小，才有這種錯覺吧？倘若我看起來真的跳得很好，也是因為我在近距離下欣賞過艾格蘭緹娜大人的舞姿。我在跳舞時，一直想著希望能跳得像艾格蘭緹娜大人一樣呢。」

「……羅潔梅茵大人不是男士，真的是太好了。不僅用那般熱切的眼神注視著我練舞，還說出這樣的讚美，讓人幾乎要動心了呢。」

艾格蘭緹娜神色羞赧地說道。雖然別人常讚美她跳舞跳得很好，但「想像她一樣跳舞」這種話似乎是頭一次聽見。

嗯……這項情報該不該提供給亞納索塔瓊斯王子呢？但他會不會又生我的氣，責怪每次都是我討到艾格蘭緹娜大人的歡心？

「此外，羅潔梅茵大人已經修完今年的課程了吧？在討論茶會行程時聽到侍從這麼說，我大吃了一驚呢。」

「可是，監護人告訴過我，低年級的課因為不難，許多人很快便會修完……」

……但再怎麼快，神官長多半也沒想到我會在剛入學的兩週內就修完，接著每天去圖書館報到吧。

想到這裡，我跟著想起奉獻儀式就快到了。能夠一整天都待在圖書館的美好生活即將劃下句點，讓人心情好憂鬱。

「我因為有要事，中間必須回一趟艾倫菲斯特，所以才急著修完所有的課。」

「因為羅潔梅茵大人身兼艾倫菲斯特的神殿長吧？」

「是的，沒錯。我要舉行奉獻儀式。」

大多數人都厭惡會出入神殿的貴族，但艾格蘭緹娜的亮橙色雙眼裡沒有一絲嫌惡，看來反倒很感興趣。只是雖說感興趣，眼神又顯得有些認真，是我的錯覺嗎？

「在神殿舉行奉獻儀式時，要做哪些事情呢？跳奉獻舞嗎？」

「不是跳舞。舉行儀式時要為小聖杯注入魔力，到了春天，才能讓領內的土地盈滿魔力。如果沒有這些魔力，領內各地的收穫量就會出現極大的差異，所以這個儀式非常重要，要盡可能為領地多注入一些魔力。」

「會讓領主的孩子擔任神殿長，為土地注入魔力，看來在艾倫菲斯特，古老的做法一直傳承了下來呢。真是佩服。」

還以為對方會說：「艾倫菲斯特的魔力不足到了得讓領主的孩子成為神殿長嗎？」所以出乎意料的回答讓我眨了眨眼睛。艾格蘭緹娜緊接著垂下眼簾。

「我想我告訴過羅潔梅茵大人，有話想問問妳，不知道妳是否介意使用這個呢？因為有些事情難以簡單說明，我不太想被侍從們聽見。」

「好的，當然沒問題。」

艾格蘭緹娜拿出來的，是防止竊聽用的魔導具。我拿起了她放在我面前的魔導具。雖然臉上帶著淺淺笑意，但艾格蘭緹娜的神情透出了她真的束手無策。從她對神殿儀式這麼感興趣來看，她肯定是想問我與神殿有關的事情，才邀請我參加茶會。

「羅潔梅茵大人在神殿，平常都負責什麼工作呢？」

「奧伯．艾倫菲斯特命令我進入神殿，就是為了彌補不足的魔力，所以我最重要的工作，是舉行需要大量魔力的儀式。但坦白說，除此之外的工作都是由其他人處理。」

至於我其實還兼任孤兒院長與工坊長這件事，並不需要老老實實地告訴對方。我這麼心想著回答艾格蘭緹娜。她聽完點點頭，一雙橙色眼眸散發光彩。

「為了彌補不足的魔力嗎……那不如我也進入神殿吧？」

「艾格蘭緹娜大人要進入神殿嗎?!」

神殿是貴族們避之唯恐不及的地方，只有在沒有足夠的錢準備魔導具時，或者判定孩子的魔力量不足以為一族貢獻己力，還有想先與貴族社會隔離開來的時候，才會把孩子送進神殿。雖然擔任神殿長的我沒資格這麼說，但艾格蘭緹娜竟然想進入神殿，實在異於常人。

「您為什麼想進入神殿呢？您應該知道神殿是什麼樣的地方吧？」

「我當然知道在貴族們眼裡，神殿是什麼樣子的地方。」

艾格蘭緹娜一邊回道，一邊在胸前交握十指。

「羅潔梅茵大人，妳應該知道我的身世吧？」

「只聽音樂老師們簡單提起過。」

「因為權力鬥爭的關係，我失去了家人。然而，如今席格斯瓦德王子卻認為只要迎娶了我，就能更靠近王位一步，所以向我求婚；而為了牽制他，亞納索塔瓊斯王子也向我求了婚。我已經不想再看到更多的權力鬥爭了，偏偏只要我作出選擇，就有可能再發生當年那樣的悲劇。我不想讓自己成為鬥爭的源頭。」

我聽說艾格蘭緹娜在政變當時是第三王子的女兒。斐迪南教我歷史時，說過第三王子雖然一度獲得勝利，卻被第一王子派出的刺客暗殺了。第三王子母親那邊的親族庫拉森博克因而震怒，隨即擁立第五王子，而原先跟隨第一王子的人們轉而投靠了第四王子，政變所造成的衝突也越演越烈。

「艾格蘭緹娜大人曾經身處在政變中心，為了避免再次掀起權力鬥爭，我能明白您誰也無法選擇的心情。可是，您為了避免鬥爭而想進入神殿這件事情，奧伯．庫拉森博克是否知道呢？」

「……我曾經向他表明過，只是遭到反對，還說貴族進入神殿簡直荒唐至極。」

她說正是因為這樣，才想聽聽我當神殿長時的情況，想要有些可以用來說服人的依據。很可惜的是，我完全沒有這方面的依據能提供給她。

我是因為現在魔力不足的情況太過嚴重，才會進入神殿提供魔力，情勢與在政變中屬於勝利者方的大領地不同。而且，我預計成年以後就會離開神殿與人成婚。而艾格蘭緹娜是因為不想結婚，才想逃進神殿，這正好與她的期望截然相反。如今貴族人數減少了這麼多，艾格蘭緹娜又有很高機率能夠產下擁有強大魔力的孩子，想也知道絕不可能允許她進入神殿吧。

「我想奧伯．庫拉森博克會反對也很正常。因為連我也知道，貴族對神殿視如敝屣。況且，您之所以想要進入神殿，是為了避免與人成婚吧？但是我成年以後，也預計要辭去神殿長一職與人結婚。我想我的例子無法當作參考。」

「……原來是這樣呀。我還以為這是能兩全其美的主意，既能為領地貢獻魔力，還能遠離權力鬥爭呢。」

艾格蘭緹娜悲傷地垂下眼眸，輕聲嘆息。

「除了進入神殿，難道沒有其他能夠不嫁給王族，或者無法嫁給王族的情況嗎？」

艾格蘭緹娜並不是想進入神殿，只是不想成為權力鬥爭的源頭。既然如此，我認為應該要想想進入神殿以外的方法。

「倘若我能成奧伯．庫拉森博克，或許就能避免，但是已經由表兄……不對，現在的關係算是侄子，已經由侄子繼承了。」

雖然也考慮過嫁給他領的人，但若是拒絕王族的求婚，再嫁給他領貴族，既會惹得王族心生不快，也會為奧伯．庫拉森博克增添麻煩。

「外祖父大人……不，是養父大人似乎一直有些後悔，當初為了保護我而收養我。他總是在說，他奪走了我王族的身分，所以他希望我嫁給王族，回到原來的身分。」

但我才不想要什麼身分，只想和平安穩地生活──艾格蘭緹娜呢喃說道。

「那麼畢業儀式時，艾格蘭緹娜大人會請親族護送嗎？因為以目前的情況來看，您無法選擇任何一方吧？」

「……是啊。只要沒有國王或者奧伯．庫拉森博克的命令，我打算拜託親族。」

艾格蘭緹娜露出了落寞的笑容說道。

哎呀……看這樣子亞納索塔瓊斯王子好像沒機會了呢。

「羅潔梅茵大人，關於我想進入神殿這件事，請妳務必保密唷。」

「就算說了，我想也沒人會相信呢。」

庫拉森博克的領主候補生竟然想進入神殿，就連我聽了也不敢置信。亞納索塔瓊斯搞不好還會大發雷霆，對我怒吼說：「妳說這種話想侮辱艾格蘭緹娜嗎！」

嚴肅的談話結束以後，我們聊起了艾倫菲斯特現在的新流行。不只音樂，艾格蘭緹娜也對絲髮精與髮飾十分好奇，更表示想引進庫拉森博克。

「回去舉行奉獻儀式時，我會向奧伯．艾倫菲斯特報告。屆時我再偷偷帶些絲髮精過來吧？……只不過這樣就算是商品，必須收取費用就是了。」

「哎呀，羅潔梅茵大人真是的。亞納索塔瓊斯王子若聽見，又要鬧彆扭了唷。」

艾格蘭緹娜說完，愉快地笑了起來，接著豎起食指。

「……既然如此，那我也偷偷拜託羅潔梅茵大人一件事情吧。希望我們的情誼能長長久久持續下去。」

向王子報告

與艾格蘭緹娜的茶會結束以後，我再度回到了每天都前往圖書館的幸福生活。這麼幸福的時光，只會再持續兩週左右。在回去舉行奉獻儀式之前，我要火力全開，一本接一本地不停看書。

「喂。」隱約之間我好像聽見了有人在叫人的聲音。我一邊心想著在圖書館應該要保持安靜才對，一邊繼續翻頁。

「喂，艾倫菲斯特的小不點。」

「羅潔梅茵大人，亞納索塔瓊斯王子駕到！」

莉瑟蕾塔神色慌張地伸出手來，從旁邊闔上我正在看的書籍，我才回神抬起頭來。原來從剛才開始一直很吵的人，就是亞納索塔瓊斯。戴肯弗爾格的藍斯特勞德說過，領主候補生與王族基本上都是命令自己的近侍來圖書館借閱所需書籍，不會親自來圖書館。既然如此，為什麼此刻亞納索塔瓊斯會出現在圖書館裡呢？難不成他也喜歡圖書館這個空間，所以是特意過來的？

……我內心對王子的好感度稍微增加了呢。

「請問有什麼事情嗎？如果需要找書，可以去請教索蘭芝老師，她會馬上為您找來喔。若是二樓的書籍與資料，休華茲與懷斯也非常清楚。」

我對著王子露出了比平常要燦爛三成的社交笑容，為他介紹圖書館。亞納索塔瓊斯聽了，卻老大不高興地板起臉。

「妳還問我有什麼事？妳與艾格蘭緹娜的茶會明明三天前就結束了，為何遲遲沒來向我報告？妳總不會要告訴我，是會面邀請函不知去向吧？」

什麼嘛……原來亞納索塔瓊斯不是愛書的王子啊。真可惜。

才剛上升的好感度一口氣往下降。我失望地嘆一口氣。會面邀請函不知去向，是大家一般常用的藉口，意思是「我非常確定自己寫好了，但似乎是文官怠忽職守……」。就和大人物做錯事時，都辯解說「一切都是秘書做的」差不多。

那雙充滿不耐的灰色眼珠狠瞪著我。我眨了幾下眼睛後，把頭一歪。

「我不是向您發誓過，絕對不會主動接近您嗎？因為不能違背向王族立下的誓言，我才一直安守本分地等著您的召見。」

……這只是場面話。其實是因為如果我主動聯絡亞納索塔瓊斯王子，旁人可能會大嚼舌根，所以我才用誓言當盾牌，決定在接到召見之前都先別管。

「但妳明明看書看得太過專注，連我開口叫妳也沒聽見吧？」

亞納索塔瓊斯哼了一聲，但我裝傻擠出笑容，說道：「如今有了機會向您報告，那我也放心了。」先前與亞納索塔瓊斯談話時，由於屏退了其他人，所以沒有半個近侍知道，我必須向王子報告與艾格蘭緹娜舉辦茶會時的情形。因為這個緣故，此刻所有人都面色慘白。

「那我現在召見，即刻向我報告。」

「但要帶去拜訪的點心都沒有準備好……」

我內心十分希望可以改期，但亞納索塔瓊斯顯然急於知道結果。「無妨，動作快。」他說完便揮開黑色披風，轉身向閱覽室的出口走去。

我從椅子下來，伸手拿起桌上的書。如果向亞納索塔瓊斯報告花了不少時間，可能沒辦法再回圖書館，離開之前最好先辦理借書手續。

「我要借這本……」

「羅潔梅茵大人，這件事我來代勞吧。閱覽席的鑰匙也由我幫您歸還，請您先去向亞納索塔瓊斯王子報告。」

莉瑟蕾塔立即抽走我手上的書，黎希達也催促道：「大小姐，快走吧。」就這麼被迫與書本分開的我，依依不捨地離開圖書館。

……唉，真是失策。

我帶著黎希達、哈特姆特、柯尼留斯與萊歐諾蕾，走在亞納索塔瓊斯身後。結果現在變成了接到王子的召見後，還要佯裝若無其事地跟在他的身後移動。這陣子空堂時間變多的學生慢慢增加了，跟在王子身後走動的我感覺就很引人注目。

……早知道乖乖提出會面請求就好了。我這個笨蛋大笨蛋！

我不禁感到沮喪，很想垮下腦袋，但還是努力在人前挺起胸膛，面帶笑容，不斷邁開雙腳。這時亞納索塔瓊斯突然停下腳步，轉過身來。

「好慢！羅潔梅茵，妳也太慢了。」

「實在非常抱歉。請您別在意我，先一步回去吧。」

我走得慢也是正常的，畢竟體格與亞納索塔瓊斯差了一大截。我已經很努力跟上他的腳步，都開始上氣不接下氣了。再硬撐下去，很可能會醜態畢露。雖然身體應該是變健康了，但我目前依然是仰賴魔導具，自己還沒練好體力。

……再照這樣的速度走下去，我在抵達前就會先暈倒了！

最近除了往來圖書館以外，從沒去過其他地方，似乎完全沒有增加到體力。仔細回想起來，最近也沒做收音機體操。斐迪南要是知道了，可能會把我罵到臭頭。

……不過，算啦。反正會惹神官長生氣的事情已經有一大堆了，再多一個應該也沒太大差別吧？

我一邊想著這些事情，一邊也賣力移動雙腳。然而，就連掩飾也開始感到痛苦，我的呼吸變得非常急促。身體好重。

「大小姐，恕我失禮了。」

「……黎希達。」

黎希達只是請示了一聲，隨即把我抱起來。我不由得喘口大氣，無力地靠在黎希達身上，但下個瞬間，感受到了亞納索塔瓊斯的視線後，我稍微直起身子。只見他停下腳步，用狐疑的眼神看著我們問：「這是在做什麼？」

「羅潔梅茵大小姐原本便身體虛弱，沒有體力。眼看她的臉色越來越蒼白，好像就要失去意識，還望您能允許我以這種方式帶大小姐過去。」

「就快要失去意識嗎？我先前就聽洛飛提起過，原來是真的？」

亞納索塔瓊斯雙眼睜大，似乎聽說過我為了取得思達普，曾在最奧之間裡暈倒這件事。話說回來，洛飛也太容易說溜嘴了吧？難不成向王族和排名高的領主候補生提供情報，也是他的職責之一嗎？總覺得與我有關的事情，正透過洛飛傳進一堆人耳裡。

「話雖如此，大小姐的身體也已經比以前健康多了，只是還不能太過勉強。」

黎希達在抱著我的手臂上使力，顯示出她保護我的決心。對此，亞納索塔瓊斯露出了無法理解的表情，不耐地瞪著我們。

「連這點距離也走不了，那在城堡裡頭又能移動到哪裡去？」

「在城堡與貴族院的宿舍裡移動時，大小姐都取得了奧伯・艾倫菲斯特的許可，可以騎乘騎獸。但在貴族院內因為並未獲准，所以無法使用。」

沒有王族的許可，就不能在室內騎乘騎獸。

「那就這樣吧，動作快。」

亞納索塔瓊斯嘆著氣說道，再度飛快地邁開步伐。我也由黎希達抱著移動。發覺自己比起剛才更受到注目，我真想拉起披風蓋住頭，躲開人們的視線。但一旦真的那麼做，只會更加引來側目，所以絕對不行。

「大小姐，您沒事吧？您的臉色相當蒼白。」

黎希達面向著前方繼續邁步，一邊以接近耳語的小聲音量問我。我剛才好像有點硬撐過頭了。黎希達抱起我後，一稍微放鬆下來，就覺得頭暈不舒服。

「……我覺得很不舒服，甚至想喝點斐迪南大人好心準備的藥水呢。」

我平常極少主動表示想要喝藥。黎希達先是用力閉起眼睛，然後輕輕嘆了一聲。

「羅潔梅茵大人，這邊請。」

亞納索塔瓊斯的首席侍從帶領我到位置旁，看見我不太好看的臉色後，朝亞納索塔瓊斯投去了帶有指責意味的一瞥。看來我的氣色真的很糟，連幾乎沒見過面的人都會皺眉。但亞納索塔瓊斯只是聳一聳肩，揮揮手無視。

「羅潔梅茵，讓其他人退下。」

「不能使用防止竊聽的魔導具嗎？與艾格蘭緹娜大人舉辦茶會時，她也是這麼做的。」

現在真不想讓帶有藥水的黎希達離開我身邊呢。我這樣心想著提議後，卻立刻遭到駁回。

「不成。見習文官中也有人懂得讀唇術，防止竊聽用的魔導具沒有用。」

雖然覺得麻煩，但亞納索塔瓊斯多半比我清楚，周遭有人懂得唇語其實是很正常的現象，而且那種情況下魔導具根本派不上用場吧。想必王族時時都不能鬆懈警戒，即便面對像我這樣的小孩子也要保有戒心。

無可奈何下，我向黎希達討了藥水喝下後，吩咐近侍們離開房間。

如今房裡只留下亞納索塔瓊斯的近侍，我在招待下喝了口茶，吃了些點心。形式上的客套寒暄結束以後，亞納索塔瓊斯立即進入正題。看來他等著我來報告等很久了。

「羅潔梅茵，她有什麼回答？畢業儀式時會由誰護送？」

「艾格蘭緹娜大人說了，她畢業儀式時想拜託親族來護送。」

「這和其他人的答案有什麼不一樣，妳也太沒用了。」

聽了我的回答，亞納索塔瓊斯輕輕搖頭，一雙灰眸瞪著我說：「妳讓我等了這麼久，結果答案就是這樣嗎？」但他再怎麼瞪，我也生不出其他答案。

「沒能幫上亞納索塔瓊斯王子的忙，實在非常抱歉。但是，艾格蘭緹娜大人說了她誰也無法選擇，這件事也是事實。」

那麼，我就此告退……正想結束對話，亞納索塔瓊斯卻微微抬手制止。

「慢著，羅潔梅茵。誰也無法選擇是什麼意思？這意思是艾格蘭緹娜並不喜歡我與王兄，而是另有意中人嗎？」

……為什麼會得出這種結論?!

回想了艾格蘭緹娜在束手無策下吐露的那些話語，我好想抱頭吶喊。和滿腦子只想談戀愛的亞納索塔瓊斯不同，艾格蘭緹娜因為過去政變的關係，現在可是非常煩惱。沒錯，一個大領地的領主候補生還煩惱到了考慮成為青衣巫女，進入神殿。

「以現在的情況來看，艾格蘭緹娜大人哪敢有心上人呢。這點亞納索塔瓊斯王子應該再清楚不過了吧？」

分明已有兩位王子向自己求婚，要是還宣稱「我有心上人了」，只會讓情況變得更加麻煩。我輕嘆口氣後，亞納索塔瓊斯的眼神忽然變得無比認真。由於容貌俊俏，看來更加恐怖。我倒抽口氣，坐直身體。雖然很在意頭部的陣陣抽痛，但此刻身處的地點容不得我癱軟放鬆，氣氛當然更不適合。

「妳知道些什麼？艾格蘭緹娜對妳說了什麼嗎？」

「我想都是亞納索塔瓊斯王子已經知道的事情……」

「知不知道由我來判斷，說。」

這也許就是上位者特有的威嚴吧。被他不容分說一定要遵從的氣勢逼迫下，我開始說明。除了艾格蘭緹娜想進入神殿以外，其他事情應該都能說吧。

「艾格蘭緹娜大人原先是公主，親人也在政變中亡故吧？」

「嗯，沒錯。」

「所以就是因為這樣，她才說自己兩邊都不想選。如果有國王或者奧伯．庫拉森博克的命令，她會遵從，但她自己誰也無法選擇。艾格蘭緹娜大人並不想讓自己成為權力鬥爭的源頭，這件事情大家應該都知道吧？」

我小心翼翼地觀察亞納索塔瓊斯的反應，卻見他一臉驚詫。

「艾格蘭緹娜想回到王族的身分吧？至少我是如此聽說……」

亞納索塔瓊斯說出了令我感到意外的話。我也驚訝地眨眨眼睛。

「但我聽說，是艾格蘭緹娜大人的外祖父因為收養了她，導致她失去王族的身分後，一直對此感到後悔，才想讓她重新變回王族。」

我說完，亞納索塔瓊斯咕噥說著：「原來是上一輩嗎……」然後緩緩吐出大氣。

「……那麼，艾格蘭緹娜自己並不想成為王族嗎？」

「就我聽到的，艾格蘭緹娜大人希望能過著和平安穩的生活。」

可能因為貴族說話總是拐彎抹角，也可能因為總是像這樣透過他人詢問對方的想法，所以就連只見過兩次面的我都知道的事情，彼此卻不知道。艾格蘭緹娜與亞納索塔瓊斯的認知明顯有很大的落差。

「亞納索塔瓊斯王子，接下來是我的自言自語，希望您能當作是小孩子在胡言亂語，聽過就忘了吧。我認為在討論要由誰護送之前，您與艾格蘭緹娜大人應該先當面好好談話，別再透過他人，了解彼此想要的是什麼吧？在我看來，兩位完全不了解彼此是什麼樣的心情，又渴望得到什麼。」

「妳說不了解是什麼意思？」

亞納索塔瓊斯不高興地繃著臉，但看了現在的情況以後，如果他還覺得兩人心意相通，那才奇怪吧。

「艾格蘭緹娜大人說了，兩位王子會向她求婚，都是為了接近王座。」

「不對！我是因為對艾格蘭緹娜……」

「接下來的話請別對我，直接對艾格蘭緹娜大人說吧。」

現在身體這麼不舒服，我一點也不想聽誰對誰的愛意有多濃烈，只想早點回去。

「我想亞納索塔瓊斯王子的心意已經被權力鬥爭這堵高牆擋住，對方才不認為您是發自真心。您要不要先踏出第一步，試著親口詢問艾格蘭緹娜大人的心願呢？」

不管說什麼，都以為自己是為了接近王位——這個事實似乎讓亞納索塔瓊斯深受打擊，他明顯垂頭喪氣。看他這個樣子，我也不好開口說：「既然兩人的想法相差這麼多，為了艾格蘭緹娜大人的幸福著想，您是不是該果斷放棄呢？」

「艾格蘭緹娜大人正在想辦法遠離權力鬥爭，避免與王族結婚。她還說過，若能成為奧伯·庫拉森博克就好了。但成為奧伯以後，真的就能不必與王族結婚嗎？」

「……至少可以不用嫁人。雖然女性成為奧伯的例子不多，但若真的成為奧伯，屆時就需要招贅。」

他說即便是已經訂下婚約的男女，一旦繼承人死亡，臨時需要改由女性繼承奧伯時，通常都要解除婚約。因為結婚的對象，必須要是能夠入贅的男性領主候補生。反過來說，原先預計成為奧伯的女性一旦有了能成為繼承人的弟弟，也會取消婚約。像喬琪娜與齊爾維斯特就是這樣的例子。

「雖然不知道您會優先看重艾格蘭緹娜大人的想法，還是優先看重王位，還是另有我想不到的妙計，但今後必須作出選擇，並為之努力的人都是亞納索塔瓊斯王子。」

我對王族的內情並不清楚，所以完全不曉得該怎麼做才能坐上王位，現在要果斷抽身又是否可能，若要打點好四周又該做什麼。

「雖然以艾格蘭緹娜大人現在的處境來看，要實現恐怕很困難，但我希望她能過著安穩又平靜的生活。」

「我也這麼希望。」亞納索塔瓊斯低聲說完，像是想到了什麼，嘴角往上一勾。「羅潔梅茵，妳帶來的消息比我預想的還不錯。」

看著亞納索塔瓊斯臉上充滿幹勁的表情，很明顯他一點也沒有放棄艾格蘭緹娜的意思。雖然不知道他打算怎麼做，但直到最終遭到拒絕之前，能努力就好好努力吧。如果最後的結果能讓艾格蘭緹娜獲得幸福，我覺得那也很好。

「亞納索塔瓊斯王子，還有這是我額外提供給您的意見，雖然非常無禮又苛刻，但您願意聽聽看嗎？」

「說吧。」

亞納索塔瓊斯微皺著眉，揚揚下巴要我說下去。我以手托腮，支撐著開始有些恍惚的腦袋，慢慢開口。

「其實看著艾格蘭緹娜大人練舞便會發現，她在奉獻舞上花費了很多心力。為了看起來與她程度相當，我覺得亞納索塔瓊斯王子應該更加認真地練習奉獻舞喔。否則一起跳舞的時候，會顯得相當遜色。」

亞納索塔瓊斯不快地皺起了臉，但我不予理會接著繼續說：

「還有，我可以教您在艾倫菲斯特有人甚至聽了會昏過去的情歌，您要不要練習看看呢？只不過前提是您對琴藝有自信的話……艾格蘭緹娜大人因為藝術造詣深厚，我覺得也可以試著從這方面採取攻勢。」

讚美時也不要單純只說「真厲害」，應該更具體地讚揚是哪方面做得很好。比起「艾格蘭緹娜的歌聲真美」，改成「我喜歡艾格蘭緹娜的歌聲」，也會更讓人怦然心動——聽完我的提議，亞納索塔瓊斯不高興地沉下臉，嘴角微微抽搐。

「羅潔梅茵，妳還真是暢所欲言。連我的近侍也不會說得這麼直接。」

「非常對不起。那麼，請您當作沒聽見吧。」

我覺得可以告訴他的事情已經都說了。至於亞納索塔瓊斯願不願意付諸實行，則與我無關。

亞納索塔瓊斯不耐地用指尖敲起椅子扶手。

「羅潔梅茵，那我也給妳點忠告吧。妳應該更懂得隱藏情緒，情報也別那麼輕易告訴他人，要盡可能提高情報與自己的價值才對。畢竟妳可是能帶來情報的人，妳提供得也

太隨便了。這樣只會被人看輕，占妳便宜。」

雖然表現得很不耐煩，但這些忠告無疑出自他的真心吧。我也知道自己的社交手腕並不高明，所以心懷感激地收下他的忠告。

「感謝亞納索塔瓊斯王子。我今後必將改進，還請您容許我告退。我從剛才開始頭就很暈，意識也漸漸模糊……」

喝完藥後，雖然感覺沒有那麼不舒服了，但隱隱約約的頭痛一直持續著，而且還有強烈的睡意襲來。

「歐斯溫，快叫羅潔梅茵的近侍進來！」

「我即刻就去！」

亞納索塔瓊斯猛然起身，他的首席侍從歐斯溫也快步衝向黎希達他們等著的等候室。只記得最後看見了這樣的景象，下一秒我就靠在椅子的扶手上墜入黑暗。

睜眼醒來時，我收到了亞納索塔瓊斯的道歉函。內容寫著明知我身體不適，還強行要求我報告，對此向我表達歉意。信上同時還有著來自艾格蘭緹娜的慰問，所以我猜大概是被艾格蘭緹娜罵了，他才寫了這封道歉函。

……不曉得是不是有些進展呢？但願順利就好了。

看見兩人的名字友好地並排在一起，我不由得輕笑起來。

艾倫菲斯特的返回命令

這天身體總算是恢復了。大概是累積了不少疲勞，也可能是因為現在徹底沒了體力，這次我花了整整三天才康復。

「如今您終於退燒，我總算放心了。這三天大家都嚇壞了呢。」

黎希達叮囑我今天還不能下床，然後告訴了我這三天來發生的混亂。首先，因為我在談話途中突然就失去意識，害得亞納索塔瓊斯與他的近侍們一時間不知該如何反應。而且明知我身體虛弱，還在我身體不適的情況下要求我報告，導致我昏倒，聽說歐斯溫對我感到非常歉疚。

再加上，今年剛加入的近侍們因為從未見過我暈倒的樣子，也都慌得六神無主，當下完全幫不上忙。所以黎希達說她光是抱起我，再告退離開亞納索塔瓊斯的離宮，就已經累得筋疲力竭。而且回到宿舍以後，我也沒有醒來。由於不管怎麼叫我都沒有反應，就只是癱軟地躺著不動，似乎讓柯尼留斯與韋菲利特想起了兩年前我陷入沉睡時的情景，全嚇得臉色發白。

「看來我也該向韋菲利特哥哥大人他們道歉呢。」

「請您先恢復體力吧。萬一道歉途中又感到身體不適，那就麻煩了。」

「是……」

我乖乖地躺在床上休息，但也因此得到了許可，可以閱讀從圖書館借回來的書籍，一整天在床上滾來滾去。

「黎希達，我今天可以去圖書館了嗎？」

觀察過我的臉色與身體狀況後，黎希達同意了我去圖書館。身體終於康復，我高興地跳下床。

「關於羅潔梅茵大人的身體有多麼虛弱，我早就時有耳聞。可是，實際見到您失去意識時，腦筋還是變作一片空白，完全不曉得該怎麼辦呢。」

站在房內護衛的萊歐諾蕾按著胸口如釋重負，打開房門讓我去吃早餐。她說她雖然經常看到見習騎士在訓練途中暈倒，但還是第一次看到明明什麼也沒做的人，就這麼突然倒下。因為不明白我為何暈倒，她才不知道該怎麼處置，一時方寸大亂。

「羅潔梅茵大人，早安。」

來到二樓，哈特姆特與柯尼留斯正在等我。兩人看見我後，一致安心地放鬆了臉部表情。

「看來我也讓哈特姆特嚇了一大跳呢。」

「我可是嚇得魂不附體。在羅潔梅茵大人首次亮相的那一年，與您一起待過兒童室的人，都見過您被雪球打中後暈倒，但我還是頭一次……」

哈特姆特雖然也聽母親奧黛麗提起過，但還是大吃一驚。

來到餐廳坐下後，韋菲利特用非常懷疑的眼神看向黎希達問：「羅潔梅茵現在真的可以走動了嗎？」

「昨日一整天大小姐都沒有發燒，還有力氣看書，體力應該是都恢復了。」

「是嘛。羅潔梅茵，那妳回艾倫菲斯特吧。」

「咦？這是什麼意思？」

我側過臉龐，韋菲利特慢慢吐氣說了：「吃完早餐再向妳說明。」不明白為何要返回艾倫菲斯特的我一邊歪著頭，一邊吃完早餐。隨後韋菲利特與我，還有兩人的近侍們一起進入房間談話。

「我收到了這個，是要求妳返回艾倫菲斯特的命令。」

韋菲利特遞來的，是齊爾維斯特與斐迪南寫的信。

內容大致上就是：「既然課都修完了，那就馬上回來。」「有不少事情都在等著她回來說明。只看報告書根本不明白。」「羅潔梅茵一直惹出始料未及的麻煩，最好先讓她離開貴族院。」……等等諸如此類。兩人似乎要我把接下來的社交活動都交給韋菲利特，我則是返回艾倫菲斯特，接受監護人們的審問大會。

「我、我不要！之前不是說過，我可以待到奉獻儀式之前嗎！現在還有大約十天的時間吧！我要待到最後一天，每天都去圖書館！」

原本我美好的圖書館生活就已經沒剩下多少時間，這次又因為身體不舒服，少掉了整整四天。我一定要阻止讀書時間再被減少。

「羅潔梅茵，這是奧伯・艾倫菲斯特的命令。」

「我、我因為身體不適，奉獻儀式之前都無法返回艾倫菲斯特。為了恢復活力與獲得精神上的安定，我必須待在圖書館。」
「羅潔梅茵，一看就知道妳腦袋現在一片混亂。妳到底在說什麼啊？」
韋菲利特傻眼地看著我，盤起手臂。
「因為這太突然了嘛！」
「沒錯！這實在太突然了！」
忽然有人大聲贊同不願返回領地的我，那就是安潔莉卡。
「羅潔梅茵大人還不能回去！我已經預約了最後一門學科的考試時間，就是在三天後！我預計通過這門考試，然後請羅潔梅茵大人教我第四階段的魔力壓縮法。羅潔梅茵大人，還請不要回去！至少再三天！再三天才可以！」
我絕不讓您回去——安潔莉卡緊抱住我，我也用力抱住她。有了這麼珍貴的同伴，一定要好好珍惜。
「沒錯。不只安潔莉卡的考試，我還答應了要向亞納索塔瓊斯王子呈獻樂譜，也要對艾格蘭緹娜大人的慰問表達感謝。如果要回去很長一段時間，也必須為休華茲與懷斯提供魔力。我得先作好很多的準備，所以不能馬上回去。」
我接連列出了回去前該完成的事情以後，黎希達也點點頭。
「說得也是。不在的這段期間，許多事情是應該先作好安排。首先，大小姐必須向亞納索塔瓊斯王子與艾格蘭緹娜大人稟報一聲，自己將離開貴族院一段時間。如此一來，還在貴族院的韋菲利特小少爺才不會苦於無法應對。」
「的確，如果沒先向王族稟報，萬一有什麼事就糟糕了。」

先前在屏退近侍後所談論的那些內容，我不能對外洩露半個字。所以我回去以後，就會變成是什麼也不知道的韋菲利特必須回應王族的要求。大概是感覺到了韋菲利特開始願意讓步，至今不得不陪著安潔莉卡一起讀書的見習騎士們，還有安潔莉卡能否合格，也關係到自己能否學到第四階段魔力壓縮法的我的近侍們，全部不約而同點頭。

「我們也希望能把時間延到安潔莉卡通過考試以後。」

「安潔莉卡能否畢業，攸關到了艾倫菲斯特是否會出現留級生。」

「三天，只要三天就夠了。請再給我們一點準備時間。」

一旦失去了魔力壓縮法這個誘餌，安潔莉卡的幹勁肯定會直線下降，甚至讓人不忍直視。而且也能預見明明只剩下最後一門學科了，安潔莉卡卻遲遲無法過關。見習騎士們都知道安潔莉卡去年是什麼樣子，所以齊心合力，想打鐵趁熱讓她修完學科。

「安潔莉卡，妳的成績糟到了有可能無法畢業嗎？」

「是的！我每一門學科都是勉強合格！」

……安潔莉卡，這種話不值得說得那麼自豪喔。

今年為了魔力壓縮法，我非常努力讀書──安潔莉卡得意地挺胸說道。但她那張得意洋洋的臉龐，更襯托出了她令人遺憾的那一面。

「韋菲利特大人，等安潔莉卡考完試，我們會立即讓羅潔梅茵大人返回艾倫菲斯特。所有近侍將一同負起責任，讓羅潔梅茵大人遠離書本，送她回去。所以，拜託您了……請再給我們三天的時間。」

「柯尼留斯，你們這麼對我好像太過分了喔?!」

所有人充滿迫切的懇求似乎打動了韋菲利特。沉思過後，他抬起頭來。

「好吧。我會向父親大人進言，再給你們三天的準備時間，趁這三天把該做的事情做完吧。下一次的土之日便要返回艾倫菲斯特。羅潔梅茵，聽到了嗎？」

韋菲利特環顧大家說道，所有人也都鬥志昂揚，一臉像在說著「好耶！」的表情點頭。居然要提早大約一週回去，我內心非常不滿，但眼看大家都接受了，我一個人說什麼也沒用。我只能沮喪地垂著腦袋，心不甘情不願點頭。

「……我知道了。」

由於比起轉移物品用的轉移陣，移動活人的轉移陣需要耗費更多魔力，所以有事向艾倫菲斯特稟報時，基本上都是利用木板與信件。

轉移廳裡有騎士負責看守，他們接到赫思爾的奧多南茲以後，會寫成報告書再送回艾倫菲斯特。聽說韋菲利特最近都把我惹的麻煩寫下來，幾乎是每天都送木板回去。也是因為這樣，奧伯才送來了命令，要求我返回艾倫菲斯特。

……可惡，都是韋菲利特哥哥大人害的嘛！

開始作準備後，我在寄回艾倫菲斯特的信上寫道：「奉獻儀式時我會帶艾拉一起回去，請送來代替她的廚師。」然後請騎士送出。因為都要回神殿舉行奉獻儀式了，只由妮可拉一個人負責煮飯會太辛苦。至於在考慮要帶哪個專屬廚師回去時，答案當然只有一個。我不可能在沒有人能出面保護的情況下，把艾拉獨自留在貴族院。

「韋菲利特哥哥大人，我能把羅吉娜也帶回去嗎？」

「我是希望她能留下來。因為現在樂師當中，羅吉娜的琴藝最好，她還得到了音樂老師們的盛讚吧？接下來的社交活動會需要她。」

韋菲利特說了，接下來出席茶會時都需要有羅吉娜陪同。因為她能夠彈奏多首目前在艾倫菲斯特流行的新曲，而且來到貴族院以後，也持續在創作新曲。連老師們與艾格蘭緹娜都認可了她的琴藝精湛，那麼出席社交活動時，為了讓艾倫菲斯特能稍微占有優勢，需要她的幫忙。

「既然如此，那羅吉娜就拜託韋菲利特哥哥大人了。請您千萬小心，別讓羅吉娜遇到不愉快的事情，也別被人拉攏走唷。」

「我知道。她是羅潔梅茵重要的樂師啊，我不會讓人隨便對待她。」

有了韋菲利特的擔保，我決定把羅吉娜交給他。由於不能一起回去，有不少事情要請羅吉娜先幫我完成。

「……所以就是這樣，要麻煩羅吉娜留下來參加社交活動。還有，有幾份樂譜想請妳盡快寫出來，妳有時間嗎？分別是獻給光之女神、獻給睿智女神和獻給土之女神，這三首曲子的樂譜。我打算把獻給光之女神的曲子帶回去，請斐迪南大人過目。」

「關於可以再如何編曲，還請您一定要問問斐迪南大人的意見。」

獻給光之女神與睿智女神這兩首曲子的樂譜，我準備用來討好斐迪南。看見新的樂譜，說不定他審問我時就會稍微手下留情。我在心裡懷抱些許期待。至於獻給土之女神的曲子，就是從前曾讓人昏迷過去的那首情歌，要獻給亞納索塔瓊斯。因為奧伯規定，還不能讓印刷品出現在貴族院，所以我請羅吉娜以手寫方式寫下樂譜，自己再寫了信對慰問表達感謝，並稟報自己暫時都不在貴族院，然後連同樂譜送去給亞納索塔瓊斯。

……我覺得歌詞剛好很適合呢。

這首歌的歌詞是想知道妳的幸福、不想在還不了解的情況下結束，我認為正好非常符合亞納索塔瓊斯現在的心境。只要勤加練習，帶著情感唱出來，就算不至於讓艾格蘭緹娜昏迷過去，也應該能稍微拉近她的心。

此外，因為我對亞納索塔瓊斯做了不少失禮的舉動，也想努力為自己加分。我「嗯……」地沉吟，在報告自己暫時不在的信函上，又補充寫道：「我將在下一次的土之日回去，若能在那之前告訴我艾格蘭緹娜大人喜歡的花朵與顏色，便能訂做髮飾。要不要在畢業儀式時贈送髮飾給艾格蘭緹娜大人呢？」同時，我也寄了信向艾格蘭緹娜表達對慰問的感謝，並告知自己將暫時離開。內容還寫道：「我會去買絲髮精回來。」

拜託布倫希爾德送出信函的隔天，亞納索塔瓊斯捎來了情緒激動不已的奧多南茲。

「羅潔梅茵，做得好啊。這首曲子太優秀了！還有，我聽說艾格蘭緹娜的服裝是紅色，喜歡的花是蔻拉蓮耶。髮飾就配合這些……」

整篇傳話的重點，就在於艾格蘭緹娜喜歡外形像百合的蔻拉蓮耶，還有屆時會穿紅色的服裝，也就是只有最一開始而已。之後就是對艾格蘭緹娜滔滔不絕的讚美，被迫聽了三次以後，我真的感到非常厭煩。

「我知道了。」這麼回覆亞納索塔瓊斯以後，我便前往圖書館。看書雖然重要，但這天的最主要目的是為休華茲與懷斯提供魔力。感覺奉獻儀式結束後，也無法馬上回來，所以要盡量多提供一點。

「哎呀，羅潔梅茵大人。好幾天沒見到您，我正感到擔心呢。看到您氣色不錯，我就放心了。」

索蘭芝上一次見到我，是我被亞納索塔瓊斯帶走的時候。在那之後總是每天來圖書館、從開館待到閉館為止的我就突然沒再出現，我想一定讓她很擔心吧。

「因為先前身體有些不適，讓您擔心了。由於我暫時要離開貴族院，所以今天來向您報告一聲，並為休華茲與懷斯提供魔力。」

「感謝您特意費心。」

索蘭芝叫來了休華茲與懷斯，兩人張著圓滾滾的金色眼眸仰頭看我。

「公主殿下，要回去？」

「公主殿下，再也不來了？」

「因為有重要的事情，所以我暫時要返回艾倫菲斯特，但領地對抗戰之前會再回來。」

我這麼說著，往休華茲與懷斯額頭上的魔石伸出手。盡可能多注入了魔力以後，我輕輕嘆口氣。

「這樣一來，我想暫時應該都沒問題。」

「羅潔梅茵大人，您身為領主候補生，許多職責都需要大量魔力，卻還願意為休華茲與懷斯補充魔力，真的非常感謝您。」

後來，我本打算悠哉地在圖書館享受最後的讀書時光，赫思爾寄來的奧多南茲卻阻撓了我。

「羅潔梅茵大人，妳要返回艾倫菲斯特，怎麼可以不跟我說一聲呢。請馬上回宿舍來。」

舍監要求我回去，總不能當作沒有聽見。要是充耳不聞，赫思爾肯定會跑來圖書館。為了不給旁人造成困擾，我只好感到想哭地闔上書本。

「……在給圖書館造成麻煩前先回去吧。休華茲、懷斯，你們要好好幫索蘭芝老師的忙喔。」

「知道了，公主殿下。」

「要幫忙。」

道別完返回宿舍後，只見赫思爾搬來了大量的整疊紙張與木箱，正等著我回來。

「既然妳要返回艾倫菲斯特，幫我把這些東西交給斐迪南大人吧。關於休華茲與懷斯衣服上還有肚子上的魔法陣，我都已經整理好了，還附上了我查到的資料。下次回來之前，幫我問問斐迪南大人有什麼看法。還有，這個是斐迪南大人以前製作的魔導具，現在故障了，我想請他修好。」

堆疊起來的好幾個木箱全是要給斐迪南的東西。她說因為斐迪南先前進入神殿以後，就此斷了音訊，才累積了這麼多東西要給他。

近侍們都忙著整理與打包要給斐迪南的物品，在沒人能陪同的情形下，我也無法前往圖書館。返回艾倫菲斯特前的最後一天，我整個人無精打采，只能整理大家蒐集來的情報、計算該準備多少報酬，還有擬訂對策，準備迎接監護人們的審問大會。

由於安潔莉卡的合格與否，也關係到了自己能否學到魔力壓縮法，所以我的近侍們，還有不想讓至今的努力化為烏有的見習騎士們，全部團結一致，指導安潔莉卡如何通過學科。安潔莉卡幾乎快睜不開眼睛，但也散發出了教人不敢隨意靠近的氣勢，迎戰最後一場考試。為了不辜負大家的期望，並且實現自己的目的，安潔莉卡應試時全力以赴，最終得到了低空飛過的成績凱旋歸來。聽說老師還落下熱淚，對她說：「現在還有時間，我建議妳應該再重考一次……」安潔莉卡轉述時一臉自豪。

「這下子我終於修完所有的課了！」

術科總是一下子就通過，卻常常被學科絆住腳步的安潔莉卡一派神清氣爽，宣布自己修完了所有課程。

「現在既能學習魔力壓縮法的第四階段，也終於能執行護衛任務了。」

安潔莉卡說著，臉上是充滿了成就感的笑容。這次要和我一起回去的，有首席侍從黎希達，以及修完了課的柯尼留斯、安潔莉卡與萊歐諾蕾。優蒂特、布倫希爾德與莉瑟蕾塔都還有術科課，至於文官，我希望他們能留在貴族院，繼續蒐集情報。

「菲里妮、哈特姆特，接下來貴族院的社交活動就要正式開始了。屆時想必到處都有各式各樣的情報，再麻煩你們蒐集了。」

「遵命。」

「見習騎士中還沒修完所有課的人，居然就只有我而已……」

想一起回去的優蒂特咳聲嘆氣，但還沒修完也無可奈何。優蒂特因為成績很平均，學科與術科都沒有特別擅長與不擅長的科目，所以要再一點時間。但是，她和安潔莉卡不一樣，並沒有哪個領域特別不拿手。況且貴族院現在都還沒有正式進入社交時期，所以從這點來看，優蒂特這樣其實不算慢。

「莉瑟蕾塔、布倫希爾德，韋菲利特哥哥大人要參加茶會時，再麻煩妳們為哥哥大人的侍從提供建言了。」

「遵命。」

與近侍們打完招呼，把接下來的事情交給韋菲利特，我踏進了有轉移陣的房間。

「羅潔梅茵大人，另一邊顯然正翹首期盼著您回去呢。光是今天一天，就已經收到三次奧伯．艾倫菲斯特寄來的木板了。」

負責看守的騎士面帶苦笑，向我展示木板，上頭簡潔有力地寫著：「還沒嗎？」從那潦草的字跡，可以感受到對方難以言表的焦躁，我後頸一涼。

用轉移陣進行移動時，一次最多只能三人。我、黎希達與柯尼留斯率先走進轉移陣。轉移用的魔法陣內充滿魔力，旋即發出黑金兩色的光芒。與此同時，鑲在胸針上的魔石亮了起來。眼前的空間搖晃扭曲，瞬間一陣暈眩感襲來。

眨眨眼睛之後，熟悉的臉龐已經成排出現在眼前。其中夏綠蒂最先向我跑來。她不安地垂著眉尾，淚汪汪的雙眼注視著我。

「姊姊大人，歡迎回來。聽說您暈倒後整整三天都沒有退燒，現在身體好些了嗎？」

「夏綠蒂，我回來了。嗯，我現在已經沒事了喔。」

我們走出魔法陣，好讓安潔莉卡與萊歐諾蕾可以接著回來，往等候室移動。

「羅潔梅茵，看妳氣色不錯，我就放心了。」

「祖父大人。」

「妳瞧，我也好好鍛鍊過達穆爾了。」

雖然覺得達穆爾身上的傷痕好像增加不少，但他的體格變結實了，以前那種很好欺負的感覺也淡了許多，五官變得比較精悍。

「……我想一定很辛苦吧。不過，看起來好像變強了一點唷。」

「羅潔梅茵大人，真高興您回來了……我是發自內心。」

達穆爾充滿了真切情感的發言讓我輕笑出聲。這時，卡斯泰德跨著大步走來。

「羅潔梅茵，聽說妳參加了奪寶迪塔時，我嚇得幾乎去了半條命。」

「父親大人……」

儘管嘴上說著「我很擔心」，卡斯泰德的眼神卻像在說快點詳細說明。艾薇拉往前一站，制止了他。

「聽說這件事時，我也吃驚得差點暈過去呢。妳分明不是見習騎士，怎麼會參加迪塔呢？柯尼留斯身為護衛騎士，都沒有阻止妳嗎？」

艾薇拉瞪向柯尼留斯，我慌忙阻止她。

「母親大人，這不是柯尼留斯哥哥大人的錯。是我說要參加的。」

「我阻止過了，但阻止不了她。洛飛老師又興高采烈地同意她參加，所以我也無能為力。」

柯尼留斯說完，芙蘿洛翠亞輕嘆口氣說了：「洛飛一定覺得很有趣吧。」聽說戴肯弗爾格的迪塔實力會變強，都是由洛飛鍛鍊起來的。洛飛還是學生的時候，芙蘿洛翠亞就親眼看著戴肯弗爾格的實力越變越堅強。聽到她這麼說，大家都發出了五味雜陳、帶有著死心意味的嘆息。

「聽說妳贏了戴肯弗爾格吧？今後洛飛會不斷提出再次對戰的要求唷。」

「……屆時會由見習騎士們努力應戰，我不會再參加了。請放心吧。」

「我也希望如此……」芙蘿洛翠亞回道，這句話真是讓我對未來感到不安。聽說洛飛非常會死纏爛打，一旦認定了是戴肯弗爾格的勁敵，就會緊咬不放。

……我才不想知道這種情報。

我無力地垮下肩膀。這時，有人猛然一掌扣住我的右肩，是笑容非常燦爛的齊爾維斯特。發現他深綠色眼眸裡沒有半點笑意，我的臉頰抽搐一僵。

「羅潔梅茵，妳動作還真慢。我一心期盼著妳的歸來喔。」

「……養父大人，有什麼事情需要您一心期盼嗎？」

「當然有，說是前所未聞的異常事態也不為過。往年貴族院都是一週才寄來一次報告書，內容也都是『並無任何異常』。然而到了今年，我卻接連不斷地收到報告與詢問，韋菲利特也幾乎每天都寄來內容不知所云的報告書，我們自然也只能得出問本人最快的結論。」

韋菲利特顯然相當頻繁地送回來報告書，但要是內容不知所云，那報告書還有什麼意義可言呢。

「那不應該叫我回來，應該要指導韋菲利特哥哥大人寫好報告書才對吧？」

「並不是韋菲利特的報告書讓人看不懂！而是妳的行為太莫名其妙！內容就只有羅潔梅茵去圖書館辦理登記以後，成了王族魔導具的主人，一點前因後果也沒有，這樣誰看得懂！快點說明清楚！等一下過來我辦公室。」

……那果然要怪韋菲利特哥哥大人寫得不好嘛。

只要每件事都寫清楚來龍去脈，我並不覺得自己的行為莫名其妙啊。我「嗯……」地這樣暗想道。這時，除了齊爾維斯特，又有人一掌扣住我另外一邊的肩膀。抬起頭後，眼前就是帶著冰冷笑容的斐迪南。他的金色眼眸裡也沒有絲毫笑意。

「羅潔梅茵，歡迎回來。妳回來得還真慢。」

「斐迪南大人，我回來了。距離奉獻儀式還有好幾天的時間，我倒覺得自己比預期提早了很多呢……」

被迫與圖書館分開的怨恨可是非常深重——我仰頭瞪向斐迪南，卻見他眉頭深鎖。

「我記得我告訴過妳，要盡快通過考試，務必在惹出無謂的麻煩前回來吧。」

「有嗎？我只記得您說過在修完所有課程之前，禁止我踏進圖書館，但剛才那些話我一點印象也沒有呢。」

我們兩人「唔呼呼」「喔呵呵」地假笑了一會兒後，斐迪南臉上依然帶著若有似無的笑意，倏地瞇起眼睛。

「接下來要問妳的問題多得數不清。究竟是發生了什麼事情，妳才會與庫拉森博克以及第二王子舉辦私人的茶會？根據茶會上的談話內容與交流程度，將決定艾倫菲斯特是否加入第二王子的派系。妳應該不會告訴我們，妳什麼也沒想就舉辦了茶會吧？」

……嗚噫！對不起！因為這個王子真的很麻煩，我又滿腦子只想著要去圖書館看書！

「好了，走吧。在奉獻儀式之前，還有很多時間能聽妳說明。」

「……是。」

就這樣，我才剛返回艾倫菲斯特，便被監護者三人強行帶往領主辦公室。

審問大會

開始說明吧──在這樣的指示下，我往領主辦公室裡放置在正中央的那張椅子坐下，內心冷汗直流，看向團團圍住自己的三名監護人。

……嗚噫，三個人的表情都好可怕。

「其他人退下。有我、卡斯泰德與斐迪南聽她說明即可。」

「齊爾維斯特大人，不需要有人補充說明大小姐昏睡時發生的事情嗎？」

「等聽完羅潔梅茵的說明，有必要會再問妳。現在先退下吧，黎希達。」

齊爾維斯特與斐迪南一樣眉頭皺出深溝，命令我的近侍們退下。黎希達他們擔心地看了我一眼後，走出辦公室。

……不要啊，別丟下我一個人！

看著無情關上的門扉，我已經開始感到想哭。心情就像是參加絕對不講情面的高壓面試。我惶惶不安，尋找著逃跑的途徑。斐迪南聳了聳肩後，左右搖頭。

「我們這麼做也是迫於無奈。妳先前與王子談話時，也屏退了所有近侍。這是連王族都判定不該被人聽見的事情，所以我們也該遵從他的決定。」

「意思是要我把跟亞納索塔瓊斯王子的對話內容，全部告訴你們嗎？」

「沒錯。若不了解清楚，我們也無法確立艾倫菲斯特今後的行動方針。」

齊爾維斯特這麼說道。但是，一想到要說明亞納索塔瓊斯那只涉及個人情感的戀愛煩惱，我就覺得有些提不起勁，也很害怕被他知道我洩露出去。

「但這真的是非常私人的事情，我想亞納索塔瓊斯王子不會願意我告訴別人。」

「倘若妳是尋常的貴族，我們也沒必要向妳追問。但是，妳老是做出我們預料之外的舉動，所以妳得一五一十老實說出來，否則我們也無法提醒妳今後在行動時該注意哪些事情。」

的確，我很需要有人提醒我今後在行動時該注意哪些事情，還有應該遵守哪些原則。畢竟我很有可能在不自覺的情況下，無意識地做出不合常理的舉動。我點頭後，齊爾維斯特往自己的座位坐下。卡斯泰德站到他的身後，斐迪南則坐在平常文官處理文書工作的位置上，指尖敲起辦公桌。

「羅潔梅茵，那妳開始說明吧。妳究竟是如何與只有一年時間會同時在貴族院的王族，發展成了能如此深交的關係？王子既然屏退了侍從，你們應該聊了很私人的話題。」

「……咦？我們這樣算是有深交的關係嗎？」

斐迪南說的這些話讓我感到意外，疑惑地歪過腦袋。我因為發過誓絕不會主動接近他，所以只有在他召見的時候才見面，基本上談話內容也都是關於艾格蘭緹娜。我一點也不覺得自己與亞納索塔瓊斯的關係算是深交。

「這些事情我都是順勢而為，也算是不可抗力。因為無法違抗王族的命令，我只是遵照他的指示，事情就變成這樣了。」

「……妳說什麼？」

明明我回答得再認真不過，齊爾維斯特卻對我露出猙獰的表情。但他的表情再兇狠，事實就是事實。「簡直莫名其妙。」斐迪南這樣說道，翻開自己手上的幾張紙。

「妳頭一次接觸到王子是什麼時候？根據我們收到的報告書，初次接觸應該是奉獻舞課，但如果妳還有想到其他可能，快老實招來。」

「呃……交流會的問候才是初次接觸喔。他還當場對我品頭論足，說我與傳聞中的聖女不一樣。」

我說了交流會上向王子問候時的情況後，三人一致抱頭。齊爾維斯特更是按著眉心，發出呻吟。

「羅潔梅茵，這件事我完全沒聽說。妳真的這樣當面挑釁王族嗎？」

「因為他一直找碴，我只是有些不高興，並沒有挑釁的意思啊……」

我邊回答邊眼神飄移不定，只見斐迪南露出了讓人背脊發涼的笑容，還用平靜的語氣說：「妳回答裡的嘲弄與挖苦，有耳朵的人都聽得出來。真教人頭疼。」看見斐迪南充滿怒氣，又讓人直打冷顫的笑容，我「嗚噫」地倒吸口氣。卡斯泰德也搖頭嘆氣。

「第一次見面就聽到這種話，想必王子也不知該如何反應吧。」

哎呀……看來我從一開始就做錯了呢。

「我終於明白了。原來是因為我一開始向他挑釁，亞納索塔瓊斯王子在奉獻舞課上，才又表現出了那麼討人厭的態度吧。」

「快說明清楚，事實似乎與我們收到的報告書有很大的出入。」

斐迪南敲著手邊的紙張問我，我於是描述了奉獻舞課時的情況。還說了亞納索塔瓊斯懷疑我使計在接近他，我便發誓絕對不會主動靠近他半步。齊爾維斯特努力揉開他緊皺的眉心，瞪著我說：

「我真同情王子，他大概還是頭一次遇到這麼不符合自己常識的人吧。」

……總是任性妄為的養父大人真沒資格說呢。

「總之，我因為想要遠離麻煩，也不希望被別人以為我以亞納索塔瓊斯王子為目標，所以左思右想之後，才想出了這樣的回答。」

「艾倫菲斯特只是弱小的領地，萬一與王族扯上關係，只會為自己惹來麻煩，所以妳的想法本身沒有錯。只不過，妳每次採取的解決方式都很糟糕。」

他們說我應該用更溫和而且委婉的言詞加以否認。三名監護人甚至表示，等春天一到，我就要接受社交方面的特訓。光想像就讓人心情鬱悶。

「但是，妳明明已經用難以想像是貴族的方式堅決否認了，為何接觸次數反而增加？」

「所以我說了，一切都是巧合。接下來的接觸，是在與音樂老師們舉辦茶會的時候。因為艾格蘭緹娜大人要參加，亞納索塔瓊斯王子便臨時要求加入。老師們還問我是否同意王子一起出席，我怎麼可能說不嘛。」

「是啊，妳沒有拒絕是正確的。」

齊爾維斯特按著腹部點一點頭。我接著說了茶會上，亞納索塔瓊斯一下子要我作曲，一下子又說他不要了，仗著王族身分頤指氣使以後，又不高興地自己走掉，最後是艾格蘭緹娜幫忙調解。

「啊，那時候老師們還說到了養父大人就讀貴族院時的事情喔。聽說您向芙蘿洛翠亞大人求愛的模樣，與現在的亞納索塔瓊斯王子如出一轍呢。」

「現在馬上給我忘掉！」

啊啊啊啊——齊爾維斯特基於與剛才完全不同的理由抱頭哀嚎，但我搖了搖頭回答：

「不可能了喔。」而且那場茶會上，我的近侍也在，黎希達也聽到了。

「雖然沒辦法忘記，但我可以為您向韋菲利特哥哥大人與夏綠蒂保密。」

「齊爾維斯特這件事只要是有一定年齡的貴族，艾倫菲斯特裡沒人不知道。不過，王子這些情報倒是相當有用。原來第二王子鍾情於庫拉森博克的領主候補生。」

斐迪南看著我，淡金色眼眸發出犀利光芒。看來在貴族院裡司空見慣的光景，對於監護人們來說卻相當新奇。怪不得為了貴族院的情報，願意掏出錢來。我再接著提供了音樂老師們告訴我的消息。

「那麼，這則情報也有用嗎？老師們告訴我，艾格蘭緹娜大人是在政變中亡故的第三王子之女兒，後來才成為外祖父，也就是前任奧伯．庫拉森博克的養女。」

三人聽了，都輕吸一口氣，張大眼睛。

「艾格蘭緹娜大人的外祖父希望她能變回王族，第一王子與第二王子都是聽了此事之後，分別向她求婚。據說艾格蘭緹娜大人選擇的人，可以更加接近王座。」

「……羅潔梅茵，妳已經深陷其中了。恐怕只有與王族非常親近的貴族，才會知道這些消息。齊爾維斯特，快點決定要站哪一邊吧。現在有羅潔梅茵在，你再怎麼抗拒也會被捲進去。」

斐迪南這麼說完，齊爾維斯特的表情倏地變得嚴肅。我見了不禁垮下肩膀。艾倫菲斯特以前就是因為保持中立，才沒有被上次的政變波及。然而，現在卻因為我與亞納索塔瓊斯走得太近，有很高的機率被牽扯進去。

……要是因為我的關係，害得領地陷入動盪怎麼辦？

「羅潔梅茵，妳還沒說明王子為何召見妳。妳與王子不只在茶會上有過接觸吧？」

「要說明這件事情的話，必須從休華茲與懷斯開始說起呢。」

「就是妳去圖書館辦理登記後，成了魔導具的主人這件事吧？就算看了報告書，我們還是一頭霧水。」

齊爾維斯特催促我往下說，我點點頭後開口。

「因為韋菲利特哥哥大人說了，直到所有一年級生的學科都合格為止，不准我去圖書館辦理登記，所以我想盡了辦法督促一年級生們讀書。後來，因為所有人都合格了，又能去圖書館辦理登記，我高興得完全無法控制自己的情緒，再加上還不習慣操控尤列汾藥水融解出來的魔力，向神獻上祈禱以後，魔力突然往外飛出，我就成為休華茲與懷斯的主人了。」

「……大致和我預想的差不多。但是，休華茲與懷斯應該已經有主人了。妳是因為魔力量太過龐大，強制性地成了他們的主人嗎？」

聽見斐迪南這麼說，我發覺知道貴族院圖書館變化的人真的不多。已經畢業、只知道從前貴族院情況的人，都以為休華茲與懷斯理所當然仍在運作；而現在的學生，甚至不知道休華茲與懷斯的存在。我告訴斐迪南，因為政變的關係，中央進行肅清以後，現在上級貴族的圖書館員已經不在了；而身為中級貴族的索蘭芝成為主人後，無法為兩人灌注足夠的魔力。

「那些圖書館員對藏書瞭若指掌，過去也對我多有關照……這樣啊，已經不在了。」

「雖然聽說過肅清以後，對許多方面都造成了不良影響，但居然連貴族院的圖書館也補充不了人手，看來中央也是焦頭爛額吧。」

齊爾維斯特趴在桌上，深深嘆了口氣。艾倫菲斯特因為在政變時保持中立，中央又都是獲勝者方的人馬，所以沒有什麼往來。再加上至今的成績平平無奇，很少受邀參加上位領地舉辦的茶會，也打聽不到多少情報。

「若沒有休華茲與懷斯，索蘭芝老師工作起來會很辛苦。我雖然提議要幫忙，但因為我是領主候補生，籍貫不能遷入中央，所以變成了只是在學期間提供魔力。亞納索塔瓊斯王子說了，只要我是基於好心幫忙，他都不會過問。」

「……當初把羅潔梅茵收為領主的養女，實在是明智之舉。如果還是我的女兒，身分是上級貴族，羅潔梅茵很可能在學期間就被中央拉攏過去了。」

卡斯泰德用深感慶幸的語氣說完，齊爾維斯特便得意挺胸說：「是我英明。」我個人倒是很希望能把籍貫遷入中央，擔任貴族院的圖書館員呢。

「話說回來，竟然只是給予祝福，沒有用手觸摸就變成主人，妳真是超乎常人所能想像……哎，也罷。根據赫思爾的報告，為他們量身時發現了大量魔法陣吧？這部分妳之後再向我仔細說明。」

「啊，赫思爾老師託我帶了很多東西，都要交給斐迪南大人喔。好像是您從前製作的魔導具故障了，想請您修理。還有，關於休華茲與懷斯，也有事情需要斐迪南大人幫忙。」

斐迪南的嘴角有些欣喜地往上揚起。看見他的心情似乎變好，我順便說明了另一樣要送給他的禮物。

「除此之外，我還與羅吉娜一同作曲，寫好了要獻給睿智女神與獻給光之女神的曲子，也會把樂譜送給斐迪南大人。請您過目以後，再對編曲提供一些意見吧。因為獻給光之女神的曲子會經由亞納索塔瓊斯王子，呈獻給艾格蘭緹娜大人。」

「……羅潔梅茵，這件事我可從來沒聽說。」

齊爾維斯特不高興地開口說道，但我把頭一歪。

「我剛才不是說了嗎？亞納索塔瓊斯王子一下子要求我作曲，一下子又說他不要了，最終我還惹了他不高興……但他會有這些莫名其妙的舉動，其實都是因為愛慕著艾格蘭緹娜大人。而且因為要求作曲的人也是他，所以我在想，由王子送給艾格蘭緹娜大人比較好吧？」

還是乾脆跳過王子，直接送給艾格蘭緹娜比較好呢？我這麼詢問後，斐迪南按住太陽穴。

「妳要先問過王子的意見，別擅自決定。」

「咦？可是，我已經保證過絕對不會主動聯絡他，所以我不能這麼做。」

我不能違背向王族立下的誓言——我搖了搖頭說。

「羅潔梅茵，難道妳就因為這種理由，打算對王族的要求置之不理嗎?!」

「才不是置之不理呢，請別說這種會招來誤解的話……我只是被動等待而已。我只能靜靜等著亞納索塔瓊斯王子與我聯繫。等他想起來有需要的時候，就會來找我喔。」

「妳是笨蛋嗎？王子怎麼可能去找妳。」

「是真的。我之前就是在圖書館開心看書的時候，突然被王子帶走。」

想起寶貴的讀書時間不僅因此減少了，後來又因為暈倒，導致我好幾天都不能去圖書館，我不禁感到生氣。然而，三人聽了都震驚得瞠大雙眼，盯著我瞧。

「羅潔梅茵！妳說妳被王子帶走，所以不是妳在圖書館時接到召見，而是王子去接妳嗎?!妳怎能如此沒有常識！」

「咦？可是，我又不想接近王子，也發過誓不會跟他聯絡……」

「羅潔梅茵，立即收回妳的誓言。妳也不希望以後老是突然被王子帶走吧？妳想讓旁人以為，妳是王子必須特意前來迎接的對象嗎？到時只會傳出難以平息的謠言，還會增加不必要的敵人，妳再也無法悠哉看書。」

三人說了，明明只用奧多南茲與書信便能解決的事情，如果都要特意召見，反而會占用到我更多的讀書時間。我聽完雙手按住臉頰，「噫──！」地用力吸氣。

「回貴族院以後我馬上收回誓言！我不想再讓讀書時間減少了！」

「唉……看來妳在參加完該出席的基本社交活動後，其餘時間便待在圖書館，對所有人來說都最安全，也最能安心吧。」

斐迪南一臉疲憊，用感慨萬千的語氣這麼說道。聞言，我內心對斐迪南的好感度立即直線上升。竟然會說出我應該盡可能待在圖書館這種話，我甚至想把今天設定為紀念日！我高興得猛然起身，往上舉起雙手。

「哇啊，斐迪南大人在我眼中簡直像神一樣！祈禱獻……」

「不需要祈禱，坐下。」

難得我想獻上祈禱，卻被打斷了。真可惜。

「羅潔梅茵，妳還有其他與王族有關的麻煩嗎？拜託了，快告訴我妳除了這些以外什麼都沒做！」

齊爾維斯特發出了悲痛的吶喊。我開始回想自己的舉動。被亞納索塔瓊斯帶走以後，我喝了藥，意識開始朦朧，然後就暈倒了。

「王子究竟為什麼要帶走妳？」

「是因為滿腦子只有艾格蘭緹娜大人吧。他想知道我與艾格蘭緹娜大人在茶會上聊了些什麼。」

我告訴三人，艾格蘭緹娜因為害怕成為鬥爭的源頭，無法選擇其中一人在畢業儀式上護送她，也說了亞納索塔瓊斯似乎想到了什麼辦法。

「除此之外……我把獻給土之女神的曲子，教給了亞納索塔瓊斯王子。還有，因為我對王子說了相當失禮的事情，所以為表歉意，我建議他可以贈送髮飾給艾格蘭緹娜大人，他也非常高興地委託了我訂做。大概就是這些了吧。」

「慢著。為什麼在建議王子訂做髮飾之前，妳沒有先與我們商量？」

「咦？……因為我也是臨時起意。在寫信感謝亞納索塔瓊斯王子的慰問，並向他報告我暫時要離開貴族院時，突然想到好像該討好他。」

在準備回來的短短三天裡頭，妳又做了蠢事嗎?!三名監護人一致橫眉豎目。斐迪南忽然起身，臉上帶著充滿寒意的笑容逼近我，然後我的臉頰被他用力往兩邊拉。

「羅潔梅茵，我不是教導過妳，別想到什麼就付諸行動嗎？我無時無刻不在提醒妳，報告、聯絡與商量有多麼重要，是我教得還不夠確實嗎？還是說在妳沉睡的這兩年來，這些提醒連同魔力一起流掉了？」

「噗噗！」

斐迪南臭罵了我一頓，要我不知該如何處理時，絕對不能擅自行動，一定要把問題寫下來寄回給他們。聽說韋菲利特不知道該怎麼阻止我時，好幾次也是寫了信回來詢問。原來還有這種方法啊，我拍向掌心。監護人們看了不約而同抱頭，感嘆我在出發去貴族院之前，接受的教育顯然不夠充分。

「因為妳沉睡了兩年的關係吧。升上二年級之前，必須教導妳社交方面的常識。」他們說就是因為先前比較看重奉獻儀式與成績，還對我進行了特訓，才導致現在這樣的結果。

「按理說，艾倫菲斯特的一年級生根本不可能與王族有交集。況且妳的體力不好，我也沒料到妳會這麼快就修完課程。原打算等妳修完了課，享受了一陣子每天前往圖書館的日子，在社交活動正式開始之前把妳叫回來。然後等舉行完奉獻儀式，在領地對抗戰即將開始前再送妳回貴族院，那麼就算妳社交能力不佳，也多少能蒙混過關……」

「結果完全超出了斐迪南的預料哪。」

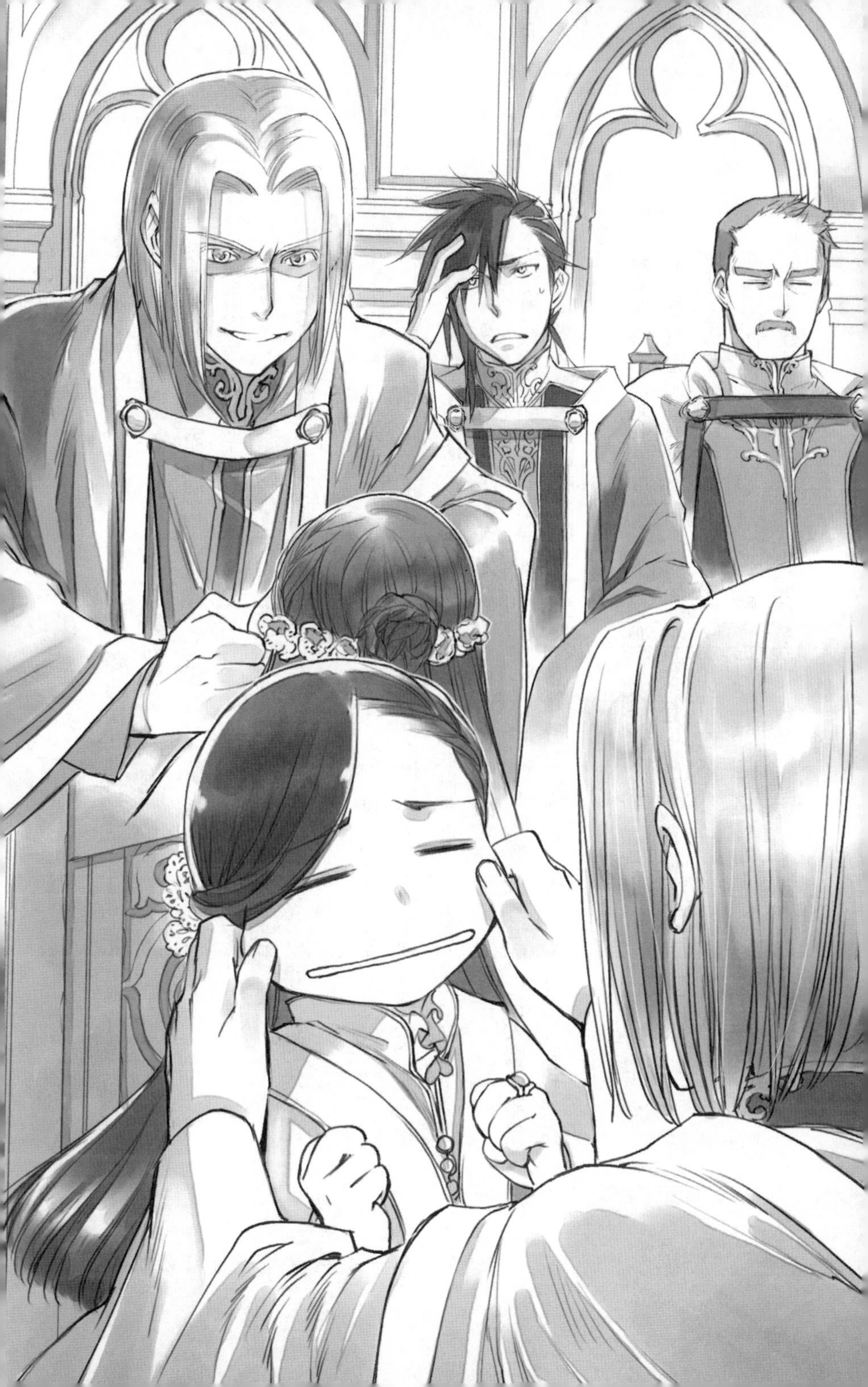

齊爾維斯特說得幸災樂禍，咧嘴一笑。斐迪南朝他投去冷冰冰的目光說了：「要操勞到超乎預期的，可是之後要參加領主會議的奧伯．艾倫菲斯特。」

「羅潔梅茵，這麼短時間內，妳還真是惹出了不少麻煩。社交活動都還沒正式開始，就已經這麼教人頭痛了。」

「養父大人，已經過去的事情也不能改變了。我們積極一點向前看吧。」

「妳這笨蛋，哪裡過去了！與王族還有大領地的關係，都會對艾倫菲斯特的未來產生重大影響！」

妳想被逼著喊「噗咿」嗎？——被齊爾維斯特一瞪，我急忙改變話題。

「那為了讓艾倫菲斯特可以更順利地發展事業，也找來班諾先生與商業公會長谷斯塔夫，一起商量吧。絲髮精、髮飾還有磅蛋糕，在貴族院都非常受到矚目喔。如果再由王子把髮飾送給自己喜歡的女性，我想宣傳效果也會更加驚人……」

「妳說得或許沒錯，但我還是要說，妳這個蠢丫頭！做事不要這麼不經大腦！不是告訴過妳，有關買賣與進獻物品的事情別擅作主張嗎！竟然完全跳過領主會議，妳到底在想什麼?!」

齊爾維斯特的怒吼令我開始反省。答應亞納索塔瓊斯訂做髮飾，確實太草率了。

「……對不起。雖然現在有點晚了，但是不是回絕比較好呢？」

「就是因為無法輕易拒絕王族的要求，我才這麼火大。」

「齊爾維斯特，既然已經無法拒絕，也只能設法讓這件事為領地帶來益處了。庫拉森博克的領主候補生若在畢業儀式上佩戴髮飾，確實是能達到驚人的宣傳效果。」

斐迪南無力地搖搖頭說。

「啊，乾脆也把兩人的愛情故事印成書籍，連同髮飾一起賣給大家吧。這樣一來，印刷品也能一鼓作氣推廣開來吧？」

為了讓學科成績能繼續保有優勢，我還不太想讓他領知道參考書的存在，但是，我倒是希望可以盡快開始推廣印刷。王族的戀愛故事正好是再完美不過的題材。八卦總是傳播得特別快。只要像小報一樣，印在一張紙上販售，還可以壓低價格。順便也能開始販售類似資料夾的收納冊，每次出了什麼新消息就一同販售，只買感興趣期數的人、每期小報都買的人，都能享受到不同的樂趣。

「羅潔梅茵，所以妳今後要倒向第二王子那邊嗎？」

「咦？並不是喔。我要站在艾格蘭緹娜大人那邊。因為無論她選擇哪一位王子，或者兩位都不選擇，應該都能當作是暢銷小說的題材。再考慮到髮飾與絲髮精的宣傳效果，我也覺得應該從地位崇高的女性開始推廣。」

比如磅蛋糕，也是在較常舉辦茶會的女性之間更容易傳開。艾格蘭緹娜不僅身分高貴，又是絕世美女，也對絲髮精與髮飾表現出了興趣，若由她來當活招牌，找不到比她更適合又優秀的人才了。我列出了這些考量後，齊爾維斯特搖頭。

「羅潔梅茵，妳完全只從商人的角度在衡量利益。」

「因為我還不太懂得要怎麼從貴族的角度衡量利益啊。站在艾格蘭緹娜大人那邊不行嗎？」

我向斐迪南徵詢意見。斐迪南思索了半晌，先是垂下目光，然後慢慢吐氣。

「羅潔梅茵的選擇倒也不差。如果相信她剛才說的那些話，那麼誰能坐上下任國王寶座，端看庫拉森博克有意支持誰吧。既然如此，不選擇任何一位王子，而是站到庫拉森博克那邊，應該不會是太糟糕的決定。」

不過，作決定的人終究是奧伯．艾倫菲斯特——斐迪南說著，看向齊爾維斯特。面對無法立即想出答案的問題，齊爾維斯特陷入沉思。我看著他，皺起了眉。會覺得加不加入派系根本無所謂，是因為我還不像個貴族吧。

「在目前這個階段，我覺得晚一點再決定要站在哪一邊也可以吧。」

「羅潔梅茵？」

「比起這件事情，不如先思考領主會議上討論起要購買絲髮精、髮飾、植物紙與磅蛋糕時，我們應該如何回應。既然亞納索塔瓊斯王子與艾格蘭緹娜大人都有興趣了，先不論要加入哪個派系，其他領地應該都想與我們進行交易。」

只要艾格蘭緹娜不作出選擇，雙方應該暫時會保持井水不犯河水的關係。因為一旦艾格蘭緹娜作了選擇，其中一人就會更加靠近王位。與其擔心這種要等到他人作出選擇、才會曉得結果的事情，不如先解決即將就要到來的問題。

「與普朗坦商會的植物紙工坊不一樣，現在奇爾博塔商會的絲髮精工坊只有一間而已，髮飾也是一個就要花很多時間製作。如果想要販售艾倫菲斯特的特產，很多事情都要先考慮清楚。像是究竟該增設工坊，開放更多商人前來購買？還是要直接販售做法？這麼做又是否會違反我與班諾簽訂的魔法契約？那契約有辦法解除嗎？外地人增加以後，平民區的旅館應該怎麼因應？能否維持治安？利益又該如何分配……」

如果想要吸引人潮，讓商人來到艾倫菲斯特是最好的方法，但到時候要是商品供不應求，客人便會感到失望，遠道而來的商人們也會一肚子火。而且外來的人一旦變多，若與市民爭奪起數量本就不多的商品，治安一定很快惡化。就算斥責我說這不是貴族該有的想法，但實際上要為這些事情勞心傷神的，都是奇爾博塔商會、普朗坦商會、守門士兵，還有我身邊的人。我希望能事先想好對策。

「比起還遠在幾年後的中央情勢，我認為應該先針對春天過後一定會發生的事情，作好因應對策。」

「也是。把班諾與商業公會的谷斯塔夫叫來吧，要在春天的領主會議前好好商議。」

雖說要在春天的領主會議之前找來他們，但現在還是尚未討伐冬之主的冬季中旬。就算想召見平民商人，也沒辦法馬上叫他們過來。

「羅潔梅茵，妳先通知班諾他們一聲，奧伯·艾倫菲斯特將寄去邀請函。畢竟他們也不能不作任何準備。」

他們接到基貝·哈爾登查爾召見時的模樣，實在教人同情——斐迪南低聲說道。這麼說來，記得我之前也聽說過，為了在艾薇拉的老家哈爾登查爾設立工坊，班諾曾在一群上級貴族的包圍下進行交涉，讓他留下了痛苦回憶。看來當時的情況可怕到連斐迪南看了，都忍不住要同情班諾。

「還有，確認好除了班諾外，還有多少人要來城堡後，妳再向我報告。我會吩咐文官，依照妳提出的人數製作邀請函。」

「遵命……養父大人，奇爾博塔商會的老闆已經換人了，要把新老闆也叫過來嗎？」

「嗯，這部分的安排都交給妳。這些事妳也是自己處理才放心吧？」

「感激不盡。」

「羅潔梅茵，那明天返回神殿吧。在冬之主真正出現之前，要作好各種準備。」

「是。」

返回神殿

這天，波尼法狄斯與斐迪南也跟我們一起用晚餐，很有領主一家人和樂團圓的感覺。夏綠蒂問了我貴族院是什麼樣的地方，我興沖沖地告訴了她有關圖書館、休華茲與懷斯的事情。

「所以是仿造了蘇彌魯外形，還會協助工作的大型魔導具嗎？一定很可愛吧。」

「是呀，在女學生之間非常受歡迎喔。因為新的主人必須送新衣給他們，現在大家正絞盡腦汁呢。我們預計讓他們分別穿上男裝與女裝，另外也一定要戴上圖書委員的臂章。我也打算戴上一樣的臂章。」

「一樣的臂章嗎？真想親眼看看成為主人的姊姊大人，與他們一起走在圖書館裡的樣子呢。好期待明年喔。」

與夏綠蒂熱絡地聊了一會兒後，波尼法狄斯也一臉興奮地問了我迪塔比賽。果然騎士都對迪塔很有興趣吧，卡斯泰德站在齊爾維斯特身後，雙眼好像也有些發亮。

「羅潔梅茵，聽說妳用妙計打贏了戴肯弗爾格吧？那妳到底用了什麼妙計？」

「其實我的妙計能成功，也是因為這次奪寶迪塔的規則與往常不同，又只比這一次而已。首先，我請人抓來了體積不大，只要用思達普綑綁住就不會亂動、也不會因為被綁住就喪命的魔獸當作寶物。」

「但抓來這種魔物，一旦遭到攻擊，很快就死了吧？」

波尼法狄斯不解地歪過頭，我挺起胸膛回道：

「所以我把魔物放在騎獸裡頭保護它，讓牠不會被人消滅。」

「妳把魔物放在騎獸裡面?!」

「沒錯。只要對方的魔力量不比我多，他們就不可能破壞騎獸，把魔物奪走，所以只要我待在騎獸裡頭，就不會輕易落敗。」

從卡斯泰德與波尼法狄斯目瞪口呆的表情來看，果然這不是騎士會想到的戰略。斐迪南則是佩服地點頭說道：「想不到妳的窟倫還有這種用途……」

接著我再說明，等敵人獵到了寶物帶回來時，我們就對敵人發動奇襲。靜靜聽著的波尼法狄斯再度露出了無法理解的表情。

「……羅潔梅茵，單聽妳的說明，你們只是在競技場裡頭，攻擊帶著魔獸回來的敵人吧。這算哪門子的奇襲？」

「如今在貴族院主要都是比競速迪塔，兩邊的見習騎士誰也沒有比過奪寶迪塔。也因為這樣，完全沒人料想過會在運送寶物的途中遭到攻擊，所以才能稱作奇襲。」

聽完我的說明，波尼法狄斯的表情越來越難看。「散漫……太散漫了。」他說這簡直散漫得難以想像在比迪塔。不知道從前主要都比奪寶迪塔時，究竟是怎樣一幅光景？光想像就好恐怖。

「但是，我們的散漫奇襲一半成功，一半失敗了。因為艾倫菲斯特的見習騎士絲毫不懂得團隊合作，戴肯弗爾格很快就重整態勢。」

似乎是想到了什麼，卡斯泰德撫著下巴點頭。難得有機會，我懇請卡斯泰德加強對見習騎士們的訓練。

「騎士團長，雖然現在還在用餐，有些不是時候，但我認為應該要重新評估見習騎士的訓練內容。這幾年因為從奪寶迪塔變成了競速迪塔，所以大家雖然在貴族院的學科課程上學過團隊合作與任務分工，卻無法應用在實際比賽上。」

「原來近幾年騎士們的能力水平大幅下降，有這方面的原因啊。我們也因為都優先鍛鍊領主一族的護衛騎士，延遲了對見習騎士的教育。看來該立即重新規劃了。」

騎士團的高層，基本上也都是領主一族的護衛騎士。如果他們都輪流去接受了波尼法狄斯的嚴格特訓，也難怪在教育見習騎士上會有些敷衍了事。因為城堡內部曾發生敵襲，現在比起教育見習騎士，自然是優先對護衛騎士進行特訓。

「我不知道戴肯弗爾格是在領地內接受過了充分訓練，還是舍監洛飛老師盡全力鍛鍊了他們，總之他們的團隊合作非常優秀，艾倫菲斯特根本比不上。再這樣下去，就算個人的魔力量增加了，我想艾倫菲斯特還是很難在迪塔比賽中獲勝。」

因為勉強能相互合作的，只有領主一族的見習護衛騎士而已。我說完，負責對他們進行特訓的波尼法狄斯一雙藍眼亮起利光。

「嗯，既然羅潔梅茵對此這麼憂心，現在領主一族的護衛騎士也鍛鍊得差不多了，不如我接下來開始訓練見習騎士吧？」

「在波尼法狄斯大人的訓練下，安潔莉卡與柯尼留斯都變得非常厲害呢。我拭目以待唷。」

「嗯？好，包在我身上！」

波尼法狄斯露出了可靠的笑容一口答應。如今波尼法狄斯的特訓告一段落，騎士團也會有餘力教育底下的人了吧。我想從現在開始，見習騎士們的實力應該會一下子進步許多。

「羅潔梅茵，結果奇襲失敗了吧？後來呢？」

齊爾維斯特催促我說下去，大家的目光也都投向我。

「我決定執行第二波奇襲。只要讓當作寶物的魔獸失去控制，戴肯弗爾格就無法全力攻擊我們，面對變強的魔獸，也無法再手下留情，同時也有利於我們消滅魔獸吧？所以我這樣心想後，讓敵人的寶物魔獸變大。」

「什麼?!」

看著瞪圓眼睛的大家，我說明自己做了什麼。

「我先拿出灌注了自己魔力的瑠耶露果實碎片，然後滴了幾滴斐迪南大人的超難喝……不對，是最有效果的回復藥水後，請優蒂特丟向敵營的魔獸。我本來還在想，只要丟到附近，對魔力感到飢渴的魔獸就會自己吃掉，想不到優蒂特成功地把魔石直接丟進了魔獸的嘴巴裡呢。很厲害吧？」

我炫耀起優蒂特的優秀能力後，齊爾維斯特一臉非常不知該如何回應的表情開口：

「呃……也就是說，妳不只讓魔獸恢復了魔力，還讓牠變大，讓牠失去控制吧？」

「沒錯。寶物突然變大以後，趁著戴肯弗爾格忙於應付牠的時候，我再讓柯尼留斯與安潔莉卡恢復魔力，使出所有魔力攻擊魔獸，最終獲得了勝利。」

現場一片靜默中，只有斐迪南興味盎然地連連點頭。

「第一次參加奪寶迪塔，妳想出的計策還真有意思，每次都出乎我的預料。」

「洛飛老師也說過，這些奇招讓他聯想到了斐迪南大人喔。」

您究竟施展過哪些計謀呢？我這麼詢問後，斐迪南表示他會再拿迪塔戰術方面的資料給我看。

「嗯……這招雖然很有意思，但看來是無法用在討伐冬之主上。」

聽見卡斯泰德這麼說，我聳了聳肩。沒能幫上忙真是可惜。

吃完晚餐，回到城堡自己的房間，沐浴準備已經就緒。我在侍從的協助下脫去衣服，開始沐浴。

「大小姐，今天也幫您把魔導具拿下來吧。」

黎希達說完，卸下我身上的魔導具。突然間全身變得無比沉重，無法再隨心所欲行動。但是，與之前一根手指頭也動不了、完全無法自理的狀態比起來，現在好像恢復了三成左右。雖然雙腳還是抖個不停，但已經可以靠著自己站立了。

黎希達與奧黛麗把我抱起來，攙扶著幫我沐浴。

「羅潔梅茵大人，非常感謝您招納哈特姆特為近侍。不過，我一直很擔心小犬是否造成了您的負擔。他有沒有幫上您的忙呢？」

奧黛麗是哈特姆特的母親。定睛一瞧，五官似乎有些相像。我把「他正在幫我加速散播聖女傳說」這句話嚥回去，告訴她哈特姆特幫忙整理了領地對抗戰的比賽結果，還指導菲里妮與其他見習文官該如何蒐集情報，身為高年級的見習文官非常盡職。

「因為那孩子非常仰慕羅潔梅茵大人，倘若他有任何得意忘形的舉動，請您立即制止他。我幾乎可以想見，那孩子自以為能幫上羅潔梅茵大人的忙，便興奮得擅自展開行動的樣子，所以不安得要命呢。」

據奧黛麗所言，在哈特姆特心目中，我似乎是個慈悲為懷、個性謙虛、不惜給予旁人祝福，聽起來與本人判若兩人的聖女。我看還是早早戳破他的幻想吧。我堅定地下定決心後，再回想了哈特姆特的舉動，忍不住歪過頭。

……但在貴族院生活時都看見我真實的模樣了，幻想應該早就破滅了吧，但他看起來好像沒有什麼幻滅的感覺。真教人匪夷所思。

兩人利用浮力挪動我的身體，為我洗好澡後，黎希達馬上把我趕上床。正確地說，是她不為我重新戴上魔導具，就讓我躺到床上。

「在貴族院因為還有其他人在，無法卸下您身上的魔導具。但是，今晚大小姐應該要摘下魔導具活動看看，了解自己現在的身體狀態。因為您的身體明明還這麼虛弱，卻總是莽撞胡來。待在您身邊的我可是看得冷汗直流。」

黎希達這麼提醒後，我一時說不出話。在貴族院因為一直戴著魔導具，所以我都忘了自己的身體其實尚未復原。然而，現在摘下魔導具後，就可以清楚感覺到明明醒來至今已經快兩個月了，身體狀態卻沒有變好多少。

「今天請您就此好好歇息。明日要返回神殿，接下來每天又會忙得不可開交吧？」

「是啊。」

我要寫信給班諾他們，而且有很多事情最好是安排會面，直接詳談。也想看看孤兒院與工坊的現況，奉獻儀式又快到了，要幫忙斐迪南處理的公務自然也堆積如山。

「目送大小姐前往神殿以後，我預計休息一段時間，所以對於接下來仍會一直忙碌的大小姐，實在是放不下心。」

「在貴族院黎希達一直陪在我身邊呢。妳就好好放鬆歇息，去做自己的事情吧。」

「感謝您的關心。但是，大小姐，請您務必要保重自己的身體。因為在艾倫菲斯特與在貴族院不同，顧好大小姐的身體才是首要之務。」

黎希達說完，熄滅了燈火，我也提早進入夢鄉。

隔天，因為斐迪南說要趁著暴風雪減弱時再往神殿移動，所以我作好了隨時可以出發的準備後，寫起要給班諾的信。

我告訴他因為在貴族院引起了流行，絲髮精、髮飾、磅蛋糕與植物紙，很可能在領主會議上被提出來討論；然後也預先提醒他，等暴風雪平息了一段時間，領主將召見商業公會、奇爾博塔商會與普朗坦商會，對此進行商議。而下一個土之日開始就是奉獻儀式，所以我順便告訴他在那之前，我都會待在神殿，若中間遇上放晴的日子，希望可以見面詳談。

然後，我也寫了內容相同的信要給歐托與谷斯塔夫。給奇爾博塔商會的信裡，還附上了髮飾的訂單。我說明了要使用最高等級的絲線，並以紅色為基底，製作成年禮上能夠佩戴的蔻拉蓮耶髮飾。

我把信收進外衣口袋裡後，點一點頭說：「好。」

接下來好像沒有其他事情要做了。該看什麼書好呢？我正這麼暗忖時，黎希達似乎留意到了，拿來書箱的鑰匙，奧黛麗便對她說：「請打開這邊吧。」黎希達於是打開兩個書箱中的其中一個。

「羅潔梅茵大人，艾薇拉大人送來了兩本書給您。都是她在哈爾登查爾印製的書籍。」

聽到多了新書，我興高采烈地探頭察看，發現裡頭擺了兩本植物紙製的騎士故事集。封面都很簡單，分別只寫著嚴選騎士故事集與貴族院物語。送來的書還附了信，艾薇拉在信裡面提醒我，這些書只能在斐迪南沒有領主許可便無法進入的城堡房間觀看，而且絕對不能帶出房間。

大略翻看以後，第一本書是艾薇拉將自己喜歡的騎士故事整理成了一冊，只有插圖是以斐迪南為範本。插圖不是葳瑪畫的，而是另一名畫師，但參考人物明顯一看就知道是斐迪南。不知道畫師是參考了葳瑪先前收到顏料後、為表謝意所畫的圖畫，還是艾薇拉在旁邊出了主意，總之插圖裡的斐迪南，比起葳瑪畫的又閃亮亮了三成左右。

嚴選騎士故事集的內容雖然確實與騎士有關，但收錄進來的每篇故事談情說愛都占了很大的比例。據奧黛麗所言，第一本書先是在派系的茶會上秘密販售，由於當時的反應太過熱烈，才催生出了第二本的貴族院物語。內容都是艾薇拉她們在貴族院聽說過的戀愛傳聞，算是校園戀愛類的短篇集。據說由艾薇拉與她的同好執筆。

「……我都不知道母親大人有這方面的才能呢。」

「艾薇拉大人從見習文官時期開始，就十分擅長書寫這樣的文章。她還說近來找到了能讓自己開心的興趣，整個人神采飛揚呢。」

「奧黛麗也看過這兩本書了嗎？」

「是的，我也看得非常開心喔。」

為了印製斐迪南的周邊書籍，艾薇拉在老家不只是植物紙工坊，甚至成立了印刷工坊。我一邊為她的熱情感到嘆服，一邊很快地翻過書頁。

……但既然是貴族院的校園戀愛故事，我覺得不需要所有插圖的男性都畫成神官長吧，母親大人。

才剛看完一篇騎士故事，便有奧多南茲飛來通知說：「返回神殿吧。」我立即闔上書本。近侍們也跟著一起移動，為我送行。斐迪南、艾克哈特與尤修塔斯已經在等我了。我朝三人走去後，達穆爾與安潔莉卡也跟在我的身後。

「安潔莉卡，妳也要去神殿嗎？可是妳還未成年，可以在城堡以外的地方執行護衛任務嗎？」

我來回看向斐迪南與安潔莉卡。斐迪南低頭看著幹勁滿滿的安潔莉卡，微微頷首。

「雖然尚未舉行成年禮，但安潔莉卡已經年滿十五。眾人十分擔心的貴族院課程似乎都已修完，本人也充滿意願。最重要的是，妳身邊也不能沒有半名女性騎士。」

不同於洗禮儀式時會由父母幫忙安排，現在我已經到了必須自己挑選近侍的年紀。斐迪南說奉獻儀式過後，我可以自己挑選想招攬的成年女性騎士。

「現在好不容易可以執行護衛任務了，請讓我在您身邊護衛吧。」

「既然騎士團長與養父大人都同意了，那我也沒有意見。」

我變出小熊貓巴士後，早已習慣的艾拉率先坐進後座，安潔莉卡則坐進從前布麗姬娣在坐的副駕駛座。教她怎麼繫安全帶時，斐迪南的工作用具開始不停地塞進後座。

……呃，怎麼看都比我的行李還多耶。

「羅潔梅茵大人，您準備好了嗎？」

我點頭回應達穆爾，他便高舉起手。斐迪南見了，目光投向在門邊待命的諾伯特。

「開門。」

諾伯特一聲令下，門扉徹底敞開。現在雖說暴風雪減弱了，但仍有飄雪。藍色披風與明亮的土黃色披風衝進了飛雪中。我踩下油門，努力不跟丟他們。聽見身後有人說：

「一路千萬小心。」

「羅潔梅茵大人的騎獸坐起來真是舒服，我好驚訝。」

「唔呵呵，對吧？小熊貓巴士既可愛又便利，性能非常優秀喔。」

我目光很快掃過坐著艾拉，還塞滿了烹調工具、自己行李與斐迪南工作用具的後座，在飛雪中朝著神殿前進。

「安潔莉卡，我在神殿的侍從們都是灰衣神官與灰衣巫女。不過，他們也跟妳還有達穆爾一樣，都非常盡心盡力服侍我。」

貴族對神殿向來有根深柢固的輕蔑。達穆爾當初是為了彌補自己的過錯，在被降職後來到神殿；布麗姬娣為了伊庫那，也作好了任何情況都願意忍耐的心理準備，才成為我的護衛騎士。因此，兩人從來不曾對侍從們表現出明顯的反感。

所以要讓新的護衛騎士進入神殿時，我不由自主就非常慎重。

「……我不太明白。羅潔梅茵大人希望我怎麼做呢？」

「大家都是侍奉我的人，我只是希望就算是平民，妳也不要表現出明顯的厭惡。」

「呃……厭惡？明顯？……我想我大概明白您的意思。」

……根本不明白！

「我希望安潔莉卡與神殿裡擔任侍從的神官還有巫女們，可以和樂融融地一起工作。」

我簡潔明瞭地說完，朝安潔莉卡瞥去一眼後，只見原本還是憂鬱美少女的她，臉龐立即亮了起來。

「知道了，請包在我身上。」

「羅潔梅茵大人，歡迎您的歸來。」

回到神殿，法藍與其他侍從都出來迎接。斐迪南的侍從們卸下小熊貓巴士裡的行李，我的侍從也一樣開始動作。葳瑪幫忙正在搬運工作用具的艾拉，莫妮卡負責搬運我的東西。

「羅潔梅茵大人，您能容許我去協助他們嗎？」

薩姆提出請求，想幫忙斐迪南的侍從們，我輕輕點了點頭。因為數量不少，若不快點全部卸下來，我也無法收起騎獸。法藍與弗利茲也幫忙先把行李搬進神殿裡頭。

「那我也去幫忙。」
「吉魯，你等一下。」
我叫住了和薩姆一樣要走過去的吉魯，遞出口袋裡的信。
「趁現在暴風雪變小了，請你盡快把這些信送去普朗坦商會。再麻煩你轉告他們，這封要給奇爾博塔商會，這封要給公會長。只要告訴他們將有領主大人的召見，他們就會明白事情的嚴重性。」
「遵命，我立刻去辦。」
吉魯曾一起去過伊庫那與哈爾登查爾，所以侍從之中，他與普朗坦商會還有奇爾博塔商會的交情最深厚。不僅在近距離下看過他們有多辛苦，身為工坊的代表，也曾因為貴族的強人所難而忙得暈頭轉向。所以吉魯一拿到了三封信，便臉色大變地飛奔跑走。
在大家齊心協力下，很快把行李都搬進了神殿。接下來的事情就交給斐迪南的侍從，我帶著自己的侍從，準備返回神殿長室。
「羅潔梅茵。」
正指示侍從要如何搬運木箱的斐迪南喚道，我往他轉過身。
「由於妳醒來以後很快就前往城堡，我聽說妳與平民區沒有多少聯絡，也不太了解孤兒院與工坊現在的情況。妳明天還不用過來幫忙，先去了解清楚，之後才有辦法回答與他領進行交易時被問到的問題。」
保護平民區的人們與工坊的灰衣神官，不讓他們蒙受損失，是我的職責所在。
「我知道了。」

走進神殿長室，先一步回來的妮可拉已經準備好了茶水與點心。我向大家介紹安潔莉卡，說她是以後會代替布麗姬娣，在神殿負責護衛我的騎士。

「一樣是侍奉羅潔梅茵大人的同伴，希望我們能互助合作。」

安潔莉卡一派正經八百地說，法藍他們的表情都顯得有些不知所措。似乎是面對不太像一般貴族的安潔莉卡，不知道該如何應對，眼神都在空中游移。看見達穆爾按著太陽穴，還大嘆口氣，多半是領悟到了安潔莉卡並非尋常人，法藍的嘴角揚起苦笑。

「我是神殿的首席侍從法藍。羅潔梅茵大人身邊能有安潔莉卡大人這樣的護衛騎士，實在令人感到高興，往後懇請不吝賜教。」

接著達穆爾與安潔莉卡站到門前，開始確認在神殿執行護衛工作時的各種注意事項。若沒有親眼見到與實際動手執行，很多事情光聽說明，安潔莉卡也不會明白。

「法藍，麻煩報告這段期間發生了哪些事情吧。」

「遵命。」

法藍說孤兒院裡有幾個孩子染了風寒，但都沒有大礙，現在已經復原了。工坊的冬天手工活與印刷也十分順利，沒有什麼問題。

「等暴風雪平息，春天的腳步將近，普朗坦商會與奇爾博塔商會便會接到召見前往城堡。所以在奉獻儀式開始之前，我打算趁著暴風雪小一些的時候安排會面。請你們先整理好孤兒院長室，以備隨時都能會面。」

快聽完所有人的報告時，吉魯也回來了。滿身是雪的吉魯冷得直發抖，為了讓他暖和一點，我待在暖爐旁邊聽他報告。
「班諾先生說，這一天果然來了。他說他接下來也會聯絡公會長與奇爾博塔商會，希望能在暴風雪變小時與您會面。」
「吉魯，我想路茲應該會先來通知一聲，但還是麻煩你先在孤兒院長室作好準備了。那你趕快去換掉衣服吧。接下來會很忙，要是染上風寒就糟了。」
「是，遵命。」

隔天我照著斐迪南的吩咐，從第三鐘開始巡視孤兒院。上次只是草草看過，但這次我不只聽取了葳瑪與羅吉娜的報告，還深入了解每一個人學到了什麼技術與知識，又擅長哪方面的工作。有潛力成為畫師的孩子，就勉勵對方繼續多加練習；若有見習生已能獨力完成工坊的工作，就給予表揚。
「戴莉雅，現在妳與莉莉還有葳瑪，會一起照顧年幼的孩子呢。」
「因為只有莉莉她們照顧不來，而且我照顧過戴爾克，也相當習慣了……」
如今戴莉雅以戴爾克姊姊的身分在孤兒院生活，好像相當善於照顧新進來的年幼孩子。見她似乎在孤兒院裡找到了自己能做的事情，我鬆了一口氣。
「戴莉雅，戴爾克現在還好嗎？沒什麼問題吧？」
「他最近越來越調皮搗蛋，都不願意乖乖聽話呢。」
戴莉雅想了一會兒後，瞥向身後這麼說道。戴爾克立即探出頭來，紅褐色頭髮跟著他輕柔搖晃。現在他連外表也與戴莉雅十分相似，是我的心理作用嗎？

「我都有乖乖聽戴莉雅的話喔。羅潔梅茵大人，我可是好孩子。」

「討厭啦！戴爾克你騙人！」

戴莉雅氣呼呼地反駁，臉上卻帶著笑容。兩人顯然變成了感情很好的姊弟。安下心來的同時，我也感到有些寂寞。因為我不由自主就會心想，真希望自己也有時間能與加米爾這樣相處。

結束了在孤兒院的談話後，再請弗利茲告訴我工坊的情況。由於吉魯從春天到秋天這段時間將不在工坊，到時會由弗利茲負責掌管。而且手藝較好的人會與吉魯一同前往，所以工坊這邊也必須培育人才，總是一片忙亂。

「一旦開始與他領進行交易，領內也會增設更多工坊吧。請先培育好到時能派往外地的人才吧。」

「這件事我曾聽班諾先生稍微提起過。他也要我們作好準備，以便在貴族的主導下開始增設工坊時，能夠立即應對……灰衣神官們早已習慣聽令於貴族，即便派他們出去，也能應對無礙。困難的地方在於要習慣平民的生活呢。」

曾被派去外地的灰衣神官們都輕聲笑了起來。

「神殿內部的常識與外面並不相同。而且即便都是平民，平民區、伊庫那與哈爾登查爾的風俗民情也完全不一樣。到時候可以指派擅長挑戰新事物的人喔。」

大家的笑容都洋溢著自信，可以看出在外歷練過後，他們都變得更堅強可靠了。

神官長與赫思爾的資料

結束了孤兒院與工坊的視察以後，我開始整理今天得到的資訊。由於奉獻儀式過後，已經預計要與基貝．哈爾登查爾會面，春天也要去一趟哈爾登查爾，必須充分運用從灰衣神官那裡聽來的消息。

「薩姆，幫我向神官長送去會面邀請函吧。還有請幫我拜託他，希望他能借我奧多南茲。莫妮卡，麻煩妳整理今天記錄下來的內容。經過這兩年的努力，灰衣神官們的價值都提升了不少，需要做一份新的資料吧。法藍，麻煩你去拿來吉魯整理好的哈爾登查爾的資料。」

分配工作給侍從們後，我開始看起法藍幫忙準備的哈爾登查爾的資料。現在必須先了解古騰堡夥伴們已經完成了哪些工作、又在哪邊遇到瓶頸，還有我該幫忙協調哪些事情。話說回來，基貝．哈爾登查爾知道艾薇拉都在印哪些書籍嗎？除了艾薇拉以外，也有其他人在印書嗎？我突然間感到非常好奇。

……唉，好想看母親大人做的書喔。

明明是自己的東西，卻有書還沒看，這種情況讓我心神不寧。我一向是待在神殿更能放鬆，如今卻想前往城堡的寢室，就只為了看那兩本書。正想著這些事情時，帶著會面邀請函前往神官長室的薩姆回來了，他的表情顯得有些傷腦筋。

「薩姆，怎麼了嗎？」

「聽說昨天返回神殿以後，神官長就一直待在工坊裡頭。侍從們說了，現在時間都已經快要第五鐘，神官長卻始終尚未進食。」

昨天還要我今天好好了解孤兒院與工坊的情況，原來是為了能窩在工坊裡面不出來。在他搬來神殿的大量行李當中，有赫思爾托我轉交的東西，現在斐迪南肯定正樂不可支地沉浸在研究的世界裡吧。

「在我沉睡期間，神官長一直忙著處理工作吧？至少給他一天的時間盡情做自己的事情，應該也沒什麼關係吧？」

「但是，聽說他昨天返回神殿以外，就一直待在工坊裡頭，已經超過一天以上了。」

薩姆看著門的方向，擔心地沉下了臉。法藍也和他一樣，露出了憂心忡忡的表情說：「竟然這麼久未進食，真是教人擔心。」不管法藍也好，薩姆也罷，我每次都覺得斐迪南從前的侍從們也太仰慕他了。

「是不是去看一下情況比較好呢？」

「您若願意撥冗前往，實在感激不盡。神殿內能對神官長下命令的人，也只有身為神殿長的羅潔梅茵大人了。」

……就算我下了命令，我也不覺得他會乖乖聽從呢。

總之，能讓法藍他們安心也好吧。我這麼心想著站起來，薩姆與法藍迫不及待地打開門，然後我在兩人的陪同下前往神官長室。

「羅潔梅茵，妳來得正好。」

不知為何，竟是艾克哈特坐在神官長的位置上面帶笑容迎接我，而且他還在努力處理公文。我看向辦公桌上那些資料，再環顧神官長室，發現尤修塔斯不見蹤影。

「艾克哈特哥哥大人，尤修塔斯呢？他該不會把工作都丟給您，和神官長兩個人一起待在工坊裡面不出來吧？」

「不，看到赫思爾送來的資料，尤修塔斯原本也非常期待，只可惜斐迪南大人不允許他進入工坊，所以他趁著風雪變小時回城堡去了。說是交代給他的工作都完成了。」

斐迪南將神殿的工坊設定成了只有魔力量極高的人才能進入，連齊爾維斯特都無法打擾。因此尤修塔斯只能心有不甘地看著工坊，做完了斐迪南交代的工作以後，毫不留戀地返回城堡。

「還有，並不是他把工作丟給我。我是為了讓斐迪南大人能有更多時間研究，正自動自發幫忙。」

原來艾克哈特是主動在幫忙處理公務。但是，他說他也快到達極限了。

「羅潔梅茵，妳應該也進得了斐迪南大人的工坊吧？」

「我並沒有進行過魔力登記，所以要有神官長幫我開門才行。」

神殿長室的工坊因為登記了兩人的魔力，所以斐迪南能自由進出。但是，神官長室的工坊我並沒有登記魔力。聽了我的回答，艾克哈特失望地垮下肩膀，但接著還是看向聯絡工坊用的魔導具。

「羅潔梅茵，妳能不能對斐迪南大人說幾句話？有客人來了，他應該多少願意應聲。現在不管我怎麼叫他，他都不回應了。」

無可奈何下，我輕輕觸碰與工坊聯絡用的魔導具，出聲喚道：

「神官長，我是羅潔梅茵。」

「是妳啊。我現在很忙，若不緊急之後再說。」

「非常緊急，請你出來吃飯。侍從與艾克哈特哥哥大人都很擔心喔！」

「知道了。等告一段落我就出去用餐，妳無須擔心。」

斐迪南簡潔有力地斷然說道。照他這麼說，肯定是不會出來了吧。我輕嘆口氣，放開魔導具後，轉向艾克哈特。

「反正只是一、兩天沒有進食，應該不會有生命危險，神官長也說了，等告一段落他就會吃飯。只要奉獻儀式之前願意出來，應該沒有關係吧？」

麗乃那時候我也曾沉浸在閱讀中，有過類似的經驗，所以非常能明白斐迪南這種遲遲無法告一段落的心情。奉獻儀式若不舉行，想也知道會帶來嚴重後果，但只要到時候能如期完成，現在要做什麼都沒關係吧。不用管他，讓他研究到滿意為止吧——我才這麼心想，艾克哈特與斐迪南的侍從都在我面前跪下。

「羅潔梅茵，斐迪南大人從今天早上開始就是一樣的回答。妳不能想想法子嗎？妳應該想得出可以引起斐迪南大人興趣的事情吧？」

艾克哈特說，一臉他已經沒有其他人能仰賴的表情。我「嗚」地倒吸口氣。此刻斐迪南就好比是神話中隱居在天岩戶裡的天照大御神，待在誰也打開不了的工坊裡，如果不想辦法讓他出來，艾克哈特的懇求恐怕會一直持續下去。

「……要讓神官長馬上出來並不難，但他一定會對我大發脾氣，所以讓人提不起勁呢。前不久我才挨罵過，暫時不想惹他生氣。」

我囁嚅說完，法藍一臉哀傷地說：「羅潔梅茵大人，您做了什麼會招來神官長斥責的事情嗎？」薩姆還開始鼓勵我說：「我會與您一同挨罵。」

就算大家這麼說，但要強迫神官長離開工坊，他就已經很不高興了，還要我自己刻意提起可能惹他生氣的事情，這實在是有點……

艾克哈特思索了一會兒後，藍色雙眼倏然發光。他把手放在我肩膀上，臉湊到我耳邊來，用說悄悄話的音量說道：

「羅潔梅茵，妳早點惹斐迪南大人生氣，他的牢騷也會少一點。如果再趁現在與他聊起魔導具的研究成果，既能稍微減緩他的怒氣，搞不好還能轉移話題。」

「如果能讓神官長少發點牢騷，那就另當別論呢。我明白了。我願意犧牲小我。」

我毅然決然抬起頭，再次對著魔導具說話。

「神官長，請快點出來吧。我們一起用晚餐。」

「……妳還在嗎？我拒絕。」

「我想告訴你有關魔力壓縮的事情。現在魔力壓縮法已經有四個階段了，你不想知道嗎？神殿這裡又只有神官長與我的護衛騎士們……都是已經知道魔力壓縮法的人了，就算在吃飯時討論這個話題，應該也沒什麼問題喔。」

斐迪南沒有吭聲。肯定是正在心裡天人交戰，究竟要繼續研究，還是出來和我討論魔力壓縮。雖然我也不太情願，但只能再下一城。

「還有，我有事情想與神官長商量。我希望可以教給舊薇羅妮卡派的孩子們魔力壓縮法，然後把他們拉攏到自己的派系來……」

「妳到底在想什麼?!」

「碰！」的一聲，門扉徹底敞開，也打斷了我說的話，斐迪南出來了。雖然引他出來工坊的效果絕佳，但一眼就能看見他的額頭上冒著青筋。接下來會是盛怒之下，開始前所未有的恐怖說教嗎？看得出來斐迪南有些睡眠不足，但因為沉浸在自己喜歡的事情裡，雙眼灼灼發亮。老實說，非常恐怖。

「神官長之前才訓斥過我，說報告、聯絡與商量非常重要，所以我才來找你商量。那你願意與我討論嗎？」

「……再不願意也得聽吧。真是的。」

斐迪南毫不掩飾臉上不情願的表情，用指尖敲著太陽穴。

「那麼第六鐘響後，請來神殿長……」

「不，妳要過來神官長室。晚餐之前，都別再打擾我。」

……神官長一定是想研究到晚餐前的最後一刻吧。

從斐迪南望著工坊的眼神，可以馬上看出他在想什麼。他的想法這麼顯而易見，這還是頭一次。

「知道了。那麼第六鐘響後，我再過來打擾。」

我笑咪咪說完，斐迪南板起臉，又回到工坊裡去了。我從再度關上的門扉別開目光，環顧周遭的侍從們。

「那麼就是這樣，麻煩各位準備我的晚餐了。」

「感激不盡，神殿長。神官長總算願意坐下來用餐，我們也放心了。」

因為還得為我準備晚餐，幾名侍從很快開始動作。

「羅潔梅茵大人，我們也先回神殿長室吧。」

既然要來這裡吃晚餐，我的侍從也必須準備餐具等東西。在第六鐘響前，也要決定好隨侍在側的侍從與護衛騎士們，是要先提早吃完晚餐，還是等到晚餐會結束過後，晚一點再吃。

「艾克哈特哥哥大人，那麼我第六鐘再過來。」

「嗯，我等妳。如果不是妳來找斐迪南大人，跟他約了時間，他恐怕很久都不會出來。能說動斐迪南大人的人就是我妹妹，真是教人高興。」

妳做得很好──艾克哈特露出了與卡斯泰德神似的笑臉稱讚我，但因為這種事情被稱讚，我一點也不高興。

第六鐘響後，我再度來到神官長室，只見斐迪南已經從工坊出來，板著撲克臉在等我。侍從們準備餐具時，我必須自己一個人面對散發出低氣壓的斐迪南。然而，明明我必須面對臭著臉的斐迪南，艾克哈特卻一派悠然自得地站在他身後，太可恨了。

「神官長，你完全沒有控制自己的情緒喔。貴族不是不該顯露自己的情緒嗎？」

「面對別人也就罷了，在妳面前還壓抑情感，妳完全不會曉得此刻我的心情有多不愉快吧？為了讓妳能清楚感受到，這是我一番好意。」

原來是為了讓我清楚知道，才刻意擺出這麼難看的臭臉，但這種好意我才不要。

「言歸正傳，妳剛才說了想教給舊薇羅妮卡派的孩子們魔力壓縮法，這是什麼意思？妳不是說過，妳不會教給與自己敵對的人嗎？」

「我不打算教給敵人喔。這個原則還是不變。但是，在貴族院接觸到舊薇羅妮卡派的孩子們之前，我其實不太了解他們的派系有多龐大，彼此之間又是否會共享情報。舊薇羅妮卡派以前是最大的派系，所以現在人數還是相當眾多吧？我們不可能將他們全部排除，重要的是拉攏他們對吧？」

斐迪南靜靜聽著，催促我說下去。但是，他的眼神看來並不贊同我的想法，反倒有些不以為然。

「而且，有的孩子不過是依照父母的指示行動，結果卻因此陷害了韋菲利特哥哥大人，對此非常後悔。也有些孩子只因為父母所屬的派系，自己也自動被分到那邊去，為此感到苦惱。」

「畢竟要等到成年以後，才能自己選擇派系。」

「可是這樣一來，會錯過魔力成長最快的階段吧？眼看著身邊的人，比如說安潔莉卡與柯尼留斯哥哥大人，他們的魔力僅在幾年之內就飛快成長，自己卻因為父母屬於不同派系，無法增加魔力，想必會感到相當絕望。」

斐迪南微微閉上眼睛，低喃說道：「魔力成長最快的時期，確實是在貴族院就讀的這段時間。」

「能不能藉由與同派系的人更改魔法契約內容，只把小孩那一代拉攏過來呢？」

「就算妳說要更改契約內容，條件也很難設定。」

「所以這方面的分寸拿捏，我想交給十分了解實際派系關係的神官長與母親大人。我也覺得該對他們保持警戒，但要捨棄這麼多人是不可能的。」

斐迪南「嗯……」地深思起來，淡金色眼眸忽然間銳利地瞪向我。

「妳還有其他目的吧？快從實招來。」

「唔！……如果像這樣以契約規範住以後，能讓養父大人們安心的話，我在想，能不能招納舊薇羅妮卡派的孩子為近侍。」

斐迪南張大了眼睛。然後他注視著我，露出了讓我明明待在暖爐附近，卻還是打從心底發寒的笑容，用低了好幾度的聲音說道：

「妳當真如此愚蠢嗎？自己遭遇過什麼事都忘了？對我們來說雖然已是兩年前，但在妳看來，應該連一個季節也還沒過去吧？難道不是嗎？」

「……我也許真的很笨吧。可是，舊薇羅妮卡派裡也有前途大有可為的人才啊。如果不加以栽培，為己所用，不是很可惜嗎？」

我非常看好羅德里希蒐集故事的能力，還有他記不太得故事內容時，就能即興編出後續劇情的想像力。

「而且充斥著不滿與失望的宿舍，也讓人待起來很不自在。」

「貴族院的宿舍本就是這樣的地方。有派系造成的對立也是正常的。」

斐迪南露出瞧不起人的眼神，哼了一聲。

「可是，我成立了成績向上委員會後，要求大家依照專業課程分組，努力通過學科考試，還會依據全員的合格速度與成績給予獎勵，後來大家都不分派系、互相幫忙喔。」

雖然大家一開始還有些僵硬，但現在已經會踴躍地表達意見，為了合格還會相互指導，聚在多功能交誼廳裡時，氣氛也逐漸變得和藹融洽。我這麼向斐迪南報告後，他睜大了雙眼，不敢置信地看著我。

「……妳還做了這種事情嗎？」

「是啊。因為養父大人下令，要提升大家的成績。我就和冬季兒童室一樣，設定好獎勵以後，讓大家互相競爭，提升整體的成績……咦？韋菲利特哥哥大人不是寄了貴族院的報告給神官長嗎？」

還以為斐迪南早就知道的我歪了歪頭。這麼重要的事情居然沒報告，韋菲利特果然要再學習如何寫報告書吧。

「他寄來給我的，都是關於妳的問題。看來在韋菲利特判斷不需要提出來詢問的事情中，還隱藏了不少重要情報。」

斐迪南用質疑的眼光看我，我默默別開視線。總覺得好像被罵了，是我的錯覺嗎？

「總之，現在我知道宿舍裡頭，你們與舊薇羅妮卡派的孩子們至少會交換意見。我會再想看看，能否藉由劃分契約，慢慢地把他們拉攏到我們派系。若能成功拉攏今後將長大成人的孩子們，勢力版圖必定也會產生劇烈變動……但當然，這麼做也伴隨著風險，所以一定要慎重再慎重。關於這件事情，直到得出明確的結論之前，妳別再輕舉妄動。」

「是。」

用晚餐的時候，聊到了赫思爾托我帶回來的那些資料。我好奇地問斐迪南，赫思爾想請他幫忙修好的魔導具是什麼東西。

「那是能在課堂上使用的魔導具。沒想到她至今還在使用。這是我大約十年前做的了，我還以為她老早就做了新的……」

聽完斐迪南的說明後，再以我的方式來解釋，大概就是一種類似放映機的魔導具。聽說只要往魔石注入魔力，寫在紙上的文字就能如投影片般映照在白布上，並且持續一段時間。

「妳也知道赫思爾的個性，除了研究以外，她對任何事情都感到麻煩。課堂上，同樣的說明必須重複好幾遍，這讓她很不耐煩，但學生們若沒聽清楚，也只能發問。而且隨著年級越高，調合的步驟也越多，很難一下子全部記住。所以，我才為了調合課製作了這種魔導具，把步驟直接映照在布面上，赫思爾就不用反覆說明。」

而且赫思爾每次上完課後回來，心情總是極度惡劣，斐迪南也覺得很麻煩，才製作了這個魔導具。聽說赫思爾收到時高興得不得了，因為只要把步驟寫下來，就可以重複使用好幾年，功能非常優異。想來是一直用到了現在。

「從妳的轉述聽起來，赫思爾一點也沒變。」

「……如果告訴赫思爾老師，神官長現在還會因為壓縮魔力而身體不適，我想她也會說一樣的話喔。神官長以前就讀貴族院的時候，也常常勉強自己吧？」

「我並沒有勉強自己。那麼，妳說的四階段魔力壓縮法是怎麼回事？」

剛才滿腦子都想著舊薇羅妮卡派的事情，斐迪南似乎是此刻終於想起，他還沒有問到自己最好奇的魔力壓縮法。他一問起，我便說明了魔力壓縮課上發生的事情。我因為一心想著要再壓縮魔力，所以重新想了一套魔力壓縮法。

「我實在無法理解妳的思考方式……不過，確實也有值得佩服之處。不是改變方法，而是加以組合嗎？聽起來，妳是先把魔力都釋放出來以後，再重新進行壓縮，只要用熬煮的方式，減少魔力的體積即可吧。但是，妳為何要在一開始重新加入第一階段？直接擺到最後也行得通吧。」

「……因為對我來說，這樣比較容易想像。」

我第三階段的魔力壓縮法，是把魔力塞進袋子裡，所以無法想像再把它熬煮得更加濃稠。但如果不想像成熬煮，而是去掉水分直到乾燥，說不定能成功喔。我微微閉上眼睛，想試試看能否用這個方法進行壓縮，隨即聽見法藍發出無奈的話聲。

「羅潔梅茵大人、神官長，兩位的手都停下來了。請在用過晚餐以後，再來思考這些正事吧。」

不只是我，斐迪南與站在身後的護衛騎士們，似乎都在挑戰進行魔力壓縮。與大家對看以後，我聳了聳肩，繼續開始吃飯。

「把壓縮方法組合在一起，還真像是妳會有的主意。第四階段會教給所有人嗎？」

「我已經預計要教給我的近侍。我想應該也可以教給領導階層，但除此之外……還是循序漸進吧。我想保留起來當王牌。」

再度開始吃晚餐後，我也問起了休華茲與懷斯的魔法陣。我告訴斐迪南，兩人的護身符中有可以反射敵人攻擊的魔導具，他連連點了幾下頭。

「讓妳帶在身上的護身用魔導具中，有些也有相同的功能，但能夠同時反射複數攻擊的魔法陣，我還是頭一次見到。不過，也因此需要相當大量的魔力。雖然值得深入研究，但並不適合直接複製，供妳平常佩戴。」

原來斐迪南研究過休華茲與懷斯的護身符以後，還想再加強我的護身符。他似乎打算用我來做實驗。

「若不像妳一樣擁有多餘的魔力，便無法在上課的同時，還能往魔導具裡注入魔力吧？……話說回來，羅潔梅茵，現在妳的體力與肌力恢復多少了？」

……因為只顧著在圖書館看書，幾乎沒有恢復多少喔。

很可能惹得斐迪南生氣的問題來了。我微微一笑，照著艾克哈特教的轉移話題。

「索蘭芝老師也對我說過，要為休華茲他們提供魔力很辛苦吧。我雖然不太清楚自己的魔力量有多少，但應該相當多吧？」

「……妳都能輕輕鬆鬆壓縮魔力，甚至不斷增加壓縮的階段，同齡的人根本無法相比。」

斐迪南說，今後我還會繼續成長，所以會再增加吧。

「休華茲與懷斯的護身符也需要魔力，所以索蘭芝老師為了保護他們，平常都不忘補充，赫思爾老師也因此才無法靠近他們吧。測量尺寸的時候，她興高采烈地畫下了魔法陣呢。可是，可以從魔法陣看出有哪些機關嗎？神官長有沒有什麼新發現？」

「嗯，他們身上的魔法陣太有意思了。」

看來是成功轉移話題了。斐迪南用比平常要快一些的語速，告訴我腹部上的魔法陣刺繡有多麼美麗。他說那些魔法陣非常複雜，好幾種屬性重疊在一起，卻保持著完美的和諧。

「赫思爾老師說那些魔法陣並不完整，神官長有辦法修補起來嗎？」

「目前還無法修補完全。不過，我想試試看。平常待在艾倫菲斯特，根本不可能有這種機會見到王族的個人研究成果。」

若能去中央，也許有機會接觸到吧，斐迪南喃喃說道。我隱約可以猜到，斐迪南就算想去中央，也因為被領主候補生這個身分絆住，無法前往。就和我無法把籍貫遷到中央，擔任貴族院的圖書館員一樣。

……那就趁這個機會，讓神官長盡情地發揮自己的長才吧。

「神官長，我身為休華茲與懷斯的主人，必須為他們製作新衣。赫思爾老師說了，這是艾倫菲斯特必須一起完成的課題，才不會在貴族院失了臉面。她還說為了加上新的護身用魔法陣，必須準備不少貴重的材料。這部分神官長也願意幫忙嗎？」

「……嗯。挑戰前人，並向後人下戰書嗎？有意思。首先要改良魔法陣吧。」

關於要針對哪裡、又該如何改良，斐迪南自顧自念念有詞。看來只要交給斐迪南，應該能做出非常強大的服裝。

……神官長真是十項全能！

我在心裡頭大力稱讚。這時法藍露出了非常為難的表情，長嘆口氣。

「兩位的手又停下來了。再這樣下去，無法把食物分送去孤兒院。」

……噢嗚，對不起。

一吃完晚餐，斐迪南又想窩回工坊裡頭，我與艾克哈特立刻一起抓住他。

「神官長，以後要呼叫就自己出來，還是我也登記魔力，讓我能夠自由進出，請你選一個吧。我不想要艾克哈特哥哥大人與侍從們每天都來拜託我，要我叫你出來。」

「……唉，與其要讓妳自由出入，我寧可自己出來。話說回來，妳這強勢的個性與黎希達越來越像了。」

「因為在貴族院，黎希達每天都要從圖書館把我拉出來啊。」

我模仿黎希達經常做的，雙手扠在腰上，擺出了說教姿勢。斐迪南見了一臉無言，緩慢搖頭深深嘆氣。

「羅潔梅茵，妳別給黎希達添太多麻煩。」

「這句話我站在侍從的立場，也還給神官長。請你別為侍從增添太多困擾。」

下個瞬間，達穆爾「唔」地摀嘴忍笑，遭到斐迪南惡狠狠一瞪。

本日學到的教訓，就是禍從口出。

被召見的商人們

幾天過後，第三鐘就快響起時，法藍注意到暴風雪變小了。他立即放下原本準備好了要帶去幫忙斐迪南處理公務的用具，轉而捧起一本書。

「羅潔梅茵大人，請往孤兒院長室移步吧。我想在您看書時，應該就到了。」

吩咐薩姆去神官長室知會一聲後，我們前往孤兒院長室。都還沒有走到，就接到了吉魯的稟報說：「普朗坦商會的人與公會長即將前來面見。」我待在安頓得十分溫暖，隨時都能迎接班諾他們前來的孤兒院長室裡，開始看書。

「羅潔梅茵大人，幾位到了。」

聽見法藍的聲音，我闔上書本。只見普朗坦商會來了班諾、馬克、路茲，奇爾博塔商會來了歐托、提歐、萊昂，還有公會長谷斯塔夫與兩名負責輔佐的人，都正走上二樓。

「本日承蒙您撥冗接見，不勝感激。」

谷斯塔夫做為代表向我問候，面對絕不能失敗的重要談話，他的臉部表情因緊張而僵硬。我看向大家，請他們坐下。

「羅潔梅茵大人，關於信上的內容，還望您能詳細說明。」

往來最為密切的班諾似乎負責與我交談，由他最先開口。現場還有谷斯塔夫與輔佐他的人在，所以我盡可能鄭重其事地說明貴族這邊的情況。

「不論哪個領地，貴族的孩子只要年滿十歲，冬季期間都要前往貴族院學習。」

我從貴族院開始說明，告訴他們每個領地都會依據影響力進行排名，學生在貴族院的成績也多少會影響到領地的順位；而且接下來連續好幾年，艾倫菲斯特都有領主候補生會進入就讀，所以領主已下令要推廣流行，提高領地的排名。

「今後艾倫菲斯特想推廣到他領的商品，有絲髮精、髮飾、食譜及其工具，還有植物紙、墨水與書籍等等。由於每樣商品都與我有關，所以先前奧伯・艾倫菲斯特打算等到我醒來後，才開始進行推廣。」

「那麼，現在羅潔梅茵大人已經開始推廣了嗎……」

「沒錯。」我對班諾點頭應道。雖然他的眼神明顯在說，出發前先講一聲，但現在瞪我也無濟於事。

「我也是在前往貴族院之前，才接到要推廣流行的命令，所以沒時間能與各位聯繫。文官是否下達過這方面的通知呢？」

「我們確實接到過通知，要我們暫時先別讓絲髮精、髮飾與書籍外流至他領……當時我便猜想，多半不久之後就會解除禁令，一鼓作氣開始推廣，所以多少做了些準備。」

「不愧是班諾，真有先見之明。」

接到禁止外流至他領的通知後，就開始為推廣作準備，班諾果然厲害。

「那麼，關於推廣流行一事，請問現在情況如何了？羅潔梅茵大人既已回到艾倫菲斯特，表示已經推廣開來了嗎？」

「首先，我認為不應該在頭一年就推出所有商品，應該在就讀期間，慢慢地一點一點推廣。」

藉由慢慢推出在艾倫菲斯特的新流行，並且不斷更新，才能讓他領意識到我們並不只是曇花一現。

「正如羅潔梅茵大人所言，如果有個地方在每次造訪時都出現新事物，商人便會頻繁地反覆前往，他領貴族也可能專程來訪，就為了看一眼商品實際的模樣。目前艾倫菲斯特少有來自他領的訪客，今後勢必會出現巨大的變化吧。」

從前是旅行商人，曾行遍各地的歐托一邊說道，一邊感到佩服地點頭。聽說與相鄰的法雷培爾塔克以及亞倫斯伯罕相比，艾倫菲斯特非常缺乏能夠吸引他領居民前來的魅力，所以少有他領貴族出入。如今領主又下令，除非得到許可，否則他領貴族不得入城，更是幾乎沒有訪客進出。

……這麼說來，我好像真的很少看到他領貴族。

「今年，我決定先在貴族院推廣絲髮精、髮飾、磅蛋糕與植物紙這四樣商品。因為都是日常用品，在茶會上也容易形成話題。」

「嗯……在艾倫菲斯特的貴族之間，這些也是相當受到歡迎的商品吧？」

谷斯塔夫摸著下巴說，我輕輕點頭。

「不僅如此，我想這些商品要增加工坊也比較簡單。因為這幾樣商品都是越早賣越能獲利的類型，所以我想在製作方法傳開之前，盡可能多賣一點。一旦製作方法傳開，恐怕很快就有他領會做出類似的產品。」

只要知道做法，這些東西連貧民時期的我與路茲都做得出來。要模仿非常簡單。所以，才要在剛開始流行的時候，盡可能多賣一些。奇爾博塔商會負責銷售絲髮精與髮飾，只見歐托緊抿著唇，點了點頭。

「等到他領也能仿效的商品流行開來，漸漸變得隨處可見以後，再開始推廣印刷品。印刷業因為印刷機準備起來非常費工，連在艾倫菲斯特也還沒有拓展開來吧？我想應該要花上很長一段時間，才能推廣到其他領地。」

只要印刷機的做法能保密，艾倫菲斯特暫時都能獨占印刷業吧。我這麼說完，班諾揚起嘴角點點頭。

「我希望能在艾倫菲斯特領內增設印刷工坊，與此同時，我也會在貴族院內推廣紙本書，目標是幾年之後，他領會帶著原稿前來委託我們印製。我個人無時無刻不希望著，紙本書能盡快流行開來……」

「羅潔梅茵大人，很多事情操之過急，只會適得其反。我建議您還是一步一腳印，緩慢但確實地讓紙本書普及吧。」

別這麼性急，至少先作好事前準備！──我彷彿聽見了班諾在副聲道這麼說。在他帶著客套笑容的臉上，赤褐色雙眼卻一點笑意也沒有，我覺得自己應該不是幻聽。

「在我出席過的茶會上，絲髮精與髮飾都倍受好評，眾人對於磅蛋糕的感想，也是外表雖然樸實，卻非常容易入口。由於得到了庫拉森博克與貴族院老師們的好評，今後應該會有越來越多的領地想向我們購買。」

「庫拉森博克？這可真是不得了的大人物……」

谷斯塔夫聽了雙眼圓睜。不愧是商業界的領頭人物，看來對他領的名字與影響力也知之甚詳。跟谷斯塔夫不同，班諾與歐托聽到庫拉森博克並沒有什麼反應，好像更在意其他事情。

「羅潔梅茵大人，您說今後會有越來越多領地是什麼意思？」

「因為貴族院的社交活動接下來才要開始，但我為了舉行奉獻儀式，急急忙忙修完所有課程就回來了。所以我舉辦過茶會的對象，只有老師、庫拉森博克的領主候補生與第二王子。我不在的這段期間，也不知道會有什麼變化。」

「羅潔梅茵大人，您適才說了，目前只與老師、大領地還有王族舉辦過茶會吧？那麼，這回髮飾的委託人是……」

谷斯塔夫的臉色刷地變白，看向歐托他們。不愧是長年來要與貴族打交道的商業公會會長，觀察力非常敏銳。

「沒錯，我請奇爾博塔商會製作的髮飾，是第二王子要贈予庫拉森博克領主候補生的成年禮。」

「簡直不可置信……」谷斯塔夫與他的隨從都這麼錯愕呢喃，朝歐托投去同情的目光。但是，歐托的表情毫無變化。

「羅潔梅茵大人，關於那位領主候補生，能請您再詳細描述她頭髮與衣著的顏色嗎？雖然已知她擁有一頭金髮，但每個人的髮色都略有不同。提歐，你來做記錄。」

我開始說明艾格蘭緹娜的外貌特徵，負責輔佐歐托的提歐在旁邊抄寫下來。

「她是一位宛如光之女神的女性，髮色是路茲與她最相近吧。如果再使用了絲髮精增添光澤，多半會更相似。服裝聽說是土之女神蓋朵莉希的紅色。」

緊接著，我們再一起討論除了紅色的蔻拉蓮耶花外，還要再增添哪些顏色，花飾大約要多大，費用又該如何計算。

「……歐托，你真的明白嗎？這可是要獻給王族的貢品。」

谷斯塔夫皺起眉說，歐托輕輕聳肩。

「我明白，但也不需要這麼慌張吧？王族本就十分中意羅潔梅茵大人佩戴的髮飾，如今他領也還沒有能力製作，只要奇爾博塔商會傾盡全力做出最優秀的作品，沒有人能超越我們。更何況……」

歐托把目光投向我此刻戴著的髮飾。這是沉睡期間，多莉做給我的髮飾之一。

「奇爾博塔商會的手工藝匠，每製作一個髮飾都會搭配新的創意，做出外形新穎的花朵，無時無刻不在進步。對此我可是引以為傲。只要使用最高等級的絲線，由手藝最好的工藝師如同既往精心構思，編織出前所未見的髮飾，一定不會辜負羅潔梅茵大人，乃至於王族的期望。」

「但是，那可是庫拉森博克與王族……」

在場似乎只有谷斯塔夫明確懂得艾倫菲斯特與庫拉森博克之間的差別。看著一臉無法接受的谷斯塔夫，班諾聳了聳肩。

「公會長，只要放寬標準，無論庫拉森博克還是王族，不與羅潔梅茵大人一樣，都算是領主一族嗎？」

「班諾，這兩者可是差了十萬八千里！」

「從我們絕對不能失敗這點來看，無論是艾倫菲斯特的貴族，還是他領的領主一族，都沒有太大分別。因為他們都是能輕易消滅我們的貴族。」

只因為是貴族，面對階級為平民的商人，就能恣意妄為。所以不管是艾倫菲斯特的下級貴族還是王族，同樣都是得罪不起的客人，對商人來說並沒有太大區別——班諾如此斷然說道。

……這份氣魄真是可靠。

「而且屆時是交由我呈獻，所以委託人是王族，說不定還比較輕鬆呢。」

因為下訂單的人是我，之後提交成品給我，會比面對其他上級貴族要輕鬆許多吧。再加上，王族也不是歐托他們能直接面見的對象。到時胃痛的人是齊爾維斯特。

「羅潔梅茵大人，請問期限到什麼時候？成年禮是何時？」

「貴族院的成年禮是在冬季尾聲，請在那之前完成。」

「遵命。」

訂好了要給艾格蘭緹娜的髮飾後，我總算覺得卸下了心頭重擔，改變話題。

「接下來關於植物紙，因為這個名稱很容易被人猜到原料，所以我們在貴族院只稱作是新紙張，但這樣子也很容易混淆吧？所以需要決定一個新名字。」

「您是否已有想法了呢？呃，該不會又是古騰堡這樣……」

妳該不會又想取些怪名字了吧？班諾的眼神突然變得兇狠。

「不，我在想是不是該加上第一個做出紙張的人的名字，例如叫路茲紙……」

「既然如此，我認為應該取作梅茵紙更恰當。」

路茲立即插嘴說。臉上寫著：拜託饒了我吧。我覺得路茲紙這名字很不錯啊，但看來是不被接受。

……梅茵紙？當然是不行。才沒必要留下我的名字。
馬克先是用同情的眼光看向路茲，再露出溫文笑容徵得發言許可後，開口說了：
「若是加上產地的名字，您意下如何呢？例如在伊庫那，便能做出與艾倫菲斯特相當不同的紙張。分別取名為伊庫那紙與艾倫菲斯特紙如何？」
「這樣一來在推廣紙的同時，也能讓艾倫菲斯特的名號在中央廣為人知。」
班諾也附和馬克，推薦起地名。根據採集到的材料，確實每種紙張的特質也不大相同。地名也比人名更容易讓人留下印象，還能當作一種宣傳。
「……說得也是呢。那麼，就命名為艾倫菲斯特紙吧。」
看得出來路茲打從心底鬆了口氣。
「羅潔梅茵大人，您想有貴族願意購買艾倫菲斯特紙嗎？」
「這我還無法肯定。雖然我平常在圖書館還有上課時會用到，也會用來做會議紀錄，但並不是艾倫菲斯特的所有學生都在使用。目前只有快被大量資料淹沒的老師才會注意到這種新紙張，我想學生幾乎沒有察覺到。」
我說完，谷斯塔夫摸了摸下巴說：
「這也不難想見。畢竟上級以上階級的貴族，並不需要特意選購新紙張，也能如同既往繼續購買羊皮紙。對下級貴族來說，植物紙雖比羊皮紙便宜一些，卻也沒有低廉到能夠平常使用。」
「我還把紙提供給學生，讓他們在圖書館抄寫書籍，就是想讓別人以為他們平常便會使用植物紙。可是，一般在上位者的指示下抄寫書籍時，紙張本來就要由上位者提供，所以好像無法給人可任意使用的感覺，也不像是日常用品。」
「植物紙與木板最大的不同在於，資料的數量龐大時，使用植物紙便能減少大量體積，只是學生可能很難體會到這個優點。」
谷斯塔夫說，商業公會因為需要管理資料，已經從木板改為使用植物紙。他說用紙張來管理資料後，比起木板省下了不少空間。而先前必須帶著一大群人前往伊庫那和哈爾登查爾工作的班諾，也說考慮到一路上的行李數量，紙張比木板更方便，所以感想也與谷斯塔夫一樣。
「羅潔梅茵大人，往後艾倫菲斯特的文官若要販售紙張，是不是該讓他們自己先開始使用呢？我想可以試著向領主大人提出這個請求。只要文官自己也意識到，使用紙張後，在整理起資料時有多麼方便，他們也會更樂於向他領的人推薦植物紙吧？」
「……說得沒錯呢。我會向養父大人提議看看。」
明明是自己領地的特產，文官都不使用怎麼行。讓越來越多的文官改用植物紙吧。萬一植物紙的最大客戶是我，接下來就是神殿與商業公會，這樣也太糟糕了。必須讓大家在城堡裡頭盡情使用植物紙，然後經由文官，在貴族之間普及開來。
「對了，我還想請普朗坦商會製作收納紙張用的工具。下次再召集古騰堡夥伴們，大家一起討論吧。」
我想訂做檔案夾、資料夾和整理紙張用的盒子等各種文具。聽見我這麼說，谷斯塔夫露出了像是發現獵物的眼神看向我。
「羅潔梅茵大人，您是否考慮不只普朗坦商會，也把部分工作委託給其他商會呢？

有許多店家都期盼能與您結緣。」

聞言，我緩緩側過臉龐。

「普朗坦商會是我的專屬，我才會把工作都委託給他們。不過，班諾也會把我委託的工作再轉給他的專屬木匠英格，那只要像他們這樣，由普朗坦商會把工作轉發出去就好了吧？我以為這是城裡商人們的做法呢。」

「話雖如此……有些委託的規模太龐大，會導致工作量都集中在同一個地方。」

雖然聽他這樣說，但其實現在所有古騰堡夥伴都很忙，只要是覺得可以分配出去的工作，應該都願意分出去吧。多半只是信賴程度與品質還不夠。

「我非常信任班諾與其他古騰堡夥伴，所以只要他們同意，願意把工作轉給他人，我也不會有任何意見。還有，如果對方做出來的成果能讓我滿意，我當然也不介意把對方擅長的工作優先指派給他。」

說穿了，古騰堡夥伴們就是一群能夠達到我要求的工匠與商人。約翰、英格與海蒂，都是班諾介紹來的。只是因為他們在自己擅長的領域裡，都能做出令我滿意的成品，所以後來才一直把工作分配給他們。此外，也有毛遂自薦的薩克。技藝高超的人願意幫忙，基本上我都是敞開雙手歡迎。

「只不過，現在因為領主指派的工作越來越多，我不希望新夥伴是會惹事生非的人。班諾現在忙得分身乏術，想必很樂意把工作分出去，但如果連他都不同意，我也不會把工作委託給對方。這部分請你們商人之間自行協商吧。」

我就此帶過了谷斯塔夫的提議，一點也不想被攪進商會間的紛爭。

「而且既然多少作好了心理準備，班諾應該也不是所有工作都自己獨占吧？」

況且也不可能一個人全部攬下來。我這麼心想著看向班諾，他不疾不徐點頭。

「造紙方面，因為設立新工坊需要羅潔梅茵大人的許可，我們並未擅自增設。但是，打從絲髮精開始在艾倫菲斯特的貴族之間流行起來，我便把配方傳給了嫁去其他城鎮的妹妹與一些親戚，增設了幾間工坊。」

……哇噢，原來在我沉睡期間，絲髮精的工坊增加了。

「那也可以向食品加工的工坊購買油當原料，奇爾博塔商會的工坊只負責調配，說不定就能量產更多絲髮精喔。因為重點在於磨砂用的材料與比例。」

奇爾博塔商會的提歐與萊昂有些張大眼睛，立刻把我說的話記下來。

「那麼，髮飾有辦法量產嗎？」

「從去年開始，我已經透過裁縫協會委託了好幾間工坊，請他們製作賣給平民的最簡單款式，當作是冬天的手工活。如果當中有人的成品很出色，就再委託對方製作難度高一些的髮飾，並且等都盧亞契約一到期就拉攏過來，藉此慢慢在栽培手工藝匠。」

聽說他們根據委託的難易度，分別交給不同的手工藝匠製作，現在已經可以稍微量產。之所以要這麼做，是因為艾倫菲斯特的貴族們開始流行在衣服上裝飾花朵，必須提高產量。另外，聽說多莉因為才短短幾年就成了領主養女的專屬，所以對現在的女孩子來說，做出精美髮飾儼然是出人頭地的捷徑。

……如果再接到王族的委託，多莉很可能成為傳奇呢。好厲害、好厲害，我好想炫耀喔。

我沒讓內心的亢奮情緒表現在臉上，點點頭說：「班諾的設想周到真教人欽佩。」

接著又說：「現在絲髮精與髮飾沒問題了，那從明年春天開始增設造紙工坊吧？」

「羅潔梅茵大人，請先處理哈爾登查爾。」

「那邊等奉獻儀式過後，我會趁著社交界時大概談好結果。聽完吉魯的報告以後，若還缺乏哪些資料，再麻煩你們提出了。」

「遵命。」

看樣子都有大概的方向了。班諾先生，真是太了不起了！我在心裡頭拍手。這時，谷斯塔夫開口問道：「羅潔梅茵大人，請問磅蛋糕又預計如何推廣？」

「如果有領地提出請求，我們打算在領主會議上販售食譜，但是只有基本口味。因此，暫時還是對一開始便反覆研究新口味的店家更有利吧。還有，這是我額外附贈的情報，中央的貴族因為習慣了過甜的口味，我覺得蜂蜜口味的磅蛋糕最受歡迎喔。」

「噢？蜂蜜口味嗎？」

似乎沒想到能獲得情報，谷斯塔夫瞪圓了眼睛。因為今後有很多事情要請谷斯塔夫出力幫忙，現在提供情報，也算是種早期投資。

「領主會議結束以後，來自他領的商人應該會變多，還請當作參考吧。」

「感激不盡。」

「然後為了迎接外來的商人與旅人，我想麻煩公會長預先作好準備。一旦旅客增加，旅館的數量會不夠吧？如果想接待更多商人，街道也要整頓乾淨……貴族們對這部分恐怕漠不關心。但是，階級為平民的商人來到這裡以後，都會看見平民區的樣子。」

若想吸引人潮，邀請商人來到艾倫菲斯特是最好的方法，但到時候商品要是供不應求，客人便會感到失望，遠道而來的商人們也會氣得跳腳。而且外地人一旦變多，若是爭奪起數量本就不多的商品，治安一定很快惡化。

「為了維持良好的治安，也必須與士兵保持密切聯繫，還需要與旅館以及飲食店家協會攜手合作。我想把這項任務交給商業公會。」

谷斯塔夫吃驚得雙眼張大，我盈盈微笑。

「如果有商會想接下工作，請你儘管分配出去吧。」

班諾用拚命憋笑的表情看著谷斯塔夫，臉上彷彿寫著：幹得好啊！

「想與羅潔梅茵大人結緣的店家一定會欣喜萬分吧。」

谷斯塔夫瞪向班諾，表情五味雜陳，擠出聲音說道：「……遵命。」

「但是，只看過這座城市的人，也許很難看出有哪裡需要改進。我聽說歐托從前是旅行商人。可以詢問他對於城市的面容與治安有什麼看法，說不定會有新發現喔。」

班諾斜眼看著一臉茫然自失的谷斯塔夫，為他的工作量增加感到痛快，幾乎就要笑出來。馬克假咳了聲制止。班諾倏地正色，看向我說：

「羅潔梅茵大人，領主會議究竟都在討論哪些事情？」

班諾這樣問道，但我也沒有出席過領主會議，所以完全不清楚。只知道尤根施密特的所有領主會齊聚一堂，召開會議。

「我不是領主，自然沒有參加過。雖然不太清楚，但奧伯．艾倫菲斯特告訴過我，領主們都會在這個會議上，決定貨物的流通與買賣。」

關於領主會議，谷斯塔夫比我更了解。

「每年我都會收到文官送來的會議總結，並且依據結果，派遣商人前往他領，或向旅行商人下達指示，所以多少知道一些。」

至今因為領主會議所做的決定，曾經發生過哪些變化，谷斯塔夫告訴了我們幾個例子。看來每年的領主會議，都會為領地帶來重大變化。

「為了了解接下來在領主會議上，艾倫菲斯特究竟該與哪個領地，又該簽訂怎樣的契約，奧伯．艾倫菲斯特想聽聽商人的意見。所以等暴風雪一停，就會召見你們。」

「這還真是……這是羅潔梅茵大人的安排吧？實在感激不盡。」

我歪過了頭，不明白為什麼要這麼說。谷斯塔夫解釋，通常領主與貴族根本不會顧及平民商人的情況，向來只是經由文官，以命令的方式告知領主會議上的決定事項。其實只要想想貴族並不把平民視為對等的人類看待，這也可以預料，但我實在不覺得這種做法有什麼助益。

「一般貴族絕不會像羅潔梅茵大人這樣，事前與我們商議討論，只是下完命令就結束了。然而結果若是失敗，卻又把責任全歸咎到我們身上，所以僅是能在領主會議前有機會協商溝通，我們已是感激涕零。」

……如果這是平常的做法，未免太跋扈了，而且這樣的統管方式也太粗糙，難怪艾倫菲斯特的影響力這麼低。

看來先前聽完我的提議，齊爾維斯特與斐迪南之所以沒有打岔，是因為他們以前從來不會與商人事先討論，對於要在領主會議上提出商人的意見，感到啞口無言吧。

「像先前在義大利餐廳會談也是，奧伯．艾倫菲斯特也認為若有文官在場，無法直接聽取我們的意見。看來直到下任奧伯繼位之前，我們的壓力或許會小一些。」

……這樣聽起來，其實只是想跑到平民區亂晃、品嘗新菜色的養父大人，好像是位深思熟慮、也願意傾聽下位者意見的好領主。

難得大家都對齊爾維斯特抱有這麼正面的印象，我還是別修正好了。

「我也會幫忙居中協調，希望與奧伯．艾倫菲斯特的會談能一切順利。」

「感激不盡，那我們也安心多了。」

班諾瞪著我，臉上表情在說：妳別過度干涉。

「那麼與奧伯．艾倫菲斯特會談時，三位也將帶著今日同行的人一同前往嗎？因為確認好人數後，要寄出邀請函。」

「前往城堡時，一般都是店家代表與隨行人員各一人。」

「好。我會轉告文官，依這樣的人數發出邀請函。」

我採用了最常與貴族往來的谷斯塔夫的建議，確認了前往城堡的人數。

接著我暫時沒說話，看向路茲。雖然非常不想自己開口，但這件事非說不可。視線與我對上的路茲似乎感應到了什麼，表情僵硬地看著我。我慢慢吸一口氣，努力不讓聲音顫抖，開口說了：

「……下次會談時，有可能需要解除魔法契約。」

梅茵與路茲簽訂的契約，必須考慮是否廢除。這個契約是班諾當初想出來的解決辦法，讓我即便前往貴族區，仍能與路茲保有微弱聯繫，但如今極有可能需要解除。為了增加產量、拓展印刷業，讓商品更加廣泛流通，我知道這也是無可奈何。但是，眼看著本就已經十分脆弱的聯繫又有一個即將消失，我們的關係將變得比現在更沒有交集，這讓我感到非常寂寞。

「普朗坦商會將寄去三張邀請函，到時請務必讓路茲同行。」

我使力握緊了不由自主顫抖起來的雙手，微微垂下目光，如此命令道。班諾似乎早就料想到了，用擔心的眼神注視著我，點一點頭。

「謹遵吩咐。」

隨後，我們討論了更多細節，諸如等暴風雪一停就在城堡安排會面、我也會一同出席，還要整理好大概資料，列出現在的商品產量與生產餘力。

「暴風雪變大了。」

看著窗外的吉魯提醒道，所有人不約而同閉上嘴巴。再不快點回去，接下來暴風雪會越來越猛烈。

雖然還有很多事情想商量，但至少這次不必在毫無準備的情況下接到召見，實在太感謝了──班諾拐彎抹角地這麼表示後，這天的會面匆促結束。

我隔著窗戶，看著一行人在變得猛烈的風雪中急忙離開，輕輕嘆了口氣。玻璃窗上隨即浮現一小團霧氣。今天因為人很多，沒辦法向路茲撒嬌，而且想到今後要解除契約，更讓人覺得心情好沉重。

雖然我也知道非做不可……

我連同嘆息與煩悶的心情，把剩下的茶水灌下肚，返回神殿長室。

終章

一踏出神殿，班諾忍不住壓緊帽子。暴風雪比來時更大了。他立起大衣衣領，按著帽子走下臺階，從車夫打開的車門坐進馬車。馬克與路茲也一個箭步坐進來。三人都進來後，車門隨即關上，馬車開始前進。光是步出神殿坐進馬車，就已經滿身雪花。

自從羅潔梅茵成了神殿長，每當收到邀請函、正式接到召見時，他們都是乘坐馬車前來。雖然苦了必須在這種天氣下駕馭馬車的車夫，但班諾很慶幸今天坐了馬車。不同於店面就在神殿前方的渥多摩爾商會，他們若是一路自己走回普朗坦商會，只怕全身上下都會覆滿白雪。

多半是風雪導致視野不佳，馬車行進的速度比平常要慢。窗外的風聲呼嘯，馬車內卻瀰漫著凝重的靜默。往常在秘密房間見過羅潔梅茵以後，路茲總會聊起她看起來是什麼樣子，然後思考等一下回去要怎麼告訴她在平民區的家人，也會問他們哪些事情可以說。然而，今天的他低垂著頭，緊抿雙唇不發一語。發現馬克擔心地望著路茲，班諾搖了搖頭，示意暫時別理他，自己再將視線投向窗外，輕聲嘆氣。

雖能明白為何要解除契約……但是，這下可怎麼辦？

今天的會談對路茲來說，情況與以前截然不同。往常只要打完招呼，便會進入秘密房間。重要的事情會以梅茵，而不是以羅潔梅茵的語氣告訴他們。路茲隨時都能開口說自己想說的話，梅茵也一臉理所當然地傾聽。

但是，今天是公會長也一同出席的會面，基本上有發言權的人，只有公會長、班諾與歐托三人。當羅潔梅茵面帶著貴族特有的優雅笑容，若無其事地單方面宣布要解除契約時，班諾猜想一定對路茲造成了很大的衝擊。路茲也許沒能注意到吧。羅潔梅茵在提起魔法契約的時候，雖然帶著貴族該有的微笑，但她按著桌上紙張的手卻在不自覺間緊握起來，甚至有些顫抖。

……羅潔梅茵若在這時候情緒變得不穩，我們可就頭疼了。

普朗坦商會與奇爾博塔商會都還需要羅潔梅茵這道後盾。更何況這次會面過後，已經能肯定他領的商人今後將蜂擁而至。如果沒有人能幫忙阻止貴族們任性妄為，屆時貴族若是說話反覆甚至遷怒，平民區的商人們很可能被徹底摧毀。

為了讓羅潔梅茵能保持精神上的安定，才有心力保護古騰堡夥伴們與平民區的商人，班諾始終認為由奇爾博塔商會招攬多莉，普朗坦商會招攬路茲，再讓公會長離她遠遠的，是自己該做的事情。

……若要讓羅潔梅茵的心神安定下來，首先得讓路茲振作起來。

「老爺，歡迎回來。」

班諾在下人的迎接下踏進屋內。普朗坦商會內部昏暗，毫無人影。這也是當然的。此刻外頭風雪交加，沒有人會挑在這種時候上門購買書籍與紙張。所以像今天這樣颳著暴風雪的日子，他都會關門休息。僱用的都盧亞們在颳暴風雪的日子，也不會來店裡工作。

冬季期間還留在普朗坦商會裡生活的，只有店主班諾、都帕里馬克與都帕里學徒路茲。除此之外，還有只住冬季期間的下人與廚師。

冬季期間不會有客人上門，商會也會關門休息，會想在這段時間住下來的，多數都是沒了家人與親人、無法準備過冬的單身員工，以及因為與家人感情不好、不想在家裡過冬，還有想把過冬的錢省下來，當作結婚資金的人。今年冬天住下來的廚師是在義大利餐廳工作，目標是存下結婚資金，所以最近的三餐令班諾非常滿意。

進了屋內，班諾拍下帽子與大衣上頭的雪花，走上樓梯，來到他們生活的二樓。共用起居室裡的暖爐生著火，十分溫暖。班諾輕呼了口氣，但在這裡還不能放鬆。

「馬克，麻煩你端茶來我房間。路茲，你直接穿著外衣沒關係，跟我來。我有話跟你說。」

班諾大衣也沒脫就走進自己房間，往房內的暖爐點火。平常為了節省柴薪，他都待在共用的起居室，所以臥室冷得像冰窖一樣，實在讓人沒有勇氣脫下大衣。儘管覺得浪費木柴，但總不能在下人們會出入的地方談論羅潔梅茵的事情，這也無可奈何。

「打擾了。」

路茲跟在班諾身後，戰戰兢兢地走進來。他依然垮著肩膀，表情灰暗。班諾把椅子拉到暖爐前面坐下，注視著爐裡的火光，等到路茲也搬來椅子坐下後才開口。

「路茲，你要堅強一點，否則羅潔梅茵也會動搖。有任何想抱怨想傾吐的，現在全部說出來吧。別在神殿露出這種表情。」

班諾說完，朝路茲瞥去一眼。路茲凝視著慢慢變大的火焰，一度用力閉上眼睛。

「我想那傢伙……應該不會再動搖了吧。」

「你說什麼？」

「因為她已經能像剛才那樣表情完全不變，果斷地說出要解除契約，可能再也不需要與我的約定了吧……」

……這是太常使用秘密房間造成的壞影響吧。

班諾抬手撥亂了固定起來的劉海。路茲與羅潔梅茵討論重要事情時，總是使用秘密房間。儘管偶爾也會透過吉魯與弗利茲向她報告，但路茲並不習慣在秘密房間以外的地方，與戴上貴族面具的羅潔梅茵談論重要事情。

「你是笨蛋嗎？羅潔梅茵怎麼可能會想解除契約。」

「可是，老爺……」

「最需要魔法契約的不是別人，正是她自己。難道你看不出來她一直拚了命想守住與平民區的聯繫嗎？我說句老實話吧，如果想要繼續擴大事業，當初那個魔法契約對我們來說毫無用處。」

班諾說完，路茲一骨碌轉過頭來，用顫抖的聲音低喊：「毫無用處……」班諾不由得抓了抓頭。看來路茲也比他想像中的要依賴魔法契約。

「你站在普朗坦商會都帕里學徒的立場想想看。那傢伙沉睡的時候，有些事業因為魔法契約的關係根本無法推動吧？那傢伙身體又那麼虛弱，不知道什麼時候又會發生同樣的狀況。如今又要在領主的主導下推動新事業，那個契約已經不適用了。」

由於無法取得羅潔梅茵的同意，在哈爾登查爾也無法設立植物紙工坊。在印刷業與書籍買賣上，也有些事情無法擅自推動。梅茵變成了羅潔梅茵之際，製紙業與印刷業就成了領地的新產業。然而，每當領主想向領內貴族推廣的時候，如果次次都需要取得羅潔梅茵的同意，那也太麻煩了。聽了班諾的說明，路茲才恍然領悟地睜大眼睛。

「可是，那個契約……」

「當初那個契約本來就只是保險。那傢伙進入神殿以後，因為不知道會不會被哪個地方的貴族帶走，所以為了不管任何情況下都能與她接觸，才簽了那個契約。」

但是，如今表面上梅茵死了，她變成了羅潔梅茵，更從青衣見習巫女成了領主的養女。與此同時，奇爾博塔商會也從微不足道的新興店家，變成了領主一族的專屬，幫忙引領最新的流行。班諾他們還得到了領主養女賜予的名號，獨立成為普朗坦商會。羅潔梅茵會某天突然下落不明，或者無法見到她這種事，已經不可能發生了。

「現在的處境和關係已經跟當時截然不同，我們不再無論如何都需要這個契約。」

路茲像在努力理解班諾說的話，喃喃說著：「處境和那時候不一樣……」如果只考慮眼前的利益，留下契約固然有利，但是，現在的普朗坦商會已經確定能參與領主主導的新事業，所以不再無論如何都需要這個契約。

「但是，那傢伙就不是這樣了。她才剛沉睡兩年醒來，還沒有適應多少時間，甚至也還沒見過家人吧？與平民區的微弱聯繫就這麼斷了，羅潔梅茵很可能會像之前那樣，情緒變得極度不穩。」

羅潔梅茵沉睡了兩年醒來後，班諾他們立即趕去見她時，她就曾說過「想哭卻不能哭」，然後號啕大哭起來。隻身一人進入貴族社會，又得以領主養女身分活下去的羅潔梅茵，會不會在某個契機下就突然情緒失控？這誰也不曉得。班諾只是與上級貴族談生意就感到筋疲力竭，她卻要在他們的包圍下生活。他無法想像那種壓力會有多麼龐大。從前梅茵還是青衣見習巫女時，她曾因為討厭在神殿過冬，頻繁地召喚路茲與多莉。對還是孩子的路茲來說，這可能已經是好幾年前的回憶了，但對於已經成年的班諾而言，卻彷彿是不久前才發生的事。

「那傢伙就算表現得若無其事，你也應該知道這絕對不是事實。」

遭到身蝕的熱意侵蝕時，梅茵顧慮到路茲，甚至還擠得出笑容。但是，當下的熱意應該非常難以忍受。當年班諾的戀人莉絲已經十三歲，但面對突然湧現的熱意，她也痛苦得忍不住放聲尖叫。想起了從前自己無法拯救的戀人，班諾用力皺起眉。

「路茲，也許你沒有注意到吧。但是，在提出要解除契約的時候，那傢伙的手一直在顫抖。你別被她裝出來的貴族假象騙了。」

聞言，路茲倒吸了一口氣，緊接著小臉不甘心地扭曲起來。大概是對於自己竟然沒有仔細觀察羅潔梅茵的反應，感到很生氣吧。

「路茲，你的態度一定要堅定。無論有沒有那個契約，我們該做的事情還是不變，目標依舊相同。既然現在不容易與家人見到面，現在能讓那丫頭安心的，就只有你了。羅潔梅茵情緒變得不穩時，你要像先前那樣讓她盡情哭泣，再告訴她什麼也不會改變，這樣就好了。」

路茲本來還有些迷惘，但游移不定的雙眼漸漸沉著下來。他用力拍了下自己的臉頰後，神色堅毅地點頭，回道：「是，老爺。」

……這下子沒問題了吧。有路茲支持著，應該不用太擔心羅潔梅茵。確認路茲的心緒安定下來後，班諾暗暗鬆一口氣。

「老爺，我端茶進來了。」

馬克彷彿算準了談話結束的時機，端著茶水走進來。他很快看了一眼路茲的神色，點一點頭。

「既然話都說完了，是否要移動至起居室？那邊也比較溫暖。」

「……不了，資料多數都在這裡，工作起來也方便。關於羅潔梅茵說的整頓平民區一事，我們先來歸納意見吧。」

「之後去城堡向領主大人說明時，也需要先準備好資料吧？」

路茲立即拿出木板與墨水。看著他精神煥發的笑臉，班諾也露齒一笑。就算因為風雪無法外出，該做的事情還是堆積如山。現在可沒時間垂頭喪氣。

「兩位，認真工作固然很好，但難得我泡來了茶。請先喝口茶吧。」

你們想浪費我泡好的茶嗎？眼看馬克露出了寒氣逼人的笑容，班諾與路茲互相對視之後，立刻伸長手拿起茶杯。

直接的求愛

低垂的長長睫毛落下了濃密黑影，柔軟的唇瓣微張，喝下一口茶。

……啊啊，艾格蘭緹娜今天依然如此美麗。

頭一次知曉她的存在時，我年紀尚幼。記得那時候，原為第五王子的父王還被排除在權力圈外，無人視他為威脅，是前任奧伯·庫拉森博克說服他加入政變，並表示會給予支持。

艾格蘭緹娜的血親在政變期間慘遭毒殺。由於那時她尚未受洗，是在兒童房用餐，所以只有她一人倖存，聽說後來由母方的親族庫拉森博克收養。因為政變而失去了至親與王族地位的悲劇公主，指的正是艾格蘭緹娜。

首次在貴族院見到她時，儘管年僅十歲，她已是亭亭玉立的美麗少女。不僅美麗，成績也比身為王族的我還要優秀，為人也受到近侍與下位領地學生們的愛戴。以前便有人猜測，已故第三王子的女兒總有一天，魔力量與擁有屬性必定會追過她的父親，但艾格蘭緹娜現在的魔力量，恐怕已經超過了原是第五王子的父王。

父王相信了庫拉森博克那邊所說的，她希望能回到往昔王族的身分，所以給了她選擇權。也就是在王兄與我之間，她選擇的人將成為下任國王。得知這件事以後，我便渴望得到王座。

……但其實我想要的不是王座，而是艾格蘭緹娜。

伴隨著吞嚥的動作，艾格蘭緹娜纖細的白頸中央微微顫動。她近乎無聲地把杯子放回桌上，色澤有如熟透普那萊的指尖以飛舞般的動作放開杯子。

我看得目不轉睛，只差沒把指尖行進的軌跡烙印在眼底，但是身為王族，仔細觀察他人試毒本來就是理所當然。我這樣正當化自己的行為，繼續注視艾格蘭緹娜。多半察覺到了我的視線，她那雙亮橙色眼眸朝我看來，然後帶有笑意地瞇起。

「亞納索塔瓊斯王子，請用茶。」

她面帶甜美的笑容，柔聲招呼我喝茶，我拿起茶杯。照著規矩喝茶的同時，我內心十分苦惱。該怎麼起頭才好？明明只是向本人傳達自己的想法，沒想到會這麼困難。我在握著杯子的手上使力，茶水表面泛起波紋。不自覺間，喉嚨發出了低吟。

……我的求愛不會變作命令嗎？

一直以來身邊的人都告誡我，王族一旦態度強硬地把話說出口，就會變成命令。所以至今我才照著慣例向她求婚，並透過他人表明心跡。身為第一王子的王兄似乎也送了信與禮物給艾格蘭緹娜，但應該也從未直接向她示愛。

……但是，王兄並不是喜歡艾格蘭緹娜，而是為了坐上王位，才想與她結婚。

現在王兄早有一位中領地出身的妻子。而且是從一開始就說好一旦有了大領地的第一夫人，便會退為第二夫人的妻子。一思及此，羅潔梅茵的話聲在腦海裡重現：「艾格蘭緹娜大人說了，兩位王子會向她求婚，都是為了靠近王位。」

想不到她竟然以為我與王兄一樣，目標都是王座……

我禁不住嘆息。如今王兄已有妻子了，我無法忍受艾格蘭緹娜再嫁給他。我希望是自己帶給這名美麗的少女幸福。因此明知會與王兄為敵，我還是渴望得到王座，進而才能成為艾格蘭緹娜的丈夫。

「亞納索塔瓊斯王子，您不是有重要的事情要告訴我嗎？」

我不小心拿著杯子，沉浸在了思緒裡。艾格蘭緹娜露出了詫異表情，側過臉龐問道。我連忙放下杯子，把一旁提供的點心塞進嘴裡。是那種會在嘴裡慢慢融化的砂糖點心。在中央經常能看到這道點心，但最近似乎是因為品嘗過了艾倫菲斯特的點心，現在吃起來，總覺得比往常要甜。

……我究竟該怎麼做？

即便與艾格蘭緹娜相對而坐，也不能劈頭就表達自己的心意。我伸手想拿出口袋裡的防止竊聽用魔導具，但立即發覺自己太心急了，又把手鬆開。必須先找個方便起頭的話題才行。我內心茫無頭緒，腦海裡卻淨是浮現羅潔梅茵說過的辛辣批評。

「……聽說妳與羅潔梅茵舉辦了茶會吧？」

「哎呀，是羅潔梅茵大人說了什麼嗎？」

艾格蘭緹娜臉上的笑意加深，但一直看著她的我知道，此刻她的笑容變得有些僵硬。她們聊了什麼不能被我知道的事情嗎？還是說，羅潔梅茵也對艾格蘭緹娜說了不敬的話，才令她臉色一僵？

……該不會是說我的壞話說得很起勁吧？

我往腦中羅潔梅茵那張可憎的笑臉揍了一拳後，心情才平靜下來，接著清了清喉嚨，重新正色。

「我想問妳對艾倫菲斯特有什麼看法。他們今年不是推出了許多新奇的東西嗎？看在排名第一的庫拉森博克眼中，究竟有什麼感想？老師們又是如何評價？身為王族，我想先了解清楚……」

這也不全然是謊話。今年艾倫菲斯特接二連三地推出了罕見的東西，比如髮飾、前所未見的點心，還有能讓頭髮產生光澤的藥水等等。艾倫菲斯特是中領地，記得過往的評價都是順位雖在中間，但表現差強人意，然而今年突然大放異采。預先了解其他領地對此有何感想，也能避免掉一些風波吧。前陣子與戴肯弗爾格的騷動還記憶猶新。此外，雖然都已悉數拒絕，但也有幾個領地曾表示想成為王族遺物的主人。

「關於這點呢……本來我對艾倫菲斯特的評價，還只是在政變中因為保持中立而逃過一劫、排名也因此提升的中領地。不過，近來慢慢覺得，他們總算開始擁有符合現在排名的實力了呢。」

我「嗯」地點了點頭，卻也覺得有些難以理解。

「妳對艾倫菲斯特的評價不會太高嗎？基本上艾倫菲斯特的個人成績與表現雖然優異，卻也僅此而已。從來無法進一步提升領地的整體成績，通常只限於個人。妳有什麼根據，能夠斷言羅潔梅茵與他們不同？」

就我所知，艾倫菲斯特雖然偶爾會出現只對自己興趣特別專精的天才，例如研究能力連賈鐸夫老師也不得不甘拜下風的赫思爾，或者飛蘇平琴的天才克莉絲汀妮，但她們的影響力從未向外擴張，為整個領地帶來益處。

「我想今年出現的好幾樣新事物，已經開始為整個領地帶來影響了喔。先前升級儀式上，所有女學生都使用了絲髮精，新樂曲也早在這幾年在領地內傳開。因為我聽說不論哪個年級的音樂課，都有學生彈奏了新曲。而且，低年級生的學科成績也變好了。」

「但是，他們的成績從兩、三年前開始就變好了吧？」

羅潔梅茵到底有沒有受洗過也教人存疑，況且她沉睡了兩年。我不認為成績的提升是她的功勞。

「今年艾倫菲斯特無論哪個年級，成績都有令人瞠目的顯著變化。詳細情況他們雖然不肯透露，但聽說是因為羅潔梅茵大人成功讓他們同心協力。她似乎並不著眼於個人成績，而是提倡互相分享，讓所有人都能獲益。以艾倫菲斯特來說，這現象真的很難得。我想在羅潔梅茵大人就讀期間，艾倫菲斯特會不斷成長吧。」

「嗯。那另一名領主候補生又是如何？」

聽到艾格蘭緹娜對羅潔梅茵簡直讚不絕口，我有些不是滋味，便把話題轉到艾倫菲斯特的另一名領主候補生身上。

「據普琳蓓兒老師所言，韋菲利特大人也十分優秀。不僅宮廷禮儀課在第一堂就合格了，聽說魔力操縱方面的表現也很出色。只不過，多次有人目擊到羅潔梅茵大人在上課途中給他建言，所以目前的評價是成績雖然優秀，但也只是一般的領主候補生。」

「嗯，在上課期間給予建言嗎……」

羅潔梅茵是養女。先前她才不假思索就脫口對我說出貴重情報，看來這個壞習慣，應該是因為平日都給予領主的親生子建言才養成的。既然是領主候補生，本應是奧伯之位的競爭對手，但如果身邊的人都要她輔佐奧伯的親生子也不奇怪。

……既然如此，我也不能白費她提供的寶貴建言。

我吸了一口氣，拿出防止竊聽用的魔導具，遞給艾格蘭緹娜，只見她神色有些不安地看向侍從。

「總比讓近侍們退下要好吧？」

與其要單獨相處——艾格蘭緹娜點點頭，拿起防止竊聽的魔導具。儘管我早就知道她對我抱持警戒，不願兩人獨處，但我還是感到心痛，使力握緊了手中的魔導具。

「我與羅潔梅茵談過了……聽說妳哪一邊都無法選擇，是嗎？」

「……我當時好像一不小心說了太多話呢。是因為羅潔梅茵大人太可愛了嗎？還請您別放在心上。」

艾格蘭緹娜面帶難色地淺淺微笑，不願再說下去。但是，無論她怎麼懇求，我都沒辦法不放在心上。

「羅潔梅茵說了，妳不會選王兄，也不會選我。雖然會遵照命令，但若由妳決定，妳誰也不會選擇。而且妳的希望是過著和平安穩的生活，而非變回王族。」

「實在非常抱歉。我說話真的太不知輕重了。亞納索塔瓊斯王子，還請您千萬別放在心上。」

艾格蘭緹娜有些紅了眼眶，向我極力懇求。這副模樣雖然惹人憐愛，但我無法答應。如果會答應她，我根本不會去聽羅潔梅茵那些逆耳的忠告。

「抱歉，我也想盡可能實現妳的所有心願，但這點我辦不到。因為我想知道妳真正的想法。」

我注視著艾格蘭緹娜說道，她露出了好似走入絕境的表情。我不知道這意味著她不曉得自己能否據實以告，還是意味著她已死心，認為就算說了也不可能實現。

「我至今都聽說妳的希望是變回王族，也想替妳實現心願。妳所選擇的人，將成為下任國王。也就是說，不成為國王，就無法成為妳的丈夫。為此，我才想得到王座。但是，妳真正的希望似乎是擁有安穩的生活。」

艾格蘭緹娜的笑意變濃。臉上雖然帶著笑，但我知道，那是她希望我別再深入探問的表情。但若就此罷手，什麼也不會改變。我雙手緊握住了防止竊聽的魔導具，努力想傳達出自己的心意，更是熾熱地凝視艾格蘭緹娜。

「我想實現的，並不是前任奧伯，而是艾格蘭緹娜妳自己的心願。雖然這麼點醒我的人是羅潔梅茵，讓人有些火大，但我希望今後不再透過他人，而是親自詢問妳的期望。同時，我也希望妳能知道我的願望。正如同艾格蘭緹娜不想成為王族，其實我本也無意成為下任國王。王兄若想要，我一點也不介意由他成為國王。」

艾格蘭緹娜似乎想要如同往常微笑，顫抖的嘴角卻讓她無法成功。這麼多年來，我真的都只見過她社交用的客套面容吧。雖然懊悔，但如今終於能看見她無法壓抑情感的真實表情，我又感到有些高興。

……可以相信她稍微感受到了我的真心意嗎？

我全身熱燙得血液彷彿就要沸騰。臉頰不僅快噴出火來，耳朵還陣陣耳鳴。腦筋空白到了無法想出富有詩意的華美詞藻來示愛，只能想到什麼就脫口而出。從王族的角度來看，現在的我恐怕一點王族的樣子也沒有。

「我想要的只有妳而已。我希望妳能選擇我。不是王兄，也不是其他人，而是成為我的光之女神。當然，這並不是命令，只是我的心願。」

想說的話我都說完了。我一邊調整呼吸，一邊定睛注視艾格蘭緹娜。視線對上的瞬間，她垂下雙眼，避開了我的目光。雖然照著羅潔梅茵的忠告嘗試過了，但就算直接表明心意，似乎也不被艾格蘭緹娜接受。

我沮喪地鬆開了手中的魔導具，這時卻聽見艾格蘭緹娜小聲說道：「……這般直率的話語，真是教人吃驚呢。」我再次緊握住魔導具，不想漏聽任何一句細小的輕喃。

「果然太直接了嗎？其實是羅潔梅茵告訴我，我的心意被權力鬥爭這堵高牆阻礙，妳才不認為我是發自真心。而且透過他人，可能根本沒有傳達出我真正的心意。」

「羅潔梅茵大人嗎？」

艾格蘭緹娜用驚訝的語氣說著，揚起頭來，面頰染上了羞赧的紅暈，我的心臟頓時快如擂鼓地跳動起來。

……我第一次見到她露出這種嬌羞的表情。難不成是羅潔梅茵的建言成功發揮作用了？

「沒錯。羅潔梅茵竟然當著我的面，想也不想就告訴我，妳現在正在思考有沒有方法能不與王族結婚，而我應該先試著親自詢問妳的心願。她實在無禮至極對吧？」

我帶著苦笑轉述羅潔梅茵說過的話，想讓現場的氣氛輕鬆一些。艾格蘭緹娜霎時瞪大了亮橙色雙眸。

「這般率直的建言，真不敢相信亞納索塔瓊斯王子採納了呢。」

「她給的很多忠告都讓人火大。但是，如果她說的是真的……代表妳對我的心意有所誤解，甚至為此感到為難。所以我希望至少能讓妳知道，我的目標並不是王位。」

「……關於這一點，我已經非常明白了。」

艾格蘭緹娜垂下目光。發覺這是她害羞時的動作，我不由得咧開嘴角。

「呵……既然羅潔梅茵的忠告對妳這麼有效，或許其他忠告我也該嘗試看看。」

「……羅潔梅茵大人其他還給了您什麼忠告呢？我不想再受到更多驚嚇了呢。」

艾格蘭緹娜有些使性子地睨了我一眼。看見她這麼可愛的模樣，我在心裡頭大聲叫好，同時回想羅潔梅茵說過的忠告。

「那些忠告實在無禮到了難以想像敢當面告訴王族，妳想聽嗎？」

「請您務必告訴我。」

艾格蘭緹娜再度換回了社交性的客套微笑，但似乎還有一些羞惱的感覺在。我為她的變化感到愉快，說出了羅潔梅茵提供的忠告中，對我最造成衝擊的那一個。

「首先她說了，如果我想看起來與妳程度相當，應該再認真一點練習奉獻舞。好像是我和妳站在一起跳舞時，明顯比妳遜色。」

艾格蘭緹娜不可置信地不住眨眼，臉龐往旁一歪。

「……請問，羅潔梅茵大人真的這樣說了嗎？」

「沒錯。雖然是我說了，就算是無禮的忠告也不要緊，但她當真直言不諱。她還說了我的讚美方式要加強，也說妳的藝術造詣深厚，我應該練習飛蘇平琴……」

逐一說出以後，艾格蘭緹娜的笑容凝結在臉上。我完全能明白她的心情。這實在不是第十三順位的艾倫菲斯特領主候補生該對王族說的話。

「羅潔梅茵肆無忌憚地說完了自己想說的話以後，當場便失去意識。雖然她說過自己身體不適，但我沒想到竟然糟到了會突然暈過去。我嚇了一大跳，更是好久沒見過歐斯溫臉色大變的樣子了。」

因為艾格蘭緹娜聽著有關羅潔梅茵的事情，臉蛋上的表情不停變換，我一時得意忘形，不小心連她在我面前暈倒的事也說了。下一瞬間，艾格蘭緹娜變了臉色。

「亞納索塔瓊斯王子，羅潔梅茵大人明明說過她身體不適，您還傳喚她，怎能如此強人所難呢。那您表示過慰問了吧？」

「我向羅潔梅茵表示慰問嗎？我自然是打算原諒她如此失態，但應該是她要向我請求原諒才對吧？」

竟在與王族交談時失去意識，這是絕不該有的失態。照理說，羅潔梅茵應該向我提出會面請求，並且向我道歉，然後我再原諒她。我不明白自己為何要表示慰問。換作是艾格蘭緹娜，她無論如何都會寫信慰問嗎？

「本來應該要是如此沒錯，但一直到了現在，羅潔梅茵大人都沒有提出會面請求吧？這不就表示她的身體尚未復原嗎？她身邊的近侍們與接到消息的奧伯·艾倫菲斯特，此刻不知有多麼如坐針氈。不光是為了羅潔梅茵大人，也為了艾倫菲斯特全體著想，請您捎封信函表示慰問吧。」

「……原來如此。我聽說在貴族院，基本上不會有來自領地的干涉，但原來還是會報告啊。」

我不清楚領地與宿舍之間會有怎樣的聯繫，但如果知道領主候補生接到了王族的召見，還在王族面前失去意識，現在甚至無法立即致歉，奧伯想必壓力大得胃都痛了吧。羅潔梅茵還曾在最奧之間裡暈倒，成為圖書館魔導具的主人後與戴肯弗爾格比了迪塔，但即便聽到這些報告，也完全不能出手干涉，我不禁同情起奧伯．艾倫菲斯特。

但是，要我寄信慰問嗎……

如果要逼著自己違反原則，這麼做也沒有意義。若在表達關心時用詞不慎，旁人有可能誤以為我中意羅潔梅茵。在他人並不知道我是聽從了艾格蘭緹娜建議的情形下，我並不想寫信慰問。

「艾格蘭緹娜，但遺憾的是，至今我從未寄過慰問信函。如果妳願意與我一起思考，慰問時該寫哪些話……我便向艾倫菲斯特送去慰問信函吧。」

「……真拿您沒辦法呢。」

於是，艾格蘭緹娜答應了與我一同思考該如何慰問，並且送出致歉信函。發覺艾格蘭緹娜的微笑變得比以往柔和，我伸出手。我有預感，現在的她不會拒絕。

「艾格蘭緹娜，下次是否要前往涼亭一起談天？為了實現妳的心願，得想想要如何說服奧伯．庫拉森博克與前任奧伯吧？」

「要說服外祖父大人他們，恐怕不容易呢。」

艾格蘭緹娜沒有正面回答，但對於我邀請她前往戀人相會時常去的涼亭，她首次沒有拒絕。我覺得此刻的自己所向無敵。比起向艾格蘭緹娜坦白自己的想法，要以貴族的作風與奧伯以及前任奧伯交涉，簡直是小事一樁。

究竟該如何說服他們？時間剩下不多了，但值得傾力一試。我把庫拉森博克的點心放進嘴裡，一口氣咬碎。

主人不在的日子

「羅潔梅茵大人真的好快就前往神殿了呢。」

我完全沒想到她僅在城堡住了一晚，隔天便出發了。目送著往神殿方向移動的騎獸，我不由得喃喃低聲說道。柯尼留斯與黎希達轉過身來，面帶苦笑，表示同意地點了點頭。諾伯特與幾名城堡的侍從正利用魔導具，很快融化了飄落到門邊的雪花使其蒸發，然後清掃乾淨。

「好了，我們先回房間吧。得想想接下來要做什麼。我已經請了休假，暫時會返回自己的宅邸，你們又有什麼打算？昨晚在城堡過了一夜，已經聯絡過家人了嗎？」

黎希達邊問道，邊催促我們返回北邊別館。黎希達似乎已經申請了休假，但我先前要返回領地時，只表示羅潔梅茵大人回到艾倫菲斯特期間，我將負責執行護衛任務。

「如今該護衛的對象不在了，待在城堡也無事可做，萊歐諾蕾打算怎麼辦？」

我與柯尼留斯是為了在城堡護衛羅潔梅茵大人，並與達穆爾還有安潔莉卡輪流值勤，才從貴族院回來。但是，還未成年的我們不能一同前往神殿。

「我打算去找父親大人，問他該怎麼做才能讓騎士們團結起來。現在為了討伐冬之主，他們應該正在商量對策。就算只是在旁邊聽，我想也能學到不少東西。」

柯尼留斯這麼認真看待奪寶迪塔的結果，讓我非常高興。因為不論我怎麼說明團隊合作的重要性，還有我們與戴肯弗爾格的差別，很多見習騎士始終不明白。

「萊歐諾蕾……妳要回貴族院嗎？妳為了羅潔梅茵，急急忙忙修完了所有課程，沒時間能與朋友好好相處，也說過想去圖書館查些資料吧？再說了，現在是冬季的社交界，要是遇到親族，妳恐怕也應付不來吧？奉獻儀式快結束前我會通知妳，妳到時再回城堡就好了。」

柯尼留斯說的沒錯，我如果現在返家，恐怕要面對沒有止境的問題轟炸。因為親族都想知道有關羅潔梅茵大人的消息。如果不需要執行護衛騎士的工作，整個冬季期間，伯父大人他們會一直纏著我問東問西。

「……你說得是呢。我也不想要一直回答父親大人他們的問題，還是回貴族院避難吧。柯尼留斯，那你沒問題嗎？」

「我這邊不用擔心。而且，我也有事情要報告。」

柯尼留斯是羅潔梅茵大人的親哥哥，他一副早已習慣似的說完，輕輕聳肩。從他在宿舍向近侍們下達指示的樣子來看，再加上他又與羅潔梅茵大人感情很好，與親族的聯絡可以放心交給他。

「那麼柯尼留斯會留下來，萊歐諾蕾明天會返回貴族院吧。我會轉告齊爾維斯特大人，請他作好轉移陣的安排。接下來我要召集一族，召開親族會議。托勞戈特這孩子真是教人頭痛……」

一回到羅潔梅茵大人房間裡的近侍室，黎希達立即把後續工作交給奧黛麗，匆匆作好準備，急如風火地離開了。見她彷彿連一絲一毫的時間也捨不得浪費，我不禁眨了眨眼睛，奧黛麗為我們泡茶。

「黎希達再怎麼可靠，畢竟也有年紀了，還要前往貴族院貼身照料，現在外孫托勞戈特又犯下大錯，她也必須收拾善後。真是辛苦她了。」

看來托勞戈特在貴族院裡的作為，也已經傳進奧黛麗耳裡了。雖然羅潔梅茵大人在考量過後，建議了托勞戈特自己請辭，但其實這件事情嚴重到本該解任才對。托勞戈特從未真心敬重自己侍奉的主人，他的態度讓同樣身為近侍的我們都感到憤怒，而且他還相當看輕領主一族。也難怪黎希達勃然大怒，認為他沒有近侍該有的自覺。

「托勞戈特做為旁系血親，血統與領主一族更為接近，與萊瑟岡古的關係十分薄弱，所以和我們不一樣，對於成了領主養女的羅潔梅茵，才那麼感到排斥吧。」

托勞戈特是波尼法狄斯大人的孫子，但屬於第二夫人的家族。第二夫人並非萊瑟岡古的貴族。大概是因為這個緣故，他從小就對他人抱有很強的敵意，聽說也經常氣勢沖沖地挑釁柯尼留斯，讓他非常傷腦筋。

「但就算是這樣，也不能不把主人放在眼裡。托勞戈特老向旁人宣洩對主人的不滿，現在他終於不再是羅潔梅茵的近侍，老實說我鬆了口氣。」

「連黎希達身為外祖母，也請求將他解任呢。雖然我沒有親眼見過，但他的態度真的非常糟糕吧。」

奧黛麗吐了一口氣後，憂心忡忡地看著我們。

「柯尼留斯、萊歐諾蕾，哈特姆特沒問題嗎？那孩子太過崇拜羅潔梅茵大人，有時會有些失控吧？上一封他寄來的信裡頭，興奮地告訴我他獲選為近侍，從那之後就音信全無……我很擔心他也會和托勞戈特一樣觸怒羅潔梅茵大人，只是基於不同的原因。」

我忍不住與柯尼留斯互相對視。同樣身為萊瑟岡古的貴族，我們也很擔心哈特姆特的無法自控。

「根據我們在旁邊的觀察，有時哈特姆特若太過激動，羅潔梅茵大人會有些受到驚嚇。但是，發生托勞戈特這件事時，羅潔梅茵大人斥責了他處理情報的方式，哈特姆特也反省了。我想他應該不會違背羅潔梅茵大人的意願亂來。」

「……就算不會亂來，也可能暗中做些可疑的舉動吧？」

奧黛麗尋思片刻，聽完我說的話後卻沒有安下心來，反倒眉頭深鎖。真不愧是母親，非常了解哈特姆特。換作其他人，十之八九會被他親切和藹的笑容與態度矇騙，不會產生這樣的懷疑吧。

「萊歐諾蕾，雖然對妳真的很抱歉，但妳回到貴族院以後，能不能幫忙留意哈特姆特的一舉一動呢？」

「哈特姆特之前也一直主張，羅潔梅茵才是下任奧伯的最佳人選。搞不好他真的還沒死心。」

看著奧黛麗與柯尼留斯這麼認真地拜託我，我也開始感到不安。也許真的需要有人盯緊哈特姆特。目前留在貴族院的近侍裡頭，論身分能制止哈特姆特的人，就是布倫希爾德了，但不能對她抱有期待。因為布倫希爾德也曾想過，想出了這麼多流行商品的羅潔梅茵大人若能成為下任奧伯，艾倫菲斯特定能更加蓬勃發展。

「我知道了。我會去提醒哈特姆特，別趁著羅潔梅茵大人與柯尼留斯不在的時候，暗地裡做出會違反主人意願的行動。」

「謝了。真是幸好萊歐諾蕾成為羅潔梅茵的近侍。」

柯尼留斯露出開心的笑容說道，我也忍不住跟著微笑。我之所以願意成為近侍，原因之一是父親大人吩咐我，要以萊瑟岡古貴族的身分侍奉羅潔梅茵大人。另一個原因，是因為我想待在柯尼留斯身邊。當然，我也知道自己的動機並不單純。自從羅潔梅茵大人陷入沉睡，柯尼留斯便開始認真地訓練與苦讀，我一直在旁邊看著這樣的他。從前柯尼留斯曾經說過，他只要能取得符合上級貴族身分的分數就滿意了，後來卻那般發憤努力，甚至讓人感到心疼。不自覺間，我開始想要待在身邊一直看著他。

「現在羅潔梅茵不在貴族院，妳也不需要執行護衛工作，正好趁這個機會訓練那些不懂得團結的騎士。聽了妳先前對奪寶迪塔的分析，我覺得萊歐諾蕾有能力綜觀全局，也有辦法把在學科課程上學到的戰術，運用在實際比賽上。麻煩妳訓練大家，迎接接下來的領地對抗戰吧。」

感受到了柯尼留斯對我的期待，我也想要更加努力。其實先前對奪寶迪塔的分析，有一半是現學現賣羅潔梅茵大人說過的話。羅潔梅茵大人只是一年級的領主候補生，卻能精準看穿敵人的作戰計畫，甚至想出打敗敵人的戰術。正在修習專業騎士課程的我，必須加倍努力才行。

「交給我吧。我打算參考斐迪南大人的指導手冊，先開始了解見習騎士們的實力。」

這天，我與柯尼留斯一起討論了該如何訓練見習騎士們。隔天上午，我便返回貴族院。

「哎呀，萊歐諾蕾。妳竟然會回來，是城堡發生了什麼事情嗎？」

布倫希爾德從多功能交誼廳裡走出來，臉上掛著明顯強裝的笑容，心情似乎很糟。

我眨了眨眼睛。

「因為羅潔梅茵大人一下子就前往神殿，柯尼留斯建議我，奉獻儀式結束前最好回到貴族院度過。」

我的目光對上了跟在布倫希爾德身後，接著從交誼廳裡走出來的哈特姆特，只見他聳一聳肩。看來是在交誼廳裡發生了什麼事。

「布倫希爾德、哈特姆特，我想和你們稍微聊聊，現在時間方便嗎？」

我用手指了指自己的眼睛問道，布倫希爾德深吸一口氣後，露出微笑說：「好的，當然沒問題。」方才還在她臉上的不快已經徹底消失。「那我去找間會議室。」哈特姆特說完，立即轉身移動。

走進空間不大的會議室，一關上門，布倫希爾德立刻沉下了臉，眉尾都在顫抖。

「我真是太生氣了。」

至於是生誰的氣，原來是對韋菲利特大人。想不到這麼不湊巧，聽說就在羅潔梅茵大人返回城堡的當天，收到了戴肯弗爾格的女性領主候補生寄來的茶會邀請函，信上寫道：「希望能藉此機會加深交流。」

「現在羅潔梅茵大人不在，想必已經回絕了吧？難不成是我們一回絕，對方立刻開始挑釁，又要與我們比迪塔嗎？」

「不，才沒發生這麼有趣的事情。因為對方的邀請函是寄給領主候補生，並未指名羅潔梅茵大人，所以只是變成了韋菲利特大人必須出席。也因為這樣，韋菲利特大人傳喚了布倫希爾德過去。」

哈特姆特笑著揮了揮手否定，橙色雙眸看向布倫希爾德。布倫希爾德那雙蜜糖色的眼眸在憤怒之下，顏色變得比平常要淡。

「韋菲利特大人竟然說，因為這場茶會本該由羅潔梅茵大人出席，所以就交由我們準備，然後把工作全部推給了我們。這是怎麼一回事呀?!韋菲利特大人並不是我的主人吧？」

本來韋菲利特大人應該先問過羅潔梅茵大人，再由羅潔梅茵大人以信件等方式，向我們下達命令。然而，韋菲利特大人卻跳過了這些步驟直接下令，這件事似乎讓布倫希爾德難以忍受。

「布倫希爾德，妳冷靜一點。羅潔梅茵大人不是也囑咐過妳，要協助韋菲利特大人嗎？」

「可是，協助與全部推給我們完全不一樣吧？韋菲利特大人甚至說他的近侍們還沒有修完課，所以沒有時間。只要吩咐他們把行程空出來不就好了嗎？」

布倫希爾德說的非常有理。我們負責從旁協助，讓韋菲利特大人的近侍們做起事來更方便，與命令所有事情都由我們處理，兩者截然不同。再者，說近侍沒有時間，這種話也令人費解。我們在排課時，必定是配合羅潔梅茵大人要去圖書館的時間。竟然說近侍無法配合主人的行程，等同認定自己的近侍是無能之輩，難道韋菲利特大人的近侍們都毫無所覺嗎？

「居然讓自己的近侍們優先修完課，然後理所當然地命令他人的近侍，簡直傲慢得無以復加。這讓我想起了首次亮相後，向薇羅妮卡大人問候時的事情，真的很不愉快。」

布倫希爾德說得咬牙切齒。我不知道首次亮相之後發生過什麼事，但布倫希爾德與她的父親基貝．葛雷修好像都很不高興。我還清楚記得父親大人曾說過：「這種事要持續到什麼時候呢？」當時他的側臉帶著苦笑，像對一切都感到絕望無力。

「從前薇羅妮卡大人有多麼敵視萊瑟岡古的貴族，又進行了多少迫害，他們怎麼可能不知道，言行舉止卻還是和那時候一模一樣。就算現在薇羅妮卡大人已經垮臺了，但他們也許以為，只要用和那時一樣的態度下令，大家還是會乖乖遵從。也許是不想相信局勢已經改變了吧。」

哈特姆特輕蔑地哼了一聲。我們同樣都是萊瑟岡古的貴族，雖然嚴重程度不一，但都受過薇羅妮卡大人的迫害。面對由薇羅妮卡大人拉拔長大的韋菲利特大人，自然從一開始就沒有好感。

「由薇羅妮卡大人養育長大的韋菲利特大人，果然也瞧不起萊瑟岡古的貴族吧……雖然我也希望，萊瑟岡古的貴族們可以明白這兩位大人截然不同，但是，他們實在太像了。不只頭髮與瞳孔的顏色，就連言行舉止也……」

聽見我這麼說，兩人點了點頭。改變派系後，韋菲利特大人便與舊薇羅妮卡派的貴族保持距離，對待他們的態度，就和以前對萊瑟岡古的貴族一樣。為了不讓舊薇羅妮卡派的貴族接近羅潔梅茵大人，提防警戒是必須的。但是，韋菲利特大人如此排斥原先與自己相同派系的貴族，連在旁邊看著的我也感到不舒服。連自己派系的人都這麼棄若敝屣，他真的有可能好好對待其他派系的貴族嗎？羅潔梅茵大人遇襲之後，即便沉睡了兩年才醒來，但她無論面對哪個派系，在評價時也始終秉持公正，所以我總是不由自主地比較起兩人。

如果羅潔梅茵大人在遇襲之後，對舊薇羅妮卡派貴族的態度立即產生轉變，那麼在我心目中，她也與一般尋常的貴族無異。然而，即使遭受到攻擊，甚至沉睡了兩年，羅潔梅茵大人也依然公正地評價羅德里希他們的作為。縱然韋菲利特大人開口抗議，她也不為所動。我非常尊敬羅潔梅茵大人的為人，也認為她是自己應該侍奉的主人。

「布倫希爾德，我明白妳為什麼這麼生氣，但妳也沒必要想成是韋菲利特大人在命令自己。我們可以反過來利用韋菲利特大人。趁著與領主候補生舉行茶會，妳可以努力推廣現在的新流行，一邊等著羅潔梅茵大人回來，這樣也不錯呀。不是嗎？」

「是啊，這我當然知道。而且，我也不會因為不高興，就在準備時偷工減料。身為羅潔梅茵大人的近侍，我會做得無懈可擊。」

布倫希爾德瞬間就調適好心情，一臉凜然地挺起胸膛。身為基貝．葛雷修的繼承人，布倫希爾德受過嚴格教育，完全可以感受到她絕不輕易妥協的堅持。

「此外，韋菲利特大人的茶會也正好能讓莉瑟蕾塔與菲里妮當作練習。在羅潔梅茵大人出席更多茶會之前，我也想盡量累積經驗。我無法忍受自己在羅潔梅茵大人的茶會上出錯，但如果是韋菲利特大人的茶會，倒是能一笑置之。」

這些話真是符合哈特姆特的作風，但對韋菲利特大人再怎麼惱怒，他仍是領主候補生。布倫希爾德微微皺起臉龐。

「你這樣說似乎不太應該……不過，我也大致同意。因為從以前到現在，艾倫菲斯特幾乎沒有機會與上位領地舉辦茶會。羅潔梅茵大人竟能在這麼短的時間內便與王族有個人私交，我想我們確實需要機會練習。」

……雖說出席者是韋菲利特大人，但畢竟是與上位領地舉辦茶會，真的適合拿來當練習嗎？

我眼前浮現了下級貴族菲里妮因為太過緊張，甚至紅了眼眶的模樣。但既然已是羅潔梅茵大人的近侍，這也算是必經過程，她只能慢慢適應。

「話說回來，要與戴肯弗爾格舉辦茶會嗎？他們明明趁著我們要把休華茲與懷斯送回圖書館的時候，帶著他領學生在半路攔截，還發動攻擊，竟然送來邀請函……」

我表示擔心後，哈特姆特立即搖頭。

「這我也打聽過了……聽說在戴肯弗爾格，學生們對羅潔梅茵大人都是讚賞有加。說她雖然外表年幼，卻能使出奇招，把騎士們耍得團團轉。藍斯特勞德大人的妹妹好像是針對哥哥無禮的態度，想要表達歉意。」

「既然哈特姆特說得這麼肯定，應該是錯不了吧。」

哈特姆特曾向柯尼留斯大肆發過牢騷，說羅潔梅茵大人會沉睡這麼長的時間，都是護衛騎士們太沒用，所以如果有任何可能危害到羅潔梅茵大人的事情，他絕對不會置之不理。關於戴肯弗爾格，他應該也仔細查探過消息了。

「既然邀請函是寄給領主候補生，代表雙方應該沒有個人私交……咦？我記得戴肯弗爾格的那位女性領主候補生，今年也是一年級吧？通常在課堂上就見過面了吧……」

「布倫希爾德，羅潔梅茵大人雖然提過老師們，但從未提起過與她一起上課的學生。她肯定一心只想著合格，完全沒與他領學生有所交流吧。」

我與布倫希爾德對看了一眼。羅潔梅茵大人雖然優秀，注意力卻只放在自己感興趣的事物上，今後也許有必要提醒她一聲。在貴族院，很鼓勵學生與他領的人多做交流。尤其重要的是，女性領主候補生可以在這裡尋找結婚對象，也可以與人建立情誼，以便將來嫁往他領後能派上用場。

「今年羅潔梅茵大人是因為身體尚未完全康復，明年一定……」

「明年我也只能預見，羅潔梅茵大人肯定又想成天都待在圖書館吧。布倫希爾德，我勸妳還是別再抱有無謂的期待了。」

要讓只想待在圖書館的羅潔梅茵大人與人社交，恐怕會變成近侍的工作之一。思及此，我不禁輕聲笑了起來。

重新回到貴族院後，這陣子的生活稱不上平穩。羅潔梅茵大人雖然不在，但來自他領的邀請依舊接連不斷，全是想要深入了解髮飾與絲髮精。明明可以推掉其中一些，韋菲利特大人卻說：「上位領地的邀請我沒辦法拒絕。」於是通通答應下來，並且全部交由布倫希爾德他們作準備。儘管如此，他卻還抱怨：「與女性舉辦的茶會太多了，好累。」布倫希爾德內心的怒火更是燒得越來越旺。假使黎希達還在，也許會幫忙訓斥奧斯華德，但如今艾倫菲斯特舍內，成年侍從中地位最高的人便是他。布倫希爾德說她也曾委婉地表示過不滿，卻被他三言兩語帶過。

我不時聽著布倫希爾德的抱怨，一邊也照著與柯尼留斯討論好的，開始訓練見習騎士們，以迎接即將到來的領地對抗戰。我看著斐迪南大人製作的指導手冊，首先開始檢測艾倫菲斯特見習騎士的個人能力。手冊上寫道，迪塔因為參加人數有明確規定，所以必須先正確了解每個人的長處與短處，以及擁有多少體力和魔力。

「萊歐諾蕾，我到底要跑到什麼時候?!」

「我剛才不是說了，跑到你體力耗盡為止嗎？托勞戈特，我看你還很有精神嘛。體力之豐沛真令人佩服。」

「萊歐諾蕾，我不行了！我的魔力就快……」

「亞歷克斯，你剩下的魔力還能再發出兩記攻擊吧？你每到這個階段，命中率就會急速下降，我希望你能再提高一點。」

我讓見習騎士們反覆進行基礎訓練，挑戰自己的極限，然後把結果記錄下來。與此同時，我不禁在內心為植物紙的便利感到讚歎。因為植物紙不僅輕薄，還能不斷堆疊。如果是用木板做記錄，數量恐怕非常驚人。

……記錄到的結果還不錯呢。

訓練場內，大半見習騎士都虛脫無力地倒在地上，身體不時抽搐抖動，就好像暴風雨過後被打上河邊的魚。他們都喝了回復藥水，正在回復當中，並無生命危險。

……不過，要是回復藥水不夠用就麻煩了。

「萊歐諾蕾，我也修完所有課程了！請讓我參加訓練！」

優蒂特忽然間衝進訓練場來，臉上是得意洋洋的燦爛笑容。頭髮今天也在她腦後輕柔搖曳。

「優蒂特，歡迎。妳來得正好。」

「別這麼著急，妳才二年級而已吧？趁現在快逃……呼噗?!」

「魯道夫，你好像已經恢復了呢？不如在優蒂特之前，再次讓體力達到極限……」

「才、才沒有！我還沒有回復！」

「既然如此，請閉上嘴巴好好休息。好了，優蒂特，我們開始吧。」

「咦？咦？咦？」

我讓多嘴的魯道夫閉上嘴巴後，伸手抓住優蒂特的披風。優蒂特似乎此刻才注意到現場屍橫遍野的景象，臉上的表情非常驚恐，但我不會讓她逃走。前陣子比奪寶迪塔時，她在擲遠的表現上非常出色。雖然要等到明年優蒂特選擇了騎士課程以後，她才能參加領地對抗戰，但如果能把擲遠這項戰力列入考量，將能編排出更加多樣的作戰計畫。我不由得開心起來。

「居然想要參加訓練，這份意志真教人欽佩。檢測過體力以後，馬上來測試妳的擲遠能力吧。」

要不了多久，優蒂特便和大家一樣四肢無力地倒在我腳邊。但是，在這裡沒有人會斥責她說身為貴族女性，倒在地上太不知檢點了。因為，所有人都是一樣的狀態。

「……魯道夫大人的忠告沒錯，我好像太心急了。貴族院的訓練居然這麼嚴苛，真是出乎我的預料。」

「哎呀，我聽說優蒂特平常就在克倫伯格接受訓練，看來體力真的很好呢。妳已經恢復到有力氣聊天了嗎？」

「我才沒有！我根本還沒恢復到可以聊天的地步！」

優蒂特用充滿活力的聲音吶喊道，雙眼噙著淚，忙不迭地搖頭。回復速度果然很快，是適合成為騎士的孩子，非常值得鍛鍊。說不定她也和安潔莉卡一樣，禁得起波尼法狄斯大人那洋溢著孫女之愛的特訓。

「等大家都回復了，接下來的練習內容是反覆用同樣的魔力量，使出威力相同的攻擊。」

「……萊歐諾蕾，那妳要做什麼？」

「趁大家回復的時候，我要回宿舍準備回復藥水。好像快不夠用了。」

「還要繼續嗎?!」見習騎士們的悲鳴從身後傳來，我起腳離開訓練場。只見洛飛老師站在出口旁，帶著一臉看好戲的笑容瞧著這邊。

「艾倫菲斯特很認真在練習嘛。我還以為你們贏了戴肯弗爾格以後，就會自大起來，想不到沒這回事。佩服、佩服。」

「確實有人因此自大起來喔。比奪寶迪塔時，羅潔梅茵大人甚至說過，其實應該讓大家照著實力落敗才對，現在我總算開始明白這句話的意思了……雖然還有很多人並不明白。」

我回頭看著訓練場，洛飛老師一臉訝異。

「噢？羅潔梅茵大人說了這樣的話嗎？……她真是奇怪的領主候補生。」

這點我也同意。聽說羅潔梅茵大人為了指導安潔莉卡，學習過騎士課程的學科內容，柯尼留斯也告訴過我，她曾看過騎士團長家裡的兵法書。而且她從前還是神殿的巫女時，也曾與騎士團一同討伐魔獸，親眼見過騎士們戰鬥的模樣。

但是，真的光靠這些經歷，便能接二連三地下達那麼多指示嗎？我也修習了騎士課程，但在比奪寶迪塔時，若不是羅潔梅茵大人提醒，我從沒想過學科的內容可以運用在實戰上。即便知道，我也不可能想出那樣的妙計。雖然事後回想起來，可以看出敵人當時是採取了何種策略，我們又該如何應對，但在那個當下，只會中了敵人的計，混亂得不知道該怎麼辦。

「艾倫菲斯特若想變強，首先所有見習騎士必須認清自己的極限。」

現階段我一直訓練大家，讓他們的體力到達極限，藉此蒐集資料，但是重點在於，我也必須知道實際比賽時，他們究竟能完成哪些指示？又能發揮出訓練時的幾成實力？而且，現在與上次不一樣，不再能靠羅潔梅茵大人的妙招驚險獲勝，所以更能體認到對手的強大，不再只有模糊的認知。

「哦……言下之意，是妳想再比一次嗎？」

為了艾倫菲斯特的見習騎士們，我想讓他們與戴肯弗爾格再比一次——我如此暗示後，洛飛老師也正確理解到了我的弦外之音。

「我想盡快讓大家產生自覺。但是，目前羅潔梅茵大人不在，如果要與艾倫菲斯特再次對戰，戴肯弗爾格也只會感到困擾吧？」

「不，我可是老師，既然這是為了讓學生變強，自然要鼎力相助。更何況，戴肯弗爾格的騎士們也想與艾倫菲斯特再比一次。這也正好是個機會，讓他們實際感受一下有沒有人出謀劃策，會讓戰況產生多大的改變。」

原來即使是如此強大的戴肯弗爾格，如今比起團隊合作與戰術思考，重視攻擊力的見習騎士也變多了。

「那麼，三天後我將返回艾倫菲斯特，接下來的事情就拜託老師了。」

「……妳想把事情都丟給我嗎？我看妳很有潛力成為軍師嘛。」

「我正以羅潔梅茵大人與斐迪南大人為榜樣呢。雖然還有很多要學習……」

洛飛老師吃驚地揚起了眉，隨即愉快地哈哈大笑起來，答應了幫我完成基礎訓練的最後一步。

就在我要返回艾倫菲斯特的前一天，韋菲利特大人要所有見習騎士到多功能交誼廳集合。

「戴肯弗爾格透過洛飛老師，向我們提出了再戰的要求。」

突如其來的通知讓見習騎士們喧譁起來。我也佯裝驚訝，同時舉起手，請求發言。

「安潔莉卡與柯尼留斯是我們的主要戰力，但現在他們都回到艾倫菲斯特了，整體戰力明顯下降許多。而且，現在的我們也想不出計謀，能像上次那樣把戴肯弗爾格耍得團團轉。在這種情況下，我不認為我們能打贏戴肯弗爾格。」

我說明了艾倫菲斯特的戰力現況後，韋菲利特大人皺起臉龐。

「所以妳要我拒絕嗎？但是，怎麼能拒絕上位領地提出的要求。」

「我當然知道無法拒絕。只是，要獲勝恐怕不容易。」

我點了點頭，環顧四周。托勞戈特反抗意味濃厚地朝我瞪來。

「萊歐諾蕾，這也是我們展現自己實力的絕佳機會吧？這陣子我們都接受了嚴格的訓練，應該變得比那時候還強了。」

「而且我們好歹贏過一次。這次或許會輸，但應該也能戰得平分秋色吧。」

這陣子的基礎訓練，是想讓他們認清自己的極限。但僅是這樣而已，似乎就讓他們以為自己比戴肯弗爾格要強了。先前的獲勝經驗，果然成了他們自大的原因之一。看這樣子，有必要讓他們體驗一下何謂徹底慘敗。

聽了見習騎士們充滿鬥志的發言，韋菲利特大人滿意地點頭。

「萊歐諾蕾，妳與亞歷克斯他們討論過後，決定迪塔的日期吧。」

……這一瞬間，我非常能明白布倫希爾德為何那麼生氣。

韋菲利特大人命令得理所當然，我雖感到不快，但按捺下來，揚起嘴角微笑。

「很遺憾，我已經預計明天要返回艾倫菲斯特。上次因為有羅潔梅茵大人在，才把大展身手的機會讓給了羅潔梅茵大人的護衛騎士，但這次比賽不一樣，能夠以韋菲利特大人的護衛騎士為中心吧？」

因為不想像布倫希爾德一樣，被迫攬下所有麻煩的差事，我本來就希望這件事能在自己離開貴族院的期間結束。洛飛老師提出請求的時機真是太剛好了。

……接下來要根據這陣子記錄的見習騎士資料，與柯尼留斯討論回來以後要如何重新展開訓練，並且擬好領地對抗戰的對策呢。

想好了返回艾倫菲斯特後該做的事情，我踏進轉移陣裡。

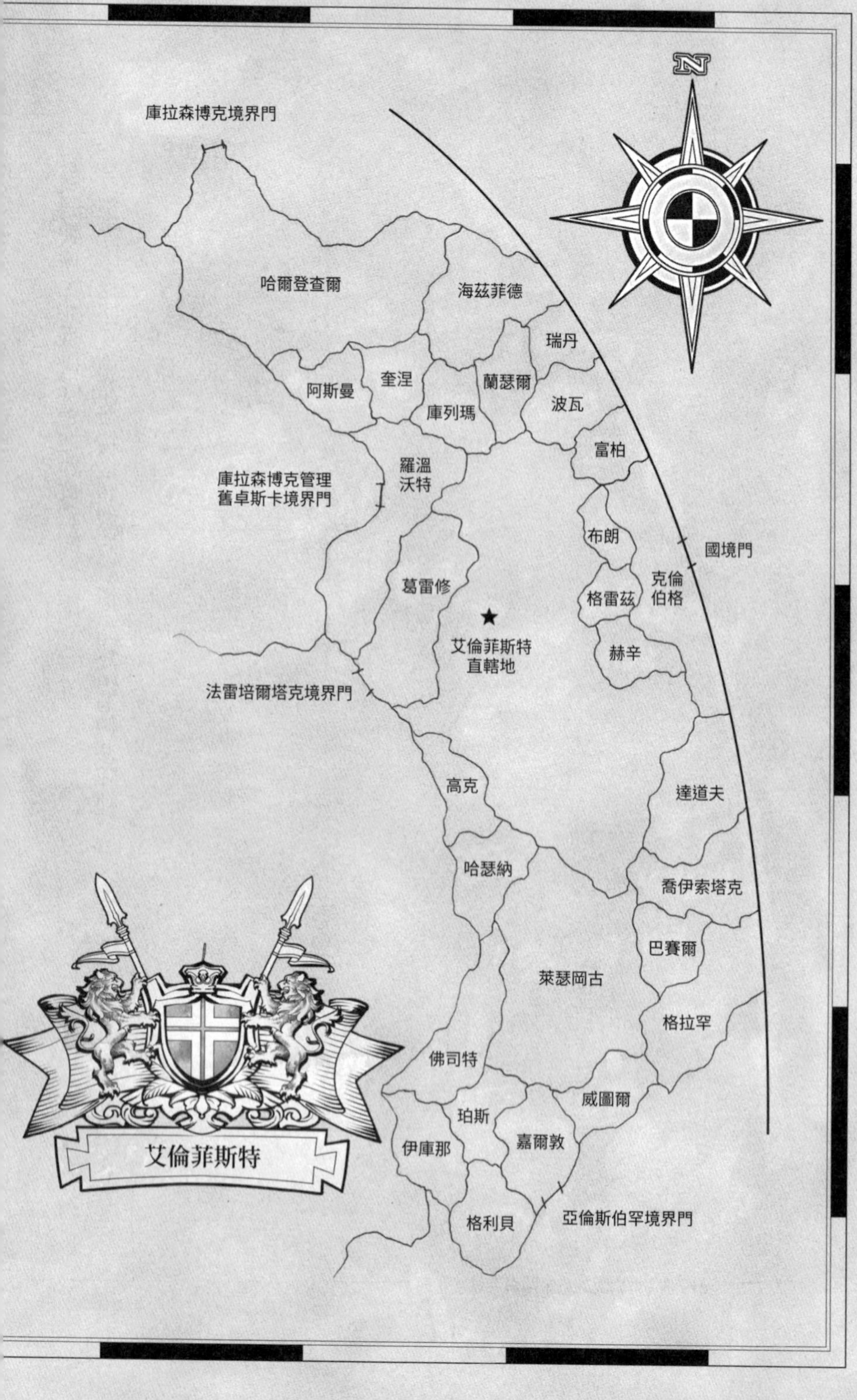
N
庫拉森博克境界門
哈爾登查爾
海茲菲德
瑞丹
阿斯曼
奎涅
蘭瑟爾
庫列瑪
波瓦
富柏
羅溫
沃特
庫拉森博克管理
舊卓斯卡境界門
布朗
國境門
克倫
伯格
葛雷修
格雷茲
艾倫菲斯特
直轄地
赫辛
法雷培爾塔克境界門
高克
達道夫
哈瑟納
喬伊索塔克
巴賽爾
萊瑟岡古
格拉罕
佛司特
威圖爾
珀斯
嘉爾敦
伊庫那
格利貝
亞倫斯伯罕境界門
艾倫菲斯特

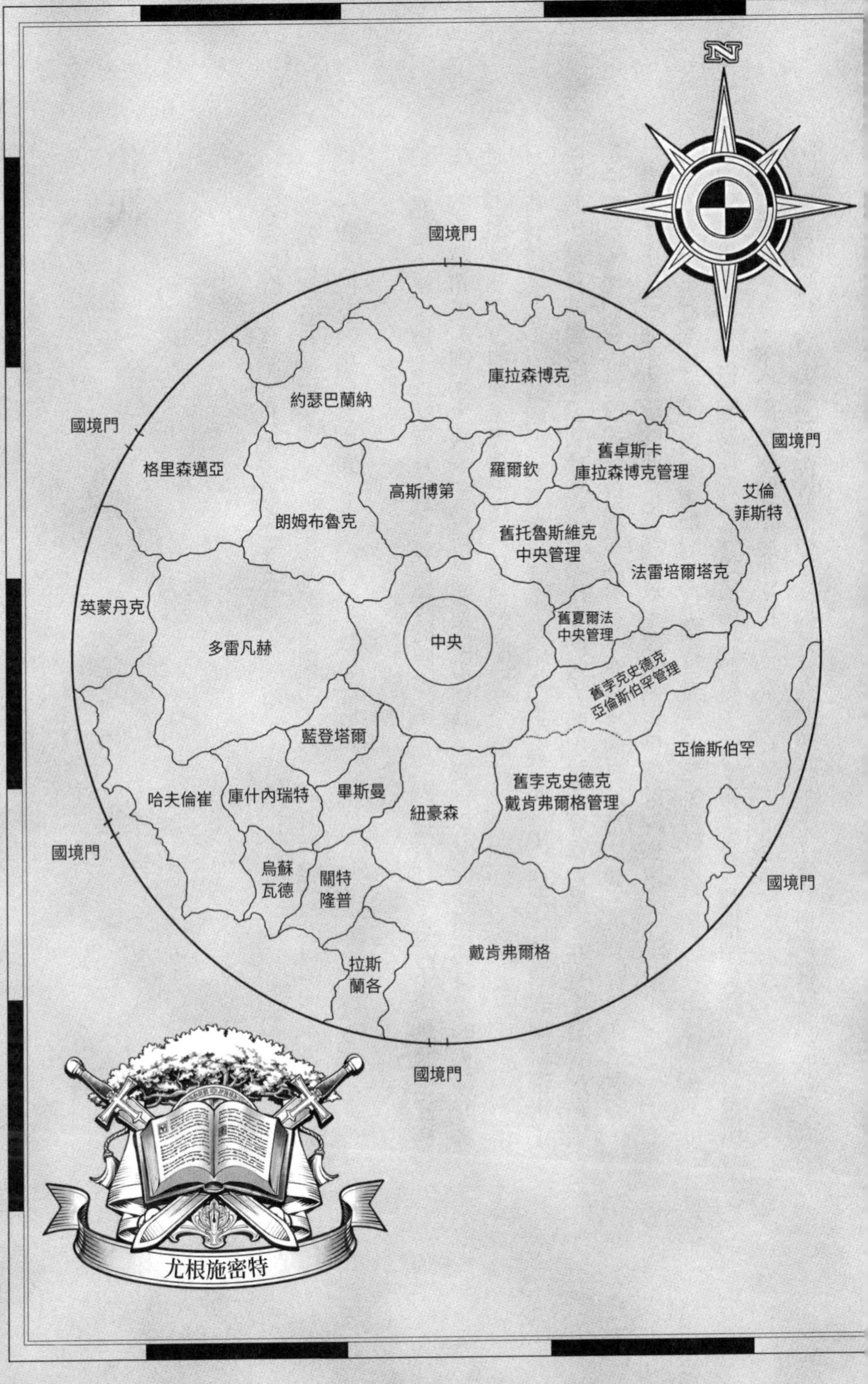
國境門
庫拉森博克
約瑟巴蘭納
國境門
格里森邁亞
高斯博第
羅爾欽
舊卓斯卡
庫拉森博克管理
國境門
艾倫
菲斯特
朗姆布魯克
舊托魯斯維克
中央管理
法雷培爾塔克
英蒙丹克
舊夏爾法
中央管理
中央
多雷凡赫
舊孛克史德克
亞倫斯伯罕管理
藍登塔爾
亞倫斯伯罕
舊孛克史德克
戴肯弗爾格管理
哈夫倫崔
庫什內瑞特
畢斯曼
紐豪森
國境門
烏蘇
瓦德
關特
隆普
國境門
戴肯弗爾格
拉斯
蘭各
國境門
尤根施密特

後記

大家好久不見了，我是香月美夜。

非常感謝各位購買本作，《小書痴的下剋上：為了成為圖書管理員不擇手段！【第四部】貴族院的自稱圖書委員（Ⅱ）》。

在這一集，羅潔梅茵雖然直衝貴族院的圖書館，卻因為言行舉止太不像是領主候補生，惹來黎希達的訓斥。大家在做自己想做的事情時，請別忘了一定要與身邊的人好好溝通。否則說不定會與羅潔梅茵一樣，接到返回命令。（笑）

莉瑟蕾塔等人引頸期盼的測量尺寸平安結束了，然而，因為把休華茲與懷斯帶出了圖書館，最終演變成了要與藍斯特勞德率領的戴肯弗爾格比奪寶迪塔。好幾次讀者都在感想中表示，他們覺得奪寶迪塔很像是《哈利・波特》的魁地奇比賽，但其實我在構思時，是參考了小孩子在小學玩的非常規躲避球。孩子們可是靈感的寶庫。

本集中，羅潔梅茵也與大領地的艾格蘭緹娜建立起了良好情誼，另外雖然是在不可抗力下，也與王子走得較為親近，導致監護人們每天看了報告書後都抱頭長嘆。因為惹出的麻煩實在太多，下令要她返回艾倫菲斯特。

回到領地以後，羅潔梅茵立即與三位監護人展開談話。今後若想在貴族間推廣新流行，與其他領地的貿易往來勢必變得頻繁。羅潔梅茵因此發現到了，以往簽訂的魔法契約將變成阻礙。儘管再微小的聯繫也想守護住，卻終究無法如願，當這樣的現實到來時，羅潔梅茵、路茲與班諾會如何行動呢？

這一集的短篇，是以亞納索塔瓊斯與萊歐諾蕾為主角。

亞納索塔瓊斯視角的短篇中，我試著描寫了王子在墜入愛河後，完全無法自控的內心劇場。他真的眼中只有艾格蘭緹娜，都教人忍不住為他擔心：「你是不是太過美化對方啦？」由於整篇都只描述艾格蘭緹娜也太無趣，所以我再添加了他領對羅潔梅茵與艾倫菲斯特的評價。

萊歐諾蕾視角的短篇，是羅潔梅茵前往神殿的這段期間，萊歐諾蕾回到貴族院後發生的事情。羅潔梅茵一下子就前往了神殿。主人不在時，近侍間究竟會有什麼樣的對話，我在書寫時也覺得很新鮮。萊歐諾蕾與布倫希爾德都是萊瑟岡古的上級貴族，希望她們眼中的貴族院，能為讀者帶來不同於羅潔梅茵，也不同於上集莉瑟蕾塔視角的感受。

本集出現在插圖裡的新角色，我指定了在奪寶迪塔中大顯身手的見習騎士們。有冷靜沉著又注重效率，而且暗戀著柯尼留斯的萊歐諾蕾；在目睹安潔莉卡的真實樣貌後，本來感到失望，卻又在聽說波尼法狄斯的特訓有多麼嚴格後重新尊敬起她的優蒂特；還有剛出現在插圖裡頭，本集便辭去了護衛騎士一職的托勞戈特。除此之外，也有看起來就很有王子風範的亞納索塔瓊斯王子、宛如光之女神的艾格蘭緹娜、看來就是位慈祥老奶奶的圖書館員索蘭芝老師；最後，是與艾倫菲斯特比了奪寶迪塔的戴肯弗爾格領主候補生藍斯特勞德。

在這邊有消息想通知各位讀者。

廣播劇CD已經確定製作第二輯，並且將與第四部第三集一起在網路書店上販售。這次為了配合第四部第三集的劇情高潮，劇本中平民區的人們即將大為活躍。為了這次的廣播劇，我以多莉視角寫了新短篇〈王族的委託〉。描寫了多莉在接到王族的委託後，究竟是怎樣的心情，以及提交髮飾後鬆了口氣的模樣。另外，也提到了部分網路版讀者非常在意的，多莉的戀情究竟是在何時萌芽。

除了舊有角色外，這集也加入了新的聲優，分別演繹歐托、馬克、赫思爾與尤修塔斯。敬請期待。詳情請上官網查詢。

http://www.tobooks.jp/booklove/index.html

此外，《小書痴的下剋上》已同時進行第三部的漫畫改編。第三部開始會由波野涼老師負責繪製。儘管卡斯泰德的宅邸與城堡等建築物都只有文字說明，波野老師仍是畫出了非常細膩的設計圖，實在是感激不盡。我已經看完了一整話的分鏡，對於往後真是充滿期待。

本集封面是奪寶迪塔的想像圖，有羅潔梅茵與她的護衛騎士們。也許是正與藍斯特勞德對峙，羅潔梅茵的表情也是英氣凜然。太帥了。

拉頁海報承續上集，依然是一字排開的新角色。我特別喜歡萊歐諾蕾與優蒂特，因為太可愛了。要接二連三地設計這麼多新角色，我想真的非常辛苦。椎名優老師，由衷萬分感謝。

最後，要向購買本書的各位讀者獻上最高等級的謝意。

第四部第三集預計在初夏發行。期待屆時再相會。

二〇一八年一月　香月美夜

每回都出場的
卷末漫畫
輕鬆悠閒的家族日常
作畫 椎名優
相似的師徒
天岩戸
大小姐，用餐時間到了。
神官長……
ぎぎぎ…用力…
如果大家都受到羅潔梅茵大人的影響，
把騎獸變成蘇彌魯的外型。
發起人
HI
ぷひっ ぷひっ ぷひっ ぷひっ ぷひ
噗咿噗咿噗咿噗咿噗咿
治癒系
ぱあああああああ
莉瑟蕾塔進入自己的世界裡了。
噗咿
ぷひっ
我們還是別打擾她吧。
看起來也很開心。

愛的傳教士

亞納索塔瓊斯王子捎來了奧多南茲。
重播中
羅潔梅茵，做得好啊。這首曲子太優秀了！
話說回來，妳不覺得艾格蘭緹娜真是一位美麗又迷人的女性嗎？從她口中說出的話語／就宛如是光之女神／她那優美的指尖／我想神的祝福／就是如此吧
嗚哇，這些話我要聽三遍嗎？
不過，這種既視感是怎麼回事？
珂琳娜LOVE
コリンナ
LOVE
啊，對喔。身邊就有這樣的人。
呵呵，她那一頭綢緞般的美麗秀髮，彷彿在讚頌光輝，拂過春風一般
羅潔梅茵大小姐，請您專心傾聽。
ぽん

昆特也是同類喔？羅潔梅茵。

心裡有數

斐迪南大人又窩在工坊裡不出來了。
羅潔梅茵，妳快想想辦法。
可是，我已經不想再惹神官長生氣了呢。
嗯……
うーーん
雖然可以想到幾件事情……
那麼試試看……
神官長～
磅！
赫思爾老師告訴過我神官長不為人知的事情，可以大聲說出來嗎？
啊，出來了。

讀者期待指數爆表，
小書痴漫畫中文版終於降臨！

小書痴的下剋上

第一部 沒有書，我就自己做！I

香月美夜 原作　**鈴華** 漫畫

愛書成痴的大學生麗乃，從沒想過有一天會在地震中被掉落的書給「活埋」！當她再次睜開眼睛，發現自己竟然轉生到了異世界，變成一個叫作「梅茵」的五歲小女孩。然而這裡不僅沒有圖書館，她最愛的書更是一般平民買不起的天價。「既然沒有書，那就自己動手做！」梅茵拖著體弱多病的小小身軀，不可思議的做書計畫，就此展開！

懷抱著未能實現的夢想和當初許下的約定，
繼續前進吧！

小書痴的下剋上

第四部 貴族院的自稱圖書委員 III

香月美夜 原作　**椎名優** 繪

隔了好一段時間，羅潔梅茵終於再度回到了神殿，但奉獻儀式、印刷業事務、無數的會見和文件處理，也讓她忙碌不已。另一方面，在一年級學期快要結束的時候，羅潔梅茵在貴族院舉辦了全領地的茶會，而高年級的領主候補生與近侍也將舉行畢業儀式。為了領地的繁榮，羅潔梅茵的婚約開始受到討論，但她最擔心的，卻是即將與平民區的人們分離……

國家圖書館出版品預行編目資料

小書痴的下剋上：為了成為圖書管理員不擇手段!. 第四部，貴族院的自稱圖書委員. II / 香月美夜著；許金玉譯. -- 初版. -- 臺北市：皇冠, 2019.12
面；　公分. -- (皇冠叢書；第 4810 種)(mild；23)
譯自：本好きの下剋上 司書になるためには手段を選んでいられません. 第四部，貴族院の自称図書委員. II
ISBN 978-957-33-3496-5(平裝)

861.57　　108019755

皇冠叢書第 4810 種
mild 23

小書痴的下剋上

爲了成爲圖書管理員不擇手段！
第四部 貴族院的自稱圖書委員 II

本好きの下剋上
司書になるためには
手段を選んでいられません
第四部 貴族院の自称図書委員 II

作　　者—香月美夜
譯　　者—許金玉
發 行 人—平雲
出版發行—皇冠文化出版有限公司
台北市敦化北路 120 巷 50 號
電話◎ 02-27168888
郵撥帳號◎ 15261516 號
皇冠出版社（香港）有限公司
香港銅鑼灣道 180 號百樂商業中心
19 字樓 1903 室
電話◎ 2529-1778　傳真◎ 2527-0904
總 編 輯—許婷婷
責任編輯—陳怡蓁
美術設計—嚴昱琳
著作完成日期—2018 年
初版一刷日期—2019 年 12 月
初版四刷日期—2022 年 04 月
法律顧問—王惠光律師

讀者服務傳真專線◎ 02-27150507
電腦編號◎ 562023
ISBN ◎ 978-957-33-3496-5
Printed in Taiwan
本書定價◎新台幣 299 元 / 港幣 100 元